報復の鉄路

ジャック・ヒギンズ
黒原敏行＝訳

角川文庫 14618

JN286464

Midnight Runner
by
Jack Higgins

Translated by Toshiyuki Kurohara
Published in Japan by
Kadokawa Shoten Publishing Co., Ltd.

死は真夜中の走者である

アラブの諺

主な登場人物

ショーン・ディロン　元ＩＲＡテロリスト
チャールズ・ファーガスン少将　イギリス・対テロ専門組織の責任者
ハンナ・バーンスタイン　ロンドン警視庁警視、ファーガスンの補佐官
ハリー・ソルター　ロンドンの元ギャング、パブ〈ダーク・マン〉経営者
ビリー・ソルター　ハリーの甥
ケイト・ラシッド　アラブとイギリスの血をひく名門ラシッド家の娘
ルパート・ダーンシー　ケイトの親類、元米国海兵隊員
ダニエル・クイン　元米国上院議員
シスター・サラ・パーマー　セント・メアリー修道院の修道院長
ジェイク・キャザレット　アメリカ大統領
ブレイク・ジョンスン　アメリカ大統領直属捜査機関〈ベイスメント〉の責任者
トニー・ヴィリアーズ　ハザール斥候隊の指揮官

発端

1

ダニエル・クインは、アルスター地方（ほぼ現在の英領北アイルランドにあたる地域）でよく知られた一族の出身だった。祖父はベルファストに住むカトリック教徒として、若いころマイケル・コリンズとともにアイルランド独立戦争に参加したが、首に賞金がかかったため、一九二〇年にアメリカに逃れた。

そしてニューヨークとボストンで建設労働者として働いたが、同時にアイルランド共和派の秘密組織のメンバーとしてめきめき頭角を現わした。企業家たちは彼を恐れるようになった。一年たたないうちに、彼自身が企業家となって、富豪への道を歩みはじめた。

息子のポールは一九二一年に生まれた。小さい頃から空を翔《か》ける夢に取り憑《つ》かれ、ハーヴァードの学生だった一九四〇年にイギリスへ旅行したとき、衝動的にイギリス空軍に戦闘機操縦士として入隊してしまった。父親の名前でアメリカ人義勇兵になったのだった。

反英的な信条を持つ父親は、最初はショックを受けたが、やがて息子を誇るようになった。ポールは英本土航空戦《バトル・オヴ・ブリテン》で空戦殊勲十字章《DFC》を受章し、一九四三年にはアメリカ陸軍航空軍に移って、やはりDFCを受けた。ところが一九四四年、戦闘機ムスタングでドイツ上空を飛行中に撃墜された。ドイツ空軍の軍医は最善を尽くしてくれたが、ポールの身体が元に戻ることはなかった。

一九四五年に捕虜収容所から解放され、ポールは故郷に帰った。父親は戦争特需で巨万の富を得ていた。ポールは結婚し、一九四八年に息子のダニエルが生まれたが、妻は出産の直後に死んだ。ポール・クインは完全に健康を取り戻すことはなく、ボストンを拠点とする一族の会社の顧問弁護士としての地位に甘んじていた。それは要するに閑職だった。

ダニエルも学業に秀でていた。父親と同じくハーヴァード大学に進学し、経済学と経営学を学んで、二十一歳で修士号を取得した。当然予想されたのは、一族のビジネスに携わるという道だった。クイン家の会社は不動産業、ホテル業、レジャー関連業で大規模に事業を展開し、総資産数十億ドルを有していた。もっとも祖父は、ダニエルが博士号をとり、政治の世界で華々しく活躍してほしいと願っていたのだが。

小さなことでがらりと変わってしまうのが人生の不思議である。ある夜、テレビのニュース番組がヴェトナムでの死と破壊に満ちた惨状を伝えていたとき、祖父が批判的な口吻《こうふん》を漏らしたのだ。

「やれやれ、われわれはあんなところへ行くべきじゃないんだ」

「それは的外れな考え方じゃないかな」ダニエルは言った。「ぼくたちはもうあそこにいるんです」

「おまえがあそこにいないのはありがたいことだよ」

「それじゃ、戦争は将来に希望のない黒人や低所得の白人やヒスパニックに任せておくわけですね？　彼らは何千人も殺されていますよ」

「それはわしらが考えるべき問題じゃない」

「でも、ぼくは自分の問題として考えるべきかもしれない」

「ばかなことを」老人は少し怖くなってきた。「軽はずみなことはするんじゃないぞ、いいな？」

　翌朝、ダニエルは、市街地の徴兵事務所に出かけていった。ふりだしは歩兵で、次にパラシュート兵となった。最初の任期で、左肩に銃創を負い、名誉戦傷章と南ヴェトナム政府の殊勲十字章を授与された。休暇で家に帰ると、祖父はその制服姿と勲章を見てほろりとしかけたが、すぐにアイルランド魂で自制した。

「わしはいまでも、われわれはあそこにいるべきじゃないと思っているよ」陽焼けした肌が頰骨にぴっちり張りついた孫の顔を眺めながらそう言った。孫の目にはいままでに見たことのない何かがあるような気がした。

「わたしの考えも前と同じです。われわれはもうあそこにいる。だからやるべきことをやらなくちゃいけない」

「まだ将校にはならんのか？」

「ええ。まあ曹長でいいんです」

「どうかしているよ」

「わたしもアイルランド系ですからね。アイルランド人はみんな少しどうかしてるんです」

祖父はうなずいた。「家にはどれくらいいるんだ？」

「十日間です」

「またすぐ向こうへ戻るのか？」

ダニエルはうなずいた。「特殊部隊に入ります」

老人は眉《まゆ》をひそめた。「何をする部隊なんだ？」

「知らないほうがいいですよ、お祖父《じい》さん。知らないほうがいい」

「まあ、こっちにいるあいだ楽しむといいよ。女の子と遊んだりしてな」

「ええ、そうします」

ダニエルはそうした。そしてまたヴェトナムの緑色の地獄に戻った。ヘリコプターの轟音《ごうおん》。至るところに現われる死と破壊。すべての道はボ・ディン村に通じ、宿命との出会いへと通じていたのである。


第四キャンプはメコン・デルタ北部に広がる森林の奥深くにあった。沼沢地を蛇行する川の両岸には葦《あし》が鬱蒼《うっそう》と繁り、ところどころに村があった。その日は季節風がもたらす雨が降り、視界は悪かった。第四キャンプは特殊部隊が敵地に深く侵入して行なう作戦の出撃基地であり、ダニエル・クインはそこの曹長が戦死したために代役を命じられたのだった。

例によってクインは救難ヘリコプターに乗せてもらいキャンプに向かった。ただし危険な地へおもむくので、乗員は機長と、ジャクスンという若い救難隊員兼機上射撃手の二人だけだった。ジャクスンは開いたドア口で重機関銃を構えていた。雨で見通しがいっそう悪くなると、ヘリコプターは高度をさげた。眼下には水田が広がり、川が茶色い筋を引いていた。クインもドア口に立ち、下を見おろしていた。

突然、右手で爆発が起こり、きのこ状の炎がいくつか噴きあがった。機長が機体を傾けると、雨の中から村が現われた。川の中に柱で支えられている家もある。クインは村人たちが大慌てで丸木舟や漁師の平底舟に乗りこむのを見た。すでに漕《こ》ぎだした舟もある。笠《かさ》帽子をかぶり黒いパジャマのような服を着たヴェトコンの姿も見えた。ＡＫ47の特徴的な発射音が響き、舟から村人たちがばらばら落ちはじめた。

ヘリコプターが接近すると、ヴェトコンたちは驚いて顔をあげ、何人かが発砲してきた。ジャクスンが重機関銃で応戦した。

「よせ！」クインは叫んだ。「民間人にも当たる！」

機長が首だけ振り向いて叫んだ。「退却するぞ！」傾けた機体に連射された銃弾が命中する。

「あれがボ・ディン村だ。この辺はヴェトコンの活動が活発なんだ」

そのとき、クインは村のはずれに伝道所があるのを見た。建物は小さく、中庭に十数人の人がいる。道路にいるヴェトコンがそちらに近づいていた。

「あそこに尼さんと子供たちがいます」ジャクスンが言った。

クインは機長の肩をつかんだ。「降りて乗せてやろう」

「降りたらまず飛び立てないぞ」機長が叫んだ。「あの道路を見てみろ」

見ると民家のあいだに五十人ほどのヴェトコンがいて、伝道所のほうへ向かっていた。

「それに中庭は狭すぎる。しかし道路へ降りたらおしまいだ」

「じゃ、おれだけ降ろしてくれ。そしたら逃げて、一個旅団を連れてくるんだ」

「おまえさん、イカレてるぞ」

クインは熱帯に適した白い修道服の尼僧を見おろした。「とにかく女や子供を放っておけない。やってくれ」

迷彩服のポケットに信号弾と手榴弾《てりゆうだん》を詰め、弾薬ポーチを首にかけて、M16自動小銃を手にとる。ジャクスンが道路へ重機関銃の長い連射を叩《たた》きこむと、ヴェトコンは算を乱し、何人かが倒れた。ヘリコプターが路面の近くまで降りると、クインは飛び降りた。

「おれもイカレてるんだ」と、ジャクスンもあとに続く。M16を持ち、首に弾薬ポーチをかけ、医療バッグを肩にかけていた。ヴェトコンが銃撃の嵐とともにふたたび道路を駆けてきた。二人のアメリカ人は伝道所の中庭の入り口へ走る。そこへ尼僧と子供たちがやってきた。

「さがって、シスター」クインは言った。「さがってください」手榴弾を二つ出し、一つをジャクスンに放った。「同時にいくぞ」

二人はピンを抜き、三つ数え、助走をつけて投げた。耳を聾《ろう》するばかりの爆発音が起こった。数人のヴェトコンが倒れ、残りは一時的に退却した。クインは尼僧のほうを向いた。歳はおそらく二十歳過ぎ、色白の可愛い顔をしていた。口をきいたとき、イギリス人であることがはっきりわかった。

「来てくださって助かりました。わたしはシスター・サラ・パーマーといいます。ダ・シルヴァ神父さまは亡くなりました」

「悪いが、シスター。おれたちは二人だけだ。ヘリが助けを呼びにいったが、どれくらいかかるかわからない」

ジャクスンが道路の先へ連射してから言った。「どうします？　いつまでもここにはいられませんよ。じきにやつらが襲ってくる」

中庭の奥の塀は老朽化して崩れていた。その向こうには草丈が少なくとも十フィートはある広々とした葦原が雨に煙っていた。

クインはジャクスンに言った。「みんなを連れて沼地へ逃げてくれ。早く」

「あなたは？」

「できるだけ長くここで踏ん張る」

ジャクスンは異を唱えなかった。「じゃ行きましょう、シスター」サラも反対しなかった。

クインは彼らを見送った。子供たちは動揺しきって、泣いている子もいた。みんなが崩れた塀を越えて葦原に出ていくと、クインはポケットからまた手榴弾を一つ出してピンを抜いた。エンジンの音が聞こえる。塀の向こうを覗《のぞ》くと、古い傷んだ軍用四輪駆動車が道路をやってきた。運転手のうしろに二人のヴェトコンが機関銃を抱えて立っていた。あんな車をいったいどこで手に入れたのか。車のうしろには何人ものヴェトコンがいるようだ。まもなく銃を撃ってきた。クインはぎりぎりまで持っていた手榴弾を投げた。手榴弾はうまく車内に落ちる。爆発が起きて、車体と兵士の身体の破片が宙に飛び、炎が噴きあがった。

残りのヴェトコンは必死で逃げた。沈黙が降り、雨の音だけが響いた。よし、行こう。クインは身をひるがえして中庭を駆け、崩れた塀を乗り越えて葦原に向かった。まもなく葦の繁みの中に飛びこみ、立ちどまってM16に銃剣を装着してから、前に突き進んだ。

シスター・サラ・パーマーは一人の子の手を引き、一番小さい子を抱いて、先頭に立っていた。あとの子供もついてくる。シスター・サラは忍び声のヴェトナム語でみんなに静かにするように言った。しんがりはM16をいつでも撃てる体勢のジャクスンだ。

葦の繁みが切れて黒い水面が少し広がっているところへ来ると、シスター・サラは足をとめた。水は腿《もも》の高さまであるので、修道服の裾《すそ》をベルトにはさんでいた。雨が降りしきり、白い靄《もや》が出ていた。シスター・サラはジャクスンを振り返った。

「たしかこの右手に道路があったと思うんだけど」

「道路はだめです、シスター。すぐにやつらが来る。それより曹長はどうしたかな。さっき爆発の音がしてから銃の音が一つも聞こえてこない」

「死んだと思う?」

「そうでなきゃいいですが」

突然、年若いヴェトコンがジャクスンの背後の繁みから出てきて、AKの銃剣で左肩甲骨の下を刺した。わずかに心臓ははずれたが、ジャクスンはひと声叫んで両膝《ひざ》をついた。黒い水面の向こうにさらに三人のヴェトコンが姿を現わした。三人ともひどく若く、一人は少女だった。みなAKをしっかり抱えていた。

ジャクスンはM16を杖《つえ》にして立ちあがろうとした。ヴェトコンたちは深刻そうな顔で黙って見ている。と、そのとき突然、荒々しい叫びとともにクインが繁みから飛び出し、腰で構えたM16で三人を撃った。まるでスローモーションで動いているようだった。四番目のヴェトコンがぱっと出てきたが、遅すぎた。クインが振り向きざま銃剣で刺しつらぬいた。

クインはジャクスンの身体に腕をまわした。「傷はひどいのか？」

「死ぬほど痛いけど、まだ死なないようです。バッグに救急キットが入ってますが、まずはここから移動しないと」

「そうだな」クインはシスター・サラのほうを向いた。「よし行こう、シスター」

シスター・サラは言われたとおり歩きだし、子供たちもあとに従った。やがて水底から低い丘が盛りあがって水が浅くなっている場所へ来た。全員があがれるだけの広さがある。ジャクスンは坐《すわ》りこみ、クインが銃剣でできたシャツの破れ目を大きく引き裂き、傷口をむきだしにした。

「救急キットはバッグの中だな？」と、クイン。

シスター・サラがバッグを手にとった。「わたしがやるわ、曹長」

「できるのかい、シスター？」

シスター・サラは初めて微笑んだ。「わたしは医者よ。〈慈悲の小さき姉妹会〉は医療活動をする修道会なの」

後方の繁みの中でいくつもの声がした。狐が鳴いているような声だ。「来ますよ、曹長」ジャクスンはM16を両手で抱え、前に背中を倒してシスターから治療を受けた。

「よし。おれが遠ざけておく」

「どうやって？」シスター・サラが訊《き》く。

「とにかく何人か殺す」クインはポケットから信号灯を二つ出してジャクスンに渡した。「騎兵隊が来たら、おれが戻ってなくても逃げてくれ」
「それはだめよ、曹長」
「それでいいんだ、シスター」クインはそう返すと、身をひるがえして葦《あし》の繁みに飛びこんだ。

銃剣で音もなく殺すこともできた。だが、それでは必要なパニックが起こせない。最初の標的は天与の恵みだった。二人のヴェトコンが肩までの繁みの中で沼の水面を監視していた。クインは百ヤードの距離から二人の頭部を撃ち抜いた。

篠《しの》突く雨の中、鳥が尖《とが》り声で鳴き交わしながらあちこちから飛び立った。クインは鳥が飛び出した場所の一つを選んでそちらへ突き進み、水路の水を押し分けて移動していた男を射殺した。すばやくその場を離れて繁みの中を進み、べつの水溜《た》まりで身体を低く沈めて待つ。特殊部隊はこうした状況下での妙手を考案していた。ヴェトナム語の短いフレーズをできるだけ上手な発音で覚えこんでおくのだ。クインはそれを試すべく、まず一発銃を撃った。
「こっちだ、同志。やつはこっちだ」

それから辛抱強く待ち、さらにもう一度呼びかけた。まもなく三人のヴェトコンがやってきた。繁みのあいだを用心深く進んでくる。
「どこだ、同志?」一人が訊いてきた。

クインは最後の手榴弾のピンを抜いた。「おれはここだよ、くそ野郎ども!」英語でそう怒鳴って手榴弾を投げた。三人が悲鳴をあげて逃げはじめたとき、手榴弾は爆発した。

あちこちで叫び声があがりはじめた。狙いどおりパニックが起こっていた。前に進んでいくと、道路が見えた。ヴェトコンたちが次々に這《は》いあがっている。クインはそっと繁みの中に戻り、周囲の地理を頭の中で整理しようとした。するとそのとき、エンジン音が聞こえた。だが、すでに午後の陽射しが衰え、熱帯の雨が降りしきる中、すべてはおぼろにしか見えなかった。信号弾の閃光《せんこう》が空にあがり、薄闇の中で消えた。攻撃ヘリコプター、ヒューイ・コブラが三百ヤードほど先に降りてきており、さらに数機が上空を旋回していた。だが、その距離は遠すぎた。必死でそちらへ駆けだしたが、もう遅かった。

ジャクスンが放った信号弾は功を奏した。ヘリコプターから二人の乗員が飛び降りて、すばやく子供たちとシスター・サラを乗せた。

黒人の機付長が、ジャクスンの両腕をつかんで身体を引きあげた。「さあ行こう」

「でも、まだ曹長がいるんです。クイン曹長が」

「ああ、クイン曹長なら知ってる」葦の繁みからまた銃撃があり、ヘリコプターの機体に弾が突き刺さった。「でも、だめだ。もうすぐ真っ暗になる。子供たちのことを考えないと」

機付長はジャクスンを機上の乗員に引きあげさせ、自分も乗りこんで機長に叫んだ。「よし行くぞ」

ヒューイが上昇を始める。泣きだしたジャクスンのそばへ、シスター・サラが不安な顔でやってきた。

「曹長はどうなるの？」

「もうだめです。あの人は死んでる。死んでるはずだ。銃と手榴弾の音が聞こえたでしょう。

曹長はたった一人で大勢と戦ったんだ」涙がジャクスンの頰を流れた。
「あの人の名前は？」
「クイン。ダニエル・クイン」ジャクスンは激痛にうめいた。「ああ、めちゃくちゃ痛いですよ、シスター」そして気を失った。

だが、クインは無事だった。一緒にヘリコプターに乗ったと思われたのが幸いした。夜の帳《とばり》が降りると、川べりまで行った。そして対岸に渡ったほうが生還の見込みが高いと判断して、用心深くボ・ディン村に近づいた。人の声が聞こえ、炊事の火明かりが見えた。M16を首からさげ、水をかき分けて平底舟に近づき、舫《もや》い綱を戦闘ナイフで切った。舟は流れに漂いはじめた。舟に取りついて水を蹴《け》る。ボ・ディン村は闇の中に消えていった。十分後、対岸にあがり、密林に入った。そして一本の木の根もとに坐って大雨に耐えた。

空が白むと起きて、携帯口糧の缶詰を食べながら歩いた。川に味方の哨戒艇《しょうかいてい》がいるのを期待したが、その幸運には恵まれなかった。そこで密林の中を歩きつづけ、四日後に第四キャンプにたどり着いた。二本の足で、死者の国から帰ってきたのである。

サイゴンに戻ると、誰もが信じられないと言った。病院を出て、清潔な制服を着て報告にいくと、部隊長のハーカー大佐は笑みを浮かべた。
「曹長、どう表現していいかわからない。きみの英雄的な働きと無事な帰還——どっちがすごいことなのかな」

「ありがとうございます。ジャクスンはどうしてますか？」

「元気だ。片肺を失いかけたがね。いまアメリカ陸軍の病院にいるよ。もとはフランスの慈善病院だったところだ」

「彼はとても勇敢でした。わが身をまったく省みずに行動しました」

「それは知っている。殊勲十字章の授与を進言しておいた」

「それはすばらしい。ところで、シスター・サラ・パーマーは？」

「病院を手伝ってくれている。子供たちもみんな元気だ」ハーカーは手を差し出してきた。

「わたしは本当に光栄に思っているよ。リー将軍も今日の正午に司令本部で会いたいといっておられる」

「どういう用件でしょう？」

「それは将軍がお話しになることだ」

クインは病院にジャクスンを見舞った。ジャクスンは風通しのいい明るい部屋に寝ていて、シスター・サラが枕もとに坐っていた。シスターは椅子を立ってきてクインの頬にキスをした。

「奇跡だわ」そう言ってから、クインの全身をすばやく検分した。「体重が落ちたのね」

「減量する人におれのやり方は勧めないね。この男の具合はどう？」

「左肺が銃剣でひどく傷ついたけど、ちゃんと治るはずよ。でも、もうヴェトナムとはお別れ。国へ帰るの」シスター・サラはジャクスンの頭を軽く叩《たた》いた。

ジャクスンはクインの顔を見て狂喜していた。「曹長、とっくに死んだと思ってましたよ」

「ダニエルだ。おれのことはダニエルと呼べ。国へ帰って何かおれにできることがあったら、電話をくれよ。いいな？　ああ、それと殊勲十字章、おめでとう」

「なんですって？」ジャクスンは信じられないという顔をした。

「ハーカー大佐が進言してくれた。もう決まったも同然だよ」

シスター・サラがジャクスンの額にキスをした。「わたしのヒーロー」

「ヒーローはこっちだ、ここにいるダニエルですよ。で、あなたはどうなんです、曹長？」

「おれは勲章なんかいらないさ。とにかく落ち着け。そう興奮すると肺によくない。また来るからな」クインはシスターにうなずきかけながら「それじゃ」と言って、部屋を出た。

シスターが追ってきた。クインは日陰になったテラスの手すり際で煙草に火をつけたところだった。軍の熱帯服が凜々《りり》しかった。

「クイン曹長」

「ダニエル、でいいんじゃないかな。何かお役に立てることでもあるかい？」

「もう充分すぎるほど役に立ってくれたわ」シスターは微笑んだ。「ハーカー大佐からあなたのことを教えてもらったの。恵まれた境遇なのに、どうしてこの国へ？」

「答えは簡単。恥ずかしかったのさ。きみはどうなんだ？　イギリス人なのに。これはきみたちの戦争じゃないだろう」

「前にもいったけど、わたしたちは医療活動をする修道会なの。どこでも必要とされるところへ出かける――誰の戦争だろうと関係ないわ。ロンドンへ行ったことはある？　わたしたちの本拠地はテムズ川沿いのウォッピング・ハイ通りにあるセント・メアリー修道院なの」

「今度出かけたときは必ず訪ねよう」

「そうして。ところで、何を悩んでいるの？——悩んでないなんていわないで。そういうことを見抜くのもわたしの仕事のうちなのよ」

クインは柱に寄りかかった。「うん」クインは首を振った。「人を殺したことは前にもあるんだ、シスター。でも、今回はまた違う。至近距離で射殺した相手の、少なくとも一人は若い女の子だった。おれはたった一人で、ほかに方法はなかったんだが、それでも……」

「そうね」

「それでも闇がおれを包みこんだのは確かなんだ。おれには殺戮《さつりく》と、死と、破壊しか見えなかった。調和も、秩序もなかった」

「そのことが苦になるのなら、神様にすがって心の平和を取り戻すしかないわ」

「そんな単純なことならいいんだがね」クインは腕時計を見た。「そろそろ行くよ。将軍というのは待たされるのが嫌いな種族だ。さよならのキスをしていいかい？」

「もちろん」

クインは唇を相手の頬に触れさせた。「きみはすごい女性だ」それから階段を降りていった。シスター・サラはそのうしろ姿を見送ってから、またジャクスンのところへ戻った。

司令本部に出頭したクインは異例のすみやかさでリー将軍のもとへ通された。にこやかな大尉の案内で、将軍のオフィスに案内される。大柄で精力のみなぎるリー将軍がさっと立ちあがり、デスクのこちら側へきびきびと出てきた。クインが敬礼しようとするのを、将軍はとめた。

「いや、敬礼をする光栄はわたしのものだ。これに慣れておきたい」将軍は踵《かかと》を打ち合わせて敬礼をした。

「どういうことでしょうか？」クインは戸惑った。

「今朝、大統領から通知があった。ダニエル・クイン曹長、謹んで議会名誉勲章の受章をお知らせする」そしてふたたび粛然と敬礼をした。

　こうして伝説が生まれた。クインは帰国し、嫌というほどのインタビューと祝賀会で迎えられたが、とうとう耐えきれなくなり、職業軍人の道に興味を失って除隊した。そして悪魔祓《ばら》いでもするように、ハーヴァード大学に戻って三年間哲学を学んだ。バーに近づかなかったのは喧嘩《けんか》をしてしまうのを恐れたからだった。それほど自分が信用できなかったのである。

　それから彼はようやく一族のビジネスに携わることに同意した。少なくともそのことで、ヴェトナムで親友となったトム・ジャクスンを援助することができた。帰国後、コロンビア大学で法律を学んだジャクスンは、その後〈クイン・インダストリーズ〉の法務部長となった。

　クインは三十代になってやっと結婚した。妻のモニカは一族の友人の娘で、要は周囲の希望に応《こた》えての結婚だった。娘のヘレンは一九七九年に生まれた。そしてこのころクインは、祖父が夢見たとおり政治の世界に入ってみようと決意した。自分の資産をすべて白紙委任信託で運用し、連邦下院議員選挙に出馬して僅差《きんさ》で当選した。そして前より票差をつけて再選されたあとは、上院議員選挙に挑戦して、これにも勝利した。だが、議員生活はしだいに精神的な重荷となってきた。裏切りと妥協とくだらない危機の連続。祖父が自家用飛行機の事故で亡くなると、本当にやるべきことは何かを考え直すようになった。

　そして政治はやめようと決めた。もっと自分の人生を生きようと思った。そんなとき、同じくヴェトナム戦争に従軍した経歴を持つ古い友人で、いまは大統領のジェイク・キャザレットが声をかけてきた。議員をやめたいのならそれもいいが、公職からは離れないでもらいたい。ちょうど自分はきみのような人に国際問題の問題解決要員になってほしいと思っていた。一種の移動大使のような職だが、とにかく完全に信用できる人間が欲しい、というのである。クインは承知した。それ以後、極東、イスラエル、ボスニア、コソヴォと、問題が発生したところへはどこへでも出かけていった。

娘は一族の伝統に従ってハーヴァード大学に進み、妻は家庭を守った。その妻は白血病にかかったが、もう余命いくばくもないというときまでクインには打ち明けなかった――夫の仕事を邪魔したくなかったからだ。妻が死んだとき、クインは耐えがたいほどの罪悪感に苛《さいな》まれた。葬儀のあと、ボストンの自宅で弔問客をもてなしたが、客がみな帰ったあとで、クインは娘と庭を歩いた。ヘレンは小柄なほっそりした身体つきで、ブロンドの髪に緑色の瞳《ひとみ》。クインの生きがいであり、自分にはもうこの娘しか残されていないという存在だった。

「お父さんは偉い人よ」ヘレンは言った。「立派なことをたくさんしてる。だから自分を責めちゃだめ」

「でも、お母さんを不幸にした」

「ううん、お母さんはああいう生き方を自分で選んだの」ヘレンは父親の腕を抱きかかえた。「わたしには一つだけわかってることがある。それは、お父さんは決してわたしを不幸にはしないってこと。わたし、お父さんが大好きよ」

翌年、ヘレンはローズ奨学金を得て二年間のオックスフォード大学セント・ヒューズ学寮での留学生活を始めた。一方、クインは大統領の命を受けてコソヴォにおもむき、NATO軍による紛争解決の努力に協力した。そのような状況のもと、三月のある日、大統領からクインにホワイトハウスへ来るよう言ってきた。クインが出かけてみると……。

ワシントン　ロンドン

2

ワシントンは宵の口、天候は三月らしくぐずついているが、ダニエル・クインの滞在先ヘイ－アダムズ・ホテルはホワイトハウスまで歩いてすぐのところにある。クインはこのホテルが好きだった。アンティーク調の家具、贅沢《ぜいたく》な内装、すばらしいレストラン。場所柄、政治家や政界に大きな影響力を持つ人々が多く投宿する。クインは自分がどういう範疇《はんちゅう》の人間なのか、よくわかっていないが、それはどうでもいい。とにかくここが好きなのだった。

玄関を出ると、ドアマンが声をかけてきた。「おいでになっているのは存じていました、上院議員（元上院議員もこう呼ぶのが普通）。お帰りなさいませ。タクシーをお呼びしましょうか？」

「いや、いいんだ、ジョージ。歩くほうが身体にいいから」

「では、せめて傘をどうぞ。雨はまだこれからひどくなるかもしれません。ぜひお持ちください、曹長」

クインは笑った。「ヴェトナム帰り同士の連帯感かい？」

ジョージがスタンドから一本とって開いた。「ジャングルでさんざん降られましたからね。

もう沢山《たくさん》じゃないですか」

「ずいぶん昔の話だ。わたしは先月、五十二歳になったよ」

「まだ四十歳ぐらいかと思っていましたよ、上院議員」

クインは笑ったが、笑うと本当に四十前後に見えた。「じゃ、またあとでな、戦友」

ラファイエット・スクェアを横切っていくと、ジョージの言ったとおり、雨脚が強くなってきた。アンドリュー・ジャクスンの銅像のそばを通り過ぎるころには、木々のあいだに水溜《た》まりができはじめていた。

雨はクインに昔から抱いてきた閉塞《へいそく》感を与えた。金、権力、愛娘《まなむすめ》と、自分はすべてを持っているが、じつは何も持っていない。そんなことを、最近とくに強く感じる。彼が言うところの〝それがどうしたという感じ〟だ。物思いにふけりながら、もうすぐ公園の反対側に出ようというとき、ふいに人の声が聞こえてきた。雨に煙る外灯の明かりのもとで、ボマージャケットを着た二人のチンピラが声高に話しているのだった。二人はよく似ていたが、はっきり違うのは頭で、一人は肩までの長髪、もう一人はスキンヘッドだった。缶ビールを飲み干し、空き缶を歩道に蹴《け》り出した二人は、近づいてくるクインに目をとめた。

「おい、おっさん、どこ行くんだい？　ちょっとあんたの財布見せてくれよ」

クインは無視して歩きつづけた。長髪の男がナイフを出し、刃を飛び出させた。

クインは傘を閉じて微笑んだ。

「何かお役に立てることがあるかな？」

「ああ、金をもらいてえんだよ、このまぬけ。ブスリってのが嫌なら出しな」ナイフを宙で振る。

スキンヘッドが長髪の横に並び、不愉快な声でへらへら笑った。クインは傘を突き出し、その顎《あご》の下を突いた。そして両膝《ひざ》をついた相手の顔に靴底を叩《たた》きこんだ。ふいにクインは三十歳若くなり、メコン・デルタで戦う特殊部隊員に戻った。今度はナイフを持った男に顔を向けた。

「おまえもやるか？」

横なぎに斬りつけてきた相手の手首をつかみ、腕を伸ばさせ、肘《ひじ》に拳《こぶし》を叩きつけた。男は悲鳴をあげてうしろによろめく。立ちあがろうとするスキンヘッドの顔を蹴った。

「今夜はついてないようだな」

一台のリムジンが急停止し、運転席から男が降りて、左の腋《わき》の下からブローニングの拳銃《けんじゅう》を抜いた。かなり大柄な、肌の色の濃い黒人で、クインのよく知っている男だった。クランシー・スミス。元海兵隊員で、大統領お気に入りのシークレット・サービス警護官。助手席からも人が降りてきたが、この男とも旧知の仲だ。長身のハンサムな男で、クインと同年輩だが、髪はまだ黒々としている。名前はブレイク・ジョンスンで、ホワイトハウスの庶務課長だが、事情を知るごく少数の者はその部署を〈地下室《ベイスメント》〉と呼んでいる。

「ダニエル、大丈夫か？」ジョンスンが訊《き》いた。

「大丈夫。どうしてここへ？」

「迎えにきたんだ。こんな夜でもきみは歩く気でいるだろうと思ってね。ホテルへ行ったら、ちょうど出たところだといわれた」二人のチンピラに目をやった。「ちょっと面白い遊びをしたようだな」

スキンヘッドと長髪はみじめたらしく木立の中へ逃げこむところだった。クランシー・スミスが言った。「警察を呼びますよ」

「いや、いい」クインは言った。「少しは懲りただろう。それより行こう」

クインは後部座席に乗りこみ、ジョンスンが隣に坐《すわ》った。クランシーが運転席について車を出した。

静かな公園で、スキンヘッドが小さくすすり泣いていた。「うるせえ、泣くな」長髪が言った。

「鼻を折られたんだ」

「だからなんだ？　きれいなお顔が台無しか？　煙草をくれ」

半ブロック先の木立の中にべつのリムジンが駐《と》まっていた。運転席に坐っているのは中背で、歳は三十代、ブロンドのハンサムな男だった。タキシードの上にグッチの革のコートを着ている。助手席にいるのは同じくらいの年齢のたいそう美しい女で、髪は漆黒、目鼻立ちは獰猛《どうもう》なほどきりりとしていかにも気位が高そうだ。その面差しにはどことなくアラブ風のところがあるが、それも驚くにはあたらない。彼女は半分アラブ人、半分イギリス人なのである。

「情けないわね、ルパート。あなたが雇う連中はレベルが低いんじゃないの」

「ああ、がっかりだな、ケイト。しかしクインはたいしたやつだ」ルパート・ダーンシーは薄い黒革の手袋をはめた。

レディ・ケイト・ラシッドは、ばかばかしいというように手を振った。「もう行きましょ。べつの手を考えるのよ」

「たとえば？」

「大統領は今夜、ヘイ－アダムズのラファイエット・レストランで食事をする。ひょっとしたらお仲間が欲しいかもしれないわ」

「やれやれ、わが女伯爵はお楽しみが好きだね」愉快そうなその声にはボストン訛《なま》りがはっきり響いていた。「ちょっと失礼。すぐ戻る」

車を降りたルパートに、ケイトが訊いた。「ルパート、どこへ行くの？」

「金を返してもらうんだ、スウィーティ」

「お金なら腐るほどあるじゃない」

「これは個人的な信条の問題でね」

煙草に火をつけてから、通りを渡り、木の下にいる二人の男に近づいた。

「とても面白かったよ」

「あんた、ちょろいといったじゃないか」と、スキンヘッド。

「ああ、人生はときとして辛《つら》いものだな。しかしおまえたちは見事なしくじり方をした。金を返してもらおう」

「何いってやがる」スキンヘッドは長髪の男を見た。「おい、渡すなよ」

「やれやれ」

ルパートは右のポケットから二五口径のコルトを出した。先端に太い消音器がついている。それをスキンヘッドの左の腿《もも》に押しつけ、引き金を引く。スキンヘッドは叫び声をあげて倒れた。ルパートが手を出すと、長髪の男は急いで札束を取り出した。

いんじゃないか」

ルパートは言った。「さっき会ったとき、携帯を持ってるのを見たよ。警察に通報するとい

「な、なんていうんだよ、警察に？」

「でかい黒人三人組に襲われたとね。ここはワシントンだ、信じてもらえるよ。この都市《まち》の犯罪発生率はたいへんなものだからね」

ルパートはリムジンまで戻った。運転席に乗りこむと、ケイト・ラシッドが言った。「そろそろ車を出してもらえる？」

「きみのお願いはぼくにとって命令だ」

3

リムジンがホワイトハウスに到着したとき、ブレイク・ジョンスンは携帯電話を切った。

「キャザレット大統領が絶句するなんて珍しい。ショックを受けてたよ」

「わたしだってショックを受けてる」クインは言った。「何しろもう五十二だ。ヴェトナムは遠い昔の話だよ」

「われわれみんなにとって遠い昔の話だ、ダニエル」

「しかしブレイク、さっきわたしがあの二人にしたことだが、なぜとっさにあんなことができるんだ？」

「そういうのは一生消えないんですよ、上院議員」クランシー・スミスが言った。「身体に烙《らく》印《いん》を押されてるようなものです」

「きみもそうなのか？　湾岸戦争をいまだに引きずってるのか？」

「いや、あのときのことは考えませんね。とにかく、兵士はみなそういうときになれば人を殺しますが、上院議員、あなたの場合は正々堂々と華麗にやってのけました。だからこそ伝説の人なんです」

「ボ・ディン村か」クインは首を振った。「あれは呪いのようなものだ」

「とんでもない。人に勇気を与える模範です」クランシーはそう言って車をゲートの中へ進めた。

　三人が大統領執務室《オーヴァル・オフィス》に入ると、キャザレット大統領は書類を広げたデスクについていた。部屋は暗く、デスクのスタンドだけがつけてあった。キャザレットもジョンスンやクインと同じ五十代前半で、赤みがかった髪には白髪が混じっている。大統領はさっと立ちあがり、デスクのうしろから出てきた。

「ダニエル、たいへんな目にあったそうじゃないか。どうしたんだ？」

「話はブレイクから聞いてください。アイリッシュ・ウィスキーはありますか？」

「もちろんだ。クランシー、案内してやってくれ」

「はい、大統領」

　クインはクランシー・スミスのあとから控え室に出た。クランシーがグラスに酒を注ぐのを待つあいだ、執務室から低い声が漏れてきた。部屋に戻ると、大統領が歩み寄ってきた。

「たいしたものだな」

「三十年たっても人殺しの本能を発揮できることがですか?」

大統領は彼の手をとった。「そうじゃない。いまでもヒーローらしく行動できることがだ。その二人組はとんでもないミスを犯したよ。しばらくはおとなしくしているだろう」

「ありがとうございます。そのとおりだといいんですがね。それで——何か役に立てることでもありますか。用件はなんです?」

「まあ坐ろう」

めいめい椅子をコーヒー・テーブルまで運んできた。クランシーは壁際に立った。例によって目立たないようにして寡黙に警戒する。

大統領は言った。「ダニエル、きみはいままでのところ新しい役割を立派に果たしてきた。とくにボスニアとコソヴォでの活躍ぶりは見事だった。わたしがこの職について以来、きみほどの業績をあげた政府関係者をほかに知らない。しかももう五年間それを続けている。きみがすぐにまたコソヴォに飛ぶことは知っているが、その仕事が終わったら——しばらくロンドンを拠点に活動をしてみないか?　大使館から完全に独立した立場で……ある有益な調査をしてもらいたいんだ」

「どういう調査です?」

大統領はジョンスンに顔を向ける。

ジョンスンが話を引き継いだ。「ヨーロッパが変わりつつあるのは知ってるだろう。数多くのテロ組織がはびこっているんだ。イスラム過激派組織にかぎらずね。いま問題になってきているのは暴力革命を唱える連中だ。マルキシスト同盟、民族解放軍、それに〈階級闘争行動〉という新しい組織」

「それで？」と、クイン。

「詳しい説明に入る前に」大統領が言った。「この任務は通常の機密区分を超えた事項だと断わっておく」テーブルの上に一枚の紙を滑らせた。「これは大統領令状だ。きみはわたしの直接の指揮下に入ると書いてある。その効力はあらゆる法を超越している。きみがノーという権利すら認められない」

クインは文面を読んだ。「こういう令状はただの伝説だと思っていた」

「見てのとおり実在する。もっともきみは親友だ。無理強いはしない。返事がノーならいますぐ破り捨てる」

クインは深呼吸をした。「わたしが必要とおっしゃるなら、大統領、もちろん命令に従います」

大統領はうなずいた。「すばらしい。さてと——きみはブレイクの〈ベイスメント〉での職務についてどの程度知っている？」

「正直いって、たいしたことは知りませんね。一種の非公式的な捜査機関で、ホワイトハウスは長年のあいだ秘密にしてきたということぐらいですか」

「それを聞いて安心した。そのとおりだ。数十年前、共産主義スパイが政府のあらゆるレベルに浸透する可能性を憂慮して、誰とはいえないが時の大統領が、ＣＩＡやＦＢＩやシークレット・サービスとは完全に別個の、大統領に直属する小規模な組織として〈ベイスメント〉を創設した。以来、歴代大統領に受け継がれてきたが、わたしにとっても非常に貴重な存在でありつづけている」

ジョンスンが口をはさんだ。「イギリス政府にも似た組織があって、われわれと緊密に連携を保っている。責任者はチャールズ・ファーガスン少将。国防省の人間だが、政党を問わずそのときどきの首相に対してだけ責任を負う」そこでにやりと笑った。「人呼んで、首相の私的軍隊だ」

「きみがその組織を好きな理由がわかるよ」と、クイン。

「少将の首席補佐官はロンドン警視庁《スコットランド・ヤード》の特別保安部《スペシャル・ブランチ》から出向しているハンナ・バーンスタイン警視だ。たいした女性だよ。頭脳明晰《めいせき》で、任務遂行中に何人か人を殺し、自分も何度か銃で撃たれている」

「ほう」

「驚くのはまだ早い」大統領はクインにファイルを渡した。「ショーン・ディロンという男の記録だ。長年、IRA暫定派の最も恐れられた闘士だった」

クインはファイルを開いた。写真の男は小柄で、身長はわずか五フィート五インチ。髪はほとんど白に近いブロンド。服装は暗い色のコーデュロイのズボンに古い黒のフライト・ジャケット。口の端に煙草をぶらさげ、人生をあまり真剣に考えていないというような笑みを浮かべている。

クインは言った。「危険な男のようですね」

「それは物事の半面でしかない。十数年前、ファーガスンはセルビア人勢力に銃殺されかけていたこの男に会いにいって、助けてほしかったらうちで働けと脅迫した。いまでは少将の右腕だ」大統領は間を置いた。「何年か前にはテロ組織に誘拐されたわたしの娘を救い出してくれた。彼とブレイクとでね」

クインは大統領とジョンスンを交互に見た。「お嬢さんが誘拐された？　それは――知らなかった――」

「世間の知らないことだ、ダニエル」と、大統領。「事を公にしたくなかった。ディロンはわたしの命を助けてくれたこともある」何か言おうとするクインを手で制する。「ということで、最初の話題に戻るわけだ。ブレイク？」

ジョンスンが言った。「去年のクリスマスに、きみはロンドンに立ち寄っただろう」

「ああ。オックスフォードにいるヘレンに会いにいった」

「そう。あのときさみは大統領に頼まれて、大使館が関係するいくつかの催しに出たはずだ。ロッホ・ドゥ女伯爵レディ・ケイト・ラシッドの出席する催しに」

「うん。どういうことだろうと思ったがね。何を探ればいいのかよくわからなかった。ただ女伯爵と知り合いになってくれといわれただけだから。それで短い時間だが話をして、それとなくいくつか質問して、あとはわたしの部下にコンピューターでラシッド家の会社について調べさせた」

ジョンスンが言った。「それならあの会社の総資産は知ってるわけだ」

「ああ、知ってる。最新のデータによれば、ハザールでの石油関連事業を含めると、およそ百億ドルという規模だ」

「その経営者は？」

「ロッホ・ドゥ女伯爵だ」

ジョンスンがべつのファイルを寄越した。「これはラシッド一族に関する記録だ。とても興味深い。たとえば彼らが寄付をした相手の中にはいくつかの教育プログラムがある。〈階級闘争行動〉の教育プログラムや、〈ベイルート児童信託基金〉などだ」

クインは言った。「それは覚えているが、どれも合法的のようだったぞ。大金持ちはよく教育関係の慈善事業に寄付をする。貧しい子供たちに施しをして、持てる者の罪悪感を和らげるわけだ。わたしだってやっている」

ジョンスンが言った。「〈ベイルート児童信託基金〉がヒズボラの偽装団体だとしたら？」

クインは戸惑った。「女伯爵が何かテロに関係しているというのか？　なぜそんなことをする？」

「さっきわたしは、ディロンに命を助けられたといっただろう」大統領が割りこんだ。「あの話がここで関係してくるんだ」

ジョンスンが説明を続けた。「知ってのとおり、ケイト・ラシッドは父親がベドウィン、母親がイギリス人――ダーンシーの家名は母方のものだ。ケイトにはポール、ジョージ、マイケルという三人の兄がいた」

「いた？」

「そう。去年、母親が酔っ払ったロシア人外交官に轢《ひ》き逃げされて死んだ。外交特権があるから法廷では裁かれない。そこでラシッド兄弟妹《きょうだい》はそのロシア人を自分たちで処刑した。さらにはオーマーン首長国のハザール地方でロシアの企業が不正に石油利権を得ようとしているのを知って激怒した。ラシッドはハザールのベドウィンを束ねてきた一族だ。兄弟妹はロシアとアメリカがアラブの地で傲慢《ごうまん》に振る舞っていると考えた。経済のことにかぎらず、アラブ世界全体を蹂躙《じゅうりん》している、西洋がアラブ世界を侮辱していると。そこで報復を思い立ったんだ」

「ポール・ラシッドは暗殺者を雇って、ナンタケットでわたしを殺させようとした」と、大統領。「クランシーの背中に当たった銃弾はわたしを狙ったものだった。暗殺者の一人はブレイクが射殺した」

「なんと、そんなことが――驚いた」クインは言った。

「残念ながら事はそれで終わらなかった」と、ジョンスン。「全部ファイルに書いてあるからはしょっていうと、ラシッドの三兄弟は狂信主義の代償を支払わされた――残ったのは妹のケイトだけだ。彼女はたぶん世界一裕福な女性だろう。すべてを持ちながら、すでにすべてを失っている女だ。彼女は大事な三人の兄を失った。そして復讐《ふくしゅう》を望んでいる。それは間違いない」

「またアメリカ大統領を殺そうとするかもしれない、ということか?」

「あの女ならどんなことでもやりかねないと思う。彼女には切り札のような人物がいるんだ。貴族の家系はたいていそうだが、ダーンシー家にも分家がある。十八世紀にアメリカへ渡ってボストンに落ち着いた一族だ」

「弁護士や裁判官を数多く出していて、たいへん尊敬されている」と、大統領。「わたしもよく知っている一族だ」

クインは言った。「で、その切り札というのは？」

ジョンスンがべつのファイルを寄越す。「ルパート・ダーンシー――陸軍士官学校《ウエスト・ポイント》、パリス島の海兵隊訓練所」

「海兵隊員か」

「そう、優秀な兵士だった」と、ジョンスン。「湾岸戦争で銀星章をもらい、その後セルビアとボスニアでも勤務した。セルビア兵を酷《むご》く扱ったという噂が流れたが、結局問題にはならなかった。イスラム教徒の卑劣な待ち伏せ攻撃を阻止したときは、殊勲章《DSM》を受章している。あっという間に大尉に昇進して――」

「――ロンドンのアメリカ大使館で警備任務についた」と、大統領があとを続けた。

「次に何が起きたかは想像できます」と、クイン。「ロンドンで女伯爵に会いにいった。そうですね？」

「二人はすぐに意気投合して、以後ずっと親密な関係にある」と、ジョンスン。「ルパートは非常にルックスがいい。とくに海兵隊の礼装姿などはびしっと決まるんじゃないかな。勲章をぶらさげてね。ケイトとはいとこの子供同士になるらしい」

「それなら合法的だ」

「そこにちょっと問題があるようだ。微妙な言い方をすると、ルパートは宗旨が違うようなんだ」

「ゲイということか？」

「確証はない。女にあまり興味を示さないのは確かだ。ただ、バーを巡り歩いたりしないから、ボーイフレンドがいるかどうかも不明だ。それはさておき――ケイトとルパートが何かを企《たくら》んでいるようなんだ。ケイトはいまでも大統領と、わたしやディロンやディロンの仲間に恨みを抱いている。兄弟の死にわれわれが関与していたからだ」

大統領が言った。「きみにロンドンへ行ってもらいたい理由はそれだ。ファーガスン少将、ディロン、バーンスタイン警視との会見をセットする。それから首相にも話しておく。首相は状況をよく知っている」

「具体的には何をすればいいんです？」

「嗅《か》ぎまわるんだ。人脈を使って、様子を探ってほしい。ひょっとしたらわれわれの思い違いで、女伯爵はもう前とは違う人間だという可能性もある。それはわからない」

「わたしにはわかります」ジョンスンが言った。「あの女は変わっていないし、これからも変わらない」

「いいだろう。きみの判断力を信用するよ」

「コソヴォでの仕事が終わりしだいロンドンへ行きましょう」クインは言った。「〈クイン・インダストリーズ〉はロンドンにタウンハウスを持っている。そこに腰を据えますよ。たしかラシッドの家も近くにあるはずだ」

「よし」大統領は微笑んだ。「では、直近の問題に移ろう。今夜の食事だが、わたしはラファイエットに出かけるつもりにしている。きみもぜひ一緒に来るべきだ」

「喜んで」

「というのも――ブレイクはいつも百五十パーセント正しい情報をつかんでくるんだが――ほ

かならぬロッホ・ドゥ女伯爵とルパート・ダーンシーもあとで予約を入れたからだ」

「なんですって？」

「きみも知ってのとおり、わたしは鳩の群れの中へ猫を入れるのが好きな男だ。そろそろこちらからも揺さぶりをかけてみたい」大統領はクランシーを顧みた。「手配はすんでいるだろうね？」

「大丈夫です、大統領」

「よろしい。では八時三十分にレストランで落ち合おう。クイン上院議員をホテルまで送り届けてくれ」

「承知しました、大統領」

「それと、クランシー、ダーンシーが偉そうに何かいっても負けるな。やつは元海兵隊少佐だが、きみだって最年少で海兵隊上級曹長になった男だ」

「これはどういう会話です？」クインが訊《き》く。「われわれはいまパリス島の海兵隊訓練所にいるんですか？　下士官が少佐にいじめられるかもしれないんですか？」

大統領は笑った。「どうだ、クランシー、いじめられっぱなしで我慢するか？」

「いえ、大統領。教練官になって、少佐どのに七十五ポンドの背嚢《はいのう》を背負わせて七十マイル走らせてやりますよ」

「面白い。よし、それじゃ向こうで会おう」クインはクランシーを引き連れて執務室を出ていった。

「ファーガスンにはきみから話してくれるか？」大統領はジョンスンに訊いた。

「はい、向こうの朝一番に」

ファーガスン少将は、国防省庁舎四階のホース・ガーズ通りを見おろす部屋をオフィスにしている。朝、少将はデスクについていた。手もとには赤い秘密回線電話を置いている。身なりに無頓着《むとんちゃく》な老人で、頭は白髪、淡黄褐色のスーツに近衛連隊のネクタイを締めている。少将は受話器を置いて、インターコムのボタンを押す。女性の声が応答した。

「はい、少将」

「ディロンはおるか？」

「ええ」

「二人とも部屋へ来たまえ」

バーンスタイン警視が入ってきた。歳は三十代前半、ショートカットの赤い髪に角縁眼鏡。黒のパンツスーツは優雅で、警察の給料で買えるようなものには見えない。

小柄なブロンドの男は古びた黒いフライト・ジャケットを着ていた。全身に力がみなぎっているのが一目でわかる男だ。部屋に入るなり煙草をくわえ、古いジッポのライターで火をつける。

「相変わらず遠慮なしだな、ディロン」ファーガスン少将が言う。

「そうさ、少将。あんたが物分かりのいいじいさんだと知ってるからね」

「黙って、ショーン」バーンスタインがたしなめた。「ご用ですか、少将？」

「うむ。たったいま、ブレイク・ジョンスンが、ロッホ・ドゥ女伯爵のことで面白いことを知らせてきた」

ディロンが訊いた。「ケイトは何を企んでるんだい？」

「というより、企んでいるかもしれん、という話だ。いま、コンピューターのデータをプリントアウトさせているところだが、ハンナ、見てきてくれるかね？」

ディロンはグラスにブッシュミルズを注いだ。「いよいよ何か始めるわけだ」

「わしら全員を抹殺するといっておったな。兄さんたちの復讐をすると」

「まあ、やってみるといいさ」ディロンは酒を一気に飲み干してお代わりを注ぎ、乾杯の仕草をした。「ケイト、きみに神の恵みがありますように、といいたいが、ハンナをあんな目にあわせた以上そうもいかない。今度ああいうことをしたら、おれが撃ち殺してやる」

バーンスタインがファックスの通信紙とコンピューターのプリントアウトを手に戻ってきた。

ファーガスンが言った。「まずブレイクが話したことをいう。そのあとそれを読んでくれ」

しばらくたって、三人の頭に最新情報が入った。

「彼女に男ができたわけですね」バーンスタインが言った。

ディロンはプリントアウトの、ルパート・ダーンシーの写真を見た。

「そんなところかな」とにやりとする。

ファーガスンが言った。「気がかりなのは、ダニエル・クインの部下が調べたこの寄付のことだ。〈階級闘争行動〉の教育プログラムに〈ベイルート児童信託基金〉」

「ケイト・ラシッドは半分アラブ人で、ハザール地方のベドウィンの族長だ」と、ディロン。

「だからアラブの慈善事業に寄付してもおかしくないが、あんたのいうとおりだ。これは見かけどおりのことじゃない気がする」

ファーガスンはうなずいた。「で、どうする？」

「ケイトの企みをどう探るか？」ディロンはバーンスタインを見た。「ローパーは？」

バーンスタインは微笑み、ファーガスンのほうを向いた。「ローパー少佐はどうでしょう？」

「適任者だ」と、ファーガスン。

4

ダニエル・クインがヘイ－アダムズ・ホテルの玄関で待っていると、三台のリムジンが滑りこんできた。まずクランシー・スミスが降り、次いで二台の護衛車からも三人のシークレット・サービス警護官が降りてきた。クランシーはクインのそばを通り過ぎるとき会釈をして、ホテルに入った。ブレイク・ジョンスンは車のすぐ外で大統領を待った。大統領は玄関前の階段をあがってくると、クインと握手をした。

「ダニエル」

もちろん、これは報道陣向けだった。大統領がホテルへ来ると聞いて、三人のカメラマンが駆けつけていた。握手をするあいだにフラッシュが焚《た》かれ、写真が撮られた。クランシーがまた玄関前に出てきた。ほかの警護官が大統領とジョンスンを取り巻き、一行は中に入った。

大統領、ジョンスン、クインの三人はレストランの支配人に出迎えられ、隅の丸テーブルに案内された。警護の観点からは最良の場所である。ほかの客はみな感激して低く囁《ささや》き合った。クランシーは三人の警護官を壁際に配置し、自分はダイニング・ルームの周囲を目立たないように移動した。

「さて飲み物だが、両君、フランスの白ワインでいいかな?」大統領はウェイターのほうを向いた。「サンセールを頼む」

ウェイターは嬉《うれ》しそうに数回うなずいた。「承知しました、大統領閣下」

「実際、一杯飲《や》らずにはいられないよ」大統領はクインのほうを向いた。「いま、必死にエネルギー問題に取り組んでいるがね。物価が高騰する、石油需要が急増する、電力不足で停電が頻発する——まるで大災害が起きるのを待っているようだ。国民も気づきはじめている。先週の世論調査の結果を見たかね? 〝なぜ政府は何もしないのか?〟——とんでもない、一生懸命やっている。攻撃のチャンスだとほくそ笑んでいる連中もいる——誰のことかはわかるだろう。この状況をなんとかしないと、来年の中間選挙は悲惨なことになって、いろいろな政策の実現は諦《あきら》めるしかなくなる。そうなったらいっそ辞任したほうがいいだろう」

クインが何か言いかけるのを、大統領は手の一振りでさえぎった。「いや、気にしないでくれ。ストレスを発散させただけだ。このディナーの目的はそれじゃない」にやりと笑う。「ちょっとしたお楽しみをするんだ。いまわれわれはブロードウェイの劇場で開演を待っているところでね」入り口のほうをちらりと見た。「もうまもなく幕があがるよ」

入り口にロッホ・ドゥ女伯爵が立っていた。首のまわりでダイヤモンドがきらめき、黒いシルクのパンツスーツが芸術品の気品を漂わせている。隣に並んだルパート・ダーンシーは優雅なブリオーニのブレザーとスラックスを着こなし、白いシャツに黒いネクタイを締めている。ブロンドの髪には一筋の乱れもない。

支配人がすぐに現われ、二人を先導してテーブルのあいだを歩きはじめた。近づいてくると、大統領はジョンスンに言った。「話しかけるんだ、ブレイク。きみは面識がある」

女伯爵が近づいてくると、ジョンスンは立ちあがって言った。「ケイト、これはまた奇遇だね」

ケイトは足をとめて微笑み、ジョンスンの頬にキスをした。「まあ、ブレイク。嬉しいわ」連れのほうを見て。「親類のルパート・ダーンシーにはもう前に会った？　いや、会ってないわね。でも、あなたたちには共通点が多いのよ」

「会わなくても評判は聞いてるよ」と、ジョンスン。

ルパートは笑みを浮かべた。「それはこちらも同じだ、ミスタ・ジョンスン。クイン上院議員もいるんだね」

「やあ」と、クイン。「またお会いできて嬉しいですよ、女伯爵」

ケイトは会釈をした。「ええ、わたしも」

「大統領」ジョンスンは言った。「こちらはロッホ・ドゥ女伯爵、レディ・ケイト・ラシッドです」

キャザレット大統領は立って彼女の手をとった。「初めまして、女伯爵。どうかな、二人とも、飲み物をご一緒しないかね？　シャンパンでも？」

「どうしてそれをお断わりできますでしょう」

ジョンスンがウェイターを呼んで注文をした。ルパートは椅子を持ってきてケイトを坐《すわ》らせ、クランシー・スミスのほうを向いた。

「この前会ったときは、きみもわたしもイラクで往生していたな、上級曹長？」

「まったくです、少佐。ボスニアではお見かけしませんでしたが」

「人を見逃したり見失ったりしやすいところだからね」ルパートはにやりと笑ってクランシーの脇へ並んだ。

「しかし、無駄話をしているとみなさんの邪魔だ」

ウェイターがドン・ペリニョンをグラスに注ぐ。大統領は自分のグラスを持ちあげた。「レディ・ケイト、あなたに乾杯だ。〈ラシッド投資会社〉はいま絶好調だそうだね。とくにハザールでの事業がすごいようだ」

「石油のおかげですわ、大統領、誰もが石油を欲しがります」ケイトは微笑んだ。「大統領もよくご存じのとおり」

「そのとおりだが、ハザールでの石油採掘事業は見事な成果をあげている。どうしてだろうね」

「理由はわかっているわ。わたしがハザールと〈虚無の地域〉(ルブ・アル・ハーリー砂漠)のベドウィンを束ねているからよ。わたしの仲介がなければ、アメリカもロシアも何もできない。あそこは世界一過酷な砂漠ですからね」ジョンスンに顔を向けて微笑んだ。「ブレイクはそれを知っていますわ。兄のジョージが殺されたとき、そこにいたから」

「そのとおり」と、ジョンスン。「そしてその前の夜、リチャード・ブロンズビーが殺されたときもね」大統領のほうを向いて、すでに相手が知っていることを話した。「ブロンズビーというのはハザール斥候隊の副官でした。あそこには近代的な大規模な軍隊がなくて、一連隊だけなのです。ブロンズビーはベドウィンのラシッド族にナイフで丁寧にいたぶられました」またケイトのほうを向いて笑みを浮かべたが、そこにはユーモアのかけらもなかった。「そこで夜が明けたとき、ショーン・ディロンが報復をした。相手はたしか四人で、距離は五百ヤードほどあった。ショーンの射撃の腕はたいしたものだな」

「そう、たいしたくそ野郎よ」

「四人のうちの一人が兄さんのジョージだったからかい？　彼は人を殺す前にそういうことを考えておくべきだったんだ」

テーブルのまわりで、空気が濃く冷たくなった。それからケイトが微笑んだ。「殺人のことならあなたは詳しいわね、ミスタ・ジョンスン。もちろん、支払わなければならない代償のことも。それはずいぶん高くつくことがあるわ」ジョンスンのほうへ身を傾けてきた。「あなたが殺人について知っていることをお仲間にも教えてあげて」

「よすんだ、ケイト」ジョンスンは相手の手首をつかんだ。「何を企《たくら》んでいるのか知らないが、よすんだ」

「ブレイク、わたしはなんでもやりたいことがやれるの」それから呼びかけた。「ルパート？」ルパートが椅子を引くのと同時にケイトは立ちあがった。「大統領、お話しできて光栄だったわ」そう言ってからルパートにうなずきかけると、ルパートは「では失礼」と言い、ケイトのあとを追った。

しばらくのあいだ沈黙が流れた。それからクインが言った。「いったいどういうことなんだ」

「ファイルを読んでくれ、ダニエル」大統領は言った。「そしてなるべく早くロンドンへ行ってくれ」ケイトのうしろ姿を見やった。「なぜかこちらの持ち時間は思っていたより少ない気がするんだ」

ケイトとルパートはレストランのべつの隅に陣取った。「煙草ちょうだい、ルパート」

ルパートはマルボロを与え、AK47の薬莢《やっきょう》で作られたライターの火をつけた。

「どうぞ、スウィーティ」

ケイトは煙草を吸いつけてから、ルパートの手からライターをとった。「これはどこで手に入れたの？　いままで訊《き》いたことがなかったけど」

「湾岸戦争の思い出の品さ。待ち伏せ攻撃されて、危ない状況になった。そのとき倒れたイラク兵のAKを拾いあげて、助けが来るまでそれでしのいだんだ。おかしな話だが、その応援部隊の中にクランシー・スミス上級曹長がいたんだがね。あとで銃を調べたら、弾薬は一発しか残ってなかった」

「危なかったわね」

「そうなんだ。その弾薬を持ち帰って、ボンド通りの貴金属細工職人にライターにしてもらった」ライターをケイトから受け取る。「〝メメント・モリ〟って言葉は知ってるかい、ケイト？」

「もちろん。〝死を忘れるな〟。そこから、人は必ず死ぬということを思い出させる品物も指す」

「ご名答」ルパートはライターをぽんと投げあげて、受け止めた。「ぼくは三、四回死んでもおかしくない目にあったが死なかった。なぜだ？」笑みを浮かべた。「わからない。でもこれが、死んだかもしれないことを思い出させてくれる」

「いまでも教会へ行って告解をするの、ダーリン？」

「いや。でも、神はすべてを知り理解している。よくそういうだろう？　そして神様には赦《ゆる》しを与える無限の能力があると」また笑みを浮かべた。「ぼくほど赦しを必要としている人間はいない。まあ、きみはもうそれを知っているけどね。たぶんぼくのすべてを知っているんじゃないかな。ロンドンでぼくが初めて会いにいったとき、きみは最初の三十分ですべてを知ったんじゃないかと思っている。保安課の社員に調査をさせる前にね」

「二十分よ、ダーリン。こんな人がいたのかって、信じられない思いだった。アラーの贈り物だと思ったわ。母を亡くして、三人の兄を亡くしたあとで、あなたが現われた。いままで知らなかったダーンシー家の一員が。神に感謝しているわ」

ルパートは胸に熱い感情が満ちてくるのを覚えた。手を伸ばしてケイトの手をとった。「きみのためなら人だって殺せるよ、ケイト」

「わかってるわ、ダーリン。そうしてもらわなくちゃいけなくなるかもしれない」

ルパートは微笑んで煙草をくわえた。「ぼくはきみをとても愛しているんだ」

「でも、ルパート、あなたは女に興味がない」

「ああ、残念なことだね。ただ、それでもきみを愛している」ルパートは椅子にもたれた。

「で、当面の問題は？」

「あそこにいるダニエル・クイン上院議員よ。キャザレットとかなり親しそうなところがとても興味深いわ。前から大統領に死んでほしいと思ってるのは、わたしの活動についていろいろ嗅《か》ぎまわってくるからだけど、いま、大統領はもっと大きなことを企んでるような気がするの」

「というと？」

「それはわからないけど、調べてみたら面白いかもしれない……ところで、クインに娘がいるのを知ってる？　名前はヘレン。ローズ奨学生としてオックスフォードに留学中なんだけど」

「へえ。それで？」

「その娘を育ててあげてほしいの」

「よくわからないな」

「わたしがいろんな慈善事業に関係しているのは知ってるでしょ？　わたしは抑圧された少数派を支援したいの。〈階級闘争行動〉とか、アナキスト統一戦線とか、ベイルートの民族解放軍とか。ちょっと乱暴な連中だけど……基本的に善意の人たちなのよ」

「善意の人たちが聞いてあきれるね」

「意地悪ね、ルパート。とにかく、〈階級闘争行動〉の教育プログラムはわたしの城に本部を置いてるの。スコットランド西部のロッホ・ドゥ城。崩れかけた古い城だけど、人里離れたところにあるのが利点よ。そこで子供たちにアドベンチャー体験をさせて、自分で自分の身を守ったりすることを教えてるの。年齢が上の若者には……もっとべつのことも」

「ハザールでやってるようなこと？」

「よくできたわ、ルパート！　そのとおりよ。ハザールでやってるのはアラブ解放軍児童信託基金の活動。ロッホ・ドゥよりもっと本格的なもので、傭兵《ようへい》をインストラクターとして準軍事的訓練をする。インストラクターの中にはアイルランド人もいるわ。北アイルランドで和平プログラムが始まってから、そういう連中がごろごろいるのよ」

「で、ぼくに何をしろって？」

「ロッホ・ドゥ城での活動を監督して、嗅ぎまわりにくる人間がいないよう目を光らせてほしいの。それと〈階級闘争行動〉と緊密に連絡をとりあってほしい」

「なぜ？」

「クイン上院議員とけっこう近いうちに会いそうな気がするから。知ってた？〈階級闘争行動〉は、いまではイギリスの主な大学に支部を持ってるのよ。そこには資本主義を打倒したいお坊ちゃまお嬢ちゃまが大勢いるの」ケイトはくすくす笑う。

「それがクインとどう関係するんだ？」

「どうって、愛《いと》しのルパート……ヘレン・クインはオックスフォード支部のメンバーなんだもの」

翌朝、ロンドンで、ローパー少佐がステイブル・ミューズにあるショーン・ディロンのコテージを訪れた。ローパーは芸術品といってもいい電動車椅子に乗った風変わりな若者である。リーファー・コートを着て、髪は肩まで伸ばし、顔は火傷《やけど》で皮膚がぴんと張りつめて仮面をかぶっているように見える。もとは陸軍工兵隊の優秀な爆弾処理員で、ジョージ十字章も受けたが、その経歴は当人が〝ちゃちな爆弾〟と呼ぶものによって終止符を打たれた。それはベルファストの路上に駐《と》めた小型乗用車にIRAが仕掛けたものだった。

ローパーは一命をとりとめ、コンピューターの世界に新たな道を切り開いた。サイバースペースのどこか隅の隅に埋もれた情報を探し出したいなら、連絡をとるべき専門家はローパーだ。

コテージではファーガスンとディロンが待っていた。

「やあ、ショーン」ローパーは快活に声をあげた。

ディロンは微笑んで、車椅子を階段の上へ運びあげた。「元気そうだな」

「ハンナからはほとんど説明がなかった。ファイルを一冊送ってくれたけどね。また戦争をやるのかい？」

「その可能性は十二分にあるね」

ディロンとローパーがコテージに入ると、廊下でファーガスンが電話をかけていた。ファーガスンは受話器を置いた。「やあ、元気かね、少佐？」

「ええ、少将。仕事をいただけるそうですね？」

ファーガスンはうなずいた。「そのとおりだ」

それから三十分間、状況をおさらいしたあとで、ディロンが言った。「やってほしいのは、ケイトが寄付をしている団体についての調査だ。アキレス腱《けん》を探してもらうわけだが、それがどういうものかは予想できない」――にやりと笑う――「だが、見つかったときにはそれとわかるはずだ」

「いっておきますが」と、ローパー。「クイン上院議員の部下が何ヵ月か前に調査したのなら、もうケイト・ラシッドに知られてます。足跡を残していったはずですからね。つまり、ラシッドがその気になれば、証拠隠滅をはかる時間は充分あったことになります」

「何も見つかりそうにないということかね？」ファーガスンが訊いた。

ローパーの引き攣《つ》れた口もとが笑みの形に吊《つ》りあがった。「わたしは〝証拠隠滅をはかる時間〟といったんです。〝証拠隠滅に成功する時間〟じゃなくてね」

ロンドン　オックスフォード　ハザール

5

　ローパーは、リージェンシー・スクェアにあるアパートメントの一階に住んでいる。専用の玄関があり、車椅子で出入りできるようスロープをつけてある。キッチンや特別仕様のシャワーとトイレのついたバスルームなど、住まい全体が身体障害者向けに改築されているが、同時に自己防衛のための配慮も周到だ。本来居間として使われるべき部屋にはコンピューター機器と作業台が設置され、そのコンピューター機器は最高級機種である。機密データを扱うこともあるが、それは彼が陸軍予備役に登録されている少佐だからというより、ファーガスン少将から協力を依頼されることがあるからだ。

　ダニエル・クインが大統領に会ってから三日後、午前十時に玄関のチャイムが鳴った。ローパーがリモコンで玄関を開錠すると、ファーガスン、ディロン、バーンスタインの三人が入ってきた。

「さてと、何かわかったかね?」ファーガスンがローパーに訊《き》いた。

「少将がおっしゃったとおり、〈ラシッド教育基金〉からはいろいろな団体に金が流れていますね。寄付先のリストはかなり長いです。大半は合法的な団体のようですが、全部がそうとはかぎらない。たとえば〈ベイルート児童信託基金〉は間違いなくヒズボラです。シリア、イラク、クウェート、オマーンにもたくさん寄付先があって、いま詳しく調べてるところですが、その中にテロ組織の偽装団体が交じっているのは間違いないですね」

「いったいあの女は何をしようとしておるのだ？」と、ファーガスン。

「力を強化しようとしているのさ」ディロンが言った。「アラブ主要国の指導者とつながりを作る。そして必要に応じて、平和的あるいは暴力的な手段で影響力を行使できるようにするわけだ」

ローパーはうなずいた。「それと中東におけるラシッド家の石油事業の規模も忘れてはいけない。〈ラシッド投資会社〉はあの地域の石油生産量の三分の一を支配しています。その気になれば世界を大混乱に陥れることができるんです」

「なんと」ファーガスンは唸《うな》るように言った。「中東の石油の三分の一とは」

ディロンはローパーに顔を向けた。「イギリス国内ではどうだ？　ＩＲＡやアルスター自由戦士なんかには献金していないのか？」

「それはないようですが、泡沫《ほうまつ》的な組織には金を出してますね。人民軍、マルキシスト同盟、民族解放軍、アナキスト統一戦線などなど――どれもみな教育関係の寄付です」

「次にロンドンで暴動が起きるとき、そういう組織のメンバーがけっこう参加するんでしょうね」と、バーンスタイン。

ローパーは肩をすくめた。「ケイト・ラシッドは賢いですよ。全部オープンにしてやってます。立派なことだと褒める人も多いでしょうね」

「表面的には立派かもしれん」と、ファーガスン。「たしかにあの女は賢いのだろう。〈階級闘争行動〉というのはどういう団体かね？」

「名前は仰々《ぎょうぎょう》しいですが、わりと無害な団体のようですね。中心的な活動は、十二歳から十八歳の子供たちにアウトドア生活を経験させるプログラムです。キャンプファイアー、カヌー、トレッキング、登山といったものですね」

「年長の若者は何を教わっていることやら」と、ディロン。

「本部はスコットランド西部のモイダートという町にあるロッホ・ドゥ城。そう、女伯爵の城です」

ファーガスンは驚いた。「そこなら行ったことがある。わしら三人ともだ」

今度はローパーが驚いた。「どういうことです？」

答えたのはディロンだった。「十年ほど前のことだが、カール・モーガンという悪党を相手にしたことがある。そのモーガンが何週間か城を借りたから、おれたちも乗りこんだんだ。少将とハンナとおれで、湖の対岸にあるアードマーチャン・ロッジというのを借りてね」

バーンスタインがファーガスンのほうを向いた。「でも、城の所有者はレディ・キャサリンでしたが」

「実際はそれよりもう少し複雑なようですね」と、ローパー。「サー・ポール・ダーンシーがジェイムズ一世からロッホ・ドゥ伯爵の称号を受け継いだときには、かなりの古城だった。その後、一八五〇年に中期ヴィクトリア朝様式への改築工事が始まったけれども、一族はそこをほとんど使わなかった――ダーンシー・プレイスのほうを好んだからです。そのあと、キャンベル一族に五十年契約で賃貸されましたが、五年前にレディ・キャサリン・ローズが亡くなったとき、契約は終了して城はダーンシー家のもとに戻った」

「あるいは、ラシッド家のもとにというべきかな。ケイトの母親はラシッド家の男と結婚したわけだから」と、ディロン。

「心理学者のカール・ユングが〝共時性〟ということをいっているわね」バーンスタインが言った。「偶然の一致に、単なる偶然を超えた深い意味があるように感じられる現象」

「そう、気味が悪いじゃないか」と、ディロンが言う。「まるでケイト・ラシッドとは十年前から因縁があったみたいな感じだ」

「ばかなことを」ファーガスンが割りこんだ。「しかし、そろそろ揺さぶりをかけてみるときかもしれん」

「どういう意味でしょう？」と、バーンスタインが訊く。

ファーガスンはディロンのほうを向いた。「ショーン、ここらで例の、〝こちらが知っていることを向こうは知っているし、向こうが知っていることをこちらも知っている状況〟を作るべきだと思わんか」

「それでどういう成果があがるんだい？」

「一つ話しておこう。これはトップ・シークレットで、おまえさんたちに話したことを知られたら政府に八つ裂きにされるだろうが——じつはこの二年ほど、ケイト・ラシッドは……政府のために働いていたのだ。外務省や首相のために秘密の使節として」

「なんですって?!」バーンスタインが叫んだ。「まさか、信じられません！」

「使節として会った相手は誰なのかな」ディロンが訊く。

「サダム・フセインだ」

「そんなばかな」と、バーンスタイン。

「彼女はフセインをよく知っておる。フセインは彼女の大ファンだ」

「それじゃ、あの女は安全なわけだ」と、ローパー。「あの女には味方がいる、政府の上層部にはケイト・ラシッドが危険な女だと聞かされても信じない連中がいると、そういうことですか？」

「そう。わしはそれを信じておるがね」

「しかし、そんな状況の中で、ケイト・ラシッドにおまえのことを調べてるぞと知らせるんですか？」

「そういうことだ」ファーガスンはバーンスタインに顔を向けた。「ディロンと一緒にロッホ・ドゥ城へ行って、少し掻《か》きまわしてみてくれ」

「いつ出発しますか？」

「これからすぐにだ。ファーリー・フィールドに電話したまえ。レイシーとパリーにリア・ジェットの準備をさせるのだ。記憶違いでなければ、ロッホ・ドゥ城の近くに昔の空軍飛行場の跡がある。四百五十マイルほどだから、一時間半で着くはずだ」

「飛行場からの足が必要ですが」

「オーバンの海空共同救難基地に電話して、無印の車を手配してもらうといい。さあ、いますぐ行動開始だ。連絡は車の中で携帯電話でやりたまえ」

ファーガスンは背中を押さんばかりに急き立てた。ディロンはローパーににやりと笑いかけて、あとに従った。「おれたちが戦争に勝った理由がこれでわかるだろう」

「どの戦争のことです?」と、ローパーは言った。

　いつも秘密工作に使う空軍基地、ファーリー・フィールドで、ディロンたちはレイシー少佐とパリー大尉に迎えられた。二人ともファーガスンの指揮する危険な任務で世界中に飛び、空軍十字章を受けている。服装は普通の青いつなぎの飛行服で、階級章はつけていない。

　レイシーが言った。「こんにちは、ショーン。荒っぽい仕事ですか?」

「そうはならないだろうが——ま、わからないな」

「使うのはリア・ジェットです、警視。空軍のマークがついていませんから。さっき目立たないようにとおっしゃいましたね?」

「ええ。じゃ、出発しましょ」

　バーンスタインはステップをのぼり、ディロンと二人の操縦士があとに続く。レイシーはコックピットに入り、パリーがドアを閉めた。一分後、飛行機は滑走路を疾駆して離陸し、みるみる高度三万フィートまで上昇した。

「ケイトを挑発するのが目的なのに、なんでファーガスンは目立たないようにやらせるんだ?」ディロンは訊いた。

「わたしたちは秘密の組織だからよ。それに空軍のマークがついた飛行機を軍服を着た操縦士が飛ばして乗りこんだら、女伯爵が政府に苦情を申し立てるかもしれないでしょ」

「それはないよ。こういうビジネスにもルールがある」

「あなたは一度もルールを守ったことがないくせに」

ディロンは煙草に火をつけた。「都合のいいルールには従ってるよ。ところで、近ごろ身体の調子はどうだい？」

前の年、ラシッド家との対決で、バーンスタインはアラブ人の殺し屋から三発の銃弾を受けていた。

「心配ご無用。ちゃんとこうして動いてるでしょ」

「やれやれ、きつい女だ」

「もう黙ってなさい」

最前、パリーが座席の一つに二紙の新聞を置いていった。バーンスタインは《タイムズ》紙を取りあげて読みはじめた。


同じとき、世界ではさまざまなことが起きていた。コソヴォでは、ダニエル・クインが、イギリス近衛《このえ》騎兵隊のランド・ローヴァーでレチ村に入ったところだった。一人の兵士が三脚に据えた機関銃で警戒し、一人が運転をする。クインは戦闘服の上着を着て後部座席にいる。隣に坐《すわ》っているのはヴァーリーという軍曹だ。

雨が降りはじめていた。湿った空気にいがらっぽい煙の臭いが混じっているのは、家々がまだ燃えているからだった。村に人の気配はない。

ヴァーリーが言った。「どうやらアルバニア系の遊撃隊が襲ったようですね」

「面倒に巻きこまれる可能性はあるかね？」

「いや、これを揚げていればたぶん大丈夫ですよ」ヴァーリーはボンネットの横でひるがえる英国国旗を顎《あご》で示した。

「国連旗は立てないし、国連の青いベレー帽もかぶらないんだね」

「わが道を行く。そのほうがいいんです。一方に肩入れしていると思われないですから」

「なるほど」

頭上にヘリコプターの音がしたが、雨と靄《もや》で機影は見えない。クインはたちまちヴェトナムを思い出した。それから人体が焼ける独特の臭いも。あれは一度嗅《か》ぐと一生忘れられないものだ。三十年間眠っていたさまざまな記憶が一気によみがえり、たまらない気持ちになってきた。

運転手が車を停め、エンジンを切った。ヘリコプターも遠ざかり、雨の音だけが聞こえて、あとは静かだった。

「死体だ、軍曹」

ヴァーリーとクインは立ちあがった。全部で六体。男、女、三人の子供。そしてもう一体、数ヤード離れたところでうつ伏せになっている。

「家族全員が一緒にやられたようですね」ヴァーリーが首を振った。「ひどいやつらだ。悲惨なことならいろいろ見てきましたが、ここは飛び抜けてますよ」機関銃のうしろにいる兵士に顔を向けた。「よく見張っててくれ。死体を移動させるから。踏んでいくわけにはいかないからな」

「わたしも手伝おう」クインが申し出た。

クインとヴァーリーと運転手は車を降りて死体に近づいた。クインはもう完全にヴェトナムに戻った気分だった。まるでこの三十年は存在しなかったかのように。子供の一人を抱きあげた。八歳くらいの男の子だった。通りの端まで運ぶと、建物の壁際に横たえた。ヴァーリーと運転手もそれぞれ子供を抱きかかえて背後にやってきた。

クインは暗澹《あんたん》たる気分だった。闇が心の奥深くへ忍びこんできた。ヴァーリーと運転手は二人で男の死体を運び、それから女の死体も運んだ。

クインは深く息をついてから、残った一体のほうへ歩いた。その死体はブーツにだぶだぶのズボン、古い戦闘服の上着、毛織りの帽子という恰好《かっこう》だった。どうやら背中を撃たれたらしい。死体を引っくり返したクインはぞっとして身をすくめた。泥に汚れた顔は若い女の顔だった。開いた目が死を見つめていた。歳は二十一、二だろう。ヘレンと同じくらいだ。

ヴァーリーが声をかけてきた。「手を貸しましょうか、上院議員?」

「いや、大丈夫だ」

クインはひざまずき、死体を抱きかかえて、立ちあがった。通りの端まで来ると、壁に背中をもたせかけて坐らせた。ハンカチを出して顔の泥を拭《ふ》き、瞼《まぶた》を閉じてやり、立ちあがった。それから脇へ歩いて、壁際で背をかがめ、激しく嘔吐《おうと》した。

運転手がつぶやいた。「くそいまいましい政治屋め。たまに自分の目でこういうのを見てみるのもいい薬だろうよ」

ヴァーリーが運転手の腕をつかんでぎゅっと握った。「三十年前、あそこにいる〝くそいまいましい政治屋〟はヴェトナムで特殊部隊員として戦って、議会名誉勲章をもらってるんだ。

だから余計な口をきかないで、おれたちを早くここから移動させてくれ」

言われた兵士は運転席につき、ヴァーリーとクインは後部座席に坐って、出発した。ヴァーリーは言った。「近衛騎兵がロンドンで何をやってるかはご存じでしょう、上院議員？　胸当てに房飾りのついた鉄兜《てつかぶと》にサーベルという恰好で、観光客を喜ばせてますよ。イギリス国民もそうです。わたしらをチョコレートでできた兵隊さんだと思ってます。しかしわたしらはフォークランド戦争や湾岸戦争やボスニア紛争で戦ったし、いまはこの泥沼です」

「偉大なるイギリス国民も思い違いをしているわけだ」と、クイン。

ヴァーリーはポケットからハーフ・サイズの酒瓶を取り出した。「ブランデーはいかがです、上院議員？　連隊の規則にはもろに違反しますが、たまに飲《や》ると薬代わりになりますよ。安酒ですがね」

安酒が喉《のど》から胃までを焼いた。クインは咳《せ》きこみながら酒瓶を返した。「さっきは見苦しいところを見せてしまった。きみは失望しただろうな」

「誰にでもあることですよ。気にしないでください」

「わたしには娘がいるんだ。ヘレンといってね。ちょうどさっきの若い女の子と同じくらいの歳なんだ」

「そういうことならもう少し飲ったほうがいいかもしれない」ヴァーリーはまたブランデーを寄越した。

クインは一口飲んで、娘のことを考えた。

そのとき、クインの娘ヘレンは、オックスフォードの〈ライオン〉というパブにいた。〈ライオン〉は学生に人気のある店で、〈階級闘争行動〉オックスフォード支部のある古い学生会館のすぐ近くにある。ヘレンはアラン・グラントという長髪の男子学生と一緒に隅のボックス席に坐り、辛口の白ワインを飲みながらしきりに笑っていた。グラントが茶目っ気を出して彼女を楽しませているのだ。グラントは警備機器の技術者である兄から新しい玩具《おもちゃ》をもらった――ペン型の録音機だ。最前から会話の一部を録音し、それを再生して鋭いコメントをつけるという遊びをしている。ヘレンはそれをひどく面白がっていた。

部屋の反対側のボックス席には、ルパート・ダーンシーがいた。同席しているのはヘンリー・パーシーというオックスフォード大学のうだつのあがらない教員で、反体制的なことならなんでも好きという、混乱した知性の持ち主である。

「小切手、どうもありがとう、ミスタ・ダーンシー。われわれ〈階級闘争行動〉はラシッド教育基金からの変わらぬ支援に感謝しているよ」

ルパートはこの男が偽善者であり、寄付金の一部を自分の懐に入れることを見抜いていたが、それでも調子を合わせておいた。

「いや、お役に立てて光栄です。それでこの土曜日には何があるんです？　何かのデモですか？　あなたがたはロンドンに出かけるそうですけど」

「そうなんだ。〈ヨーロッパ自由デー〉！　アナキスト統一戦線が主催するデモだよ」

「へえ。ヨーロッパにはもう自由があると思ってましたがね。ま、それはいいとして、薔薇色《ばらいろ》の頬をした学生諸君も参加するわけですね？」

「もちろんだ」

「ホワイトホール（中央官庁が建ち並ぶ通り）でデモをやると警察がうるさいでしょう。暴動に変わりやすいから」

「警察にはとめられないよ。人民の声は圧殺できない！」

「ま、そうですね」ルパートはそっけなく言った。「あなたはリーダーの一人なんですか？それともデモの一参加者ですか？」

パーシーは気まずそうに身体をもぞもぞさせた。「あー、じつはその、わたしは出られないんだ……先約があったからね」

ルパートはどうせそんなところだと、にやりと笑った。「ところで、あそこに清楚《せいそ》な感じのお嬢さんがいるでしょう。さっきそばを通ったとき、話し声を聞いたんですが、アメリカ人のようですね。あの娘《こ》もメンバーですか？」

「どちらもイエスだ。ヘレン・クイン。ローズ奨学生だよ。父親は元上院議員でね」

ルパートはヘレンが誰かなど先刻承知で、連れの男子学生の名前も知っていた。「出がけに紹介してもらえませんか？　外国で同じアメリカ人に会うと嬉《うれ》しいんですよ」

「いいとも」パーシーは腰をあげてそちらに足を向けた。「やあ、お二人さん。ヘレン、こちらはルパート・ダーンシー。きみと同じアメリカ人だ」

ヘレンは微笑んだ。「どうも。どちらの人？」

「ボストンだ」

「あ、わたしも！　すごい偶然ね。この人はアラン・グラントよ」

グラントはとんだ邪魔が入ったと、たちまち不機嫌になった。ルパートのことはわざと無視した。ルパートは会話を続ける。「きみはここの学生なの？」

「ええ、セント・ヒューズ」

「ああ、エリート学寮なんだってね。ところで、パーシー先生から聞いたけど、土曜日のデモに参加するそうだね」

「もちろん」ヘレンは熱をこめる。

「じゃあ、くれぐれも気をつけて。きみの身に何かあると悲しいからね。それじゃ、またそのうち」

ルパートとパーシーが出ていくと、グラントがロンドンの下町訛り《コックニー》を丸出しにした。「ったくスカした野郎だぜ。何様のつもりだ？」

「いい人みたいじゃない」

「女はすぐこれだよ」グラントはポケットの中でボタンを押した。ルパートの声が流れ出る。

〝きみの身に何かあると悲しいからね〟

「おまえがヘレンの身をどうしたいかはお見通しだって」グラントは唸《うな》るように言う。「野郎、鼻に一発パンチをくれてやりてえ」

「もうやめてよ、アラン！」正直言ってヘレンは、アランは少し度が過ぎると思うことがある。

バーンスタインとディロンは湖水地方を横切り、ソルウェイ湾を越えて、スコットランドのグランピアン山脈を眼下に見る。まもなくエッグ島やラム島、そしてその北のスカイ島が視界に入ってきた。やがてリア・ジェットは、崩れかけた格納庫が二棟と管制塔がある第二次世界大戦時の古い飛行場に着陸した。管制塔のそばにステーションワゴンが一台駐《と》まっていて、ツイードのスーツに鳥打ち帽という恰好の男が脇に立っている。レイシーは飛行機をそちらに近づけてからエンジンを切った。パリーが扉を開け、ステップをおろす。レイシーを先頭に一同が地上に降りると、鳥打ち帽の男がやってきた。

「レイシー少佐ですか？」

「そうだ」

「フォーガティ軍曹です。オーバンから来ました」

「ご苦労さん。この方はスコットランド・ヤードのバーンスタイン警視、こちらはミスタ・ディロンだ。お二人は重要な用件でロッホ・ドゥ城へ行かれる。現地までお連れして、警視の命令に従ってくれ。あとでまたこちらへ送り届けてもらう」

「承知しました」

レイシーはディロンとバーンスタインのほうを向いた。「では、お気をつけて」

二十分で、城の間近まで来た。道路からかなり引っこんだところに建つ城は、ディロンとバーンスタインが記憶していたとおりの威風堂々たる建物だった。周囲の塀は高さが十フィートあり、管理人が住むロッジの煙突からは煙が出ていた。門は閉まっている。ディロンとバーンスタインは車を降りた。門には取っ手がなく、ディロンが押しても開かない。

「電子式だ。以前より少し現代化されてるらしい」

ロッジの玄関ドアが開いて、険のある痩《や》せた顔の男が出てきた。ハンティング・ジャケットを着て、左の腋《わき》に銃身を切り詰めた散弾銃をはさんでいる。

「こんにちは」バーンスタインが挨拶《あいさつ》した。

男は硬いスコットランド訛《なま》りで訊《き》いてきた。「なんの用だ？」口調はおよそ友好的ではない。

「おいおい」ディロンはたしなめた。「こちらはレディだ。口のきき方に気をつけてくれ。きみは誰なんだ？」

男は面倒を予想して身体をこわばらせた。「おれはブラウン。ここの管理人だ。あんたらの用件は？」

「ミスタ・ディロンとわたしは十年ほど前にここで狩猟をしたことがあるの」バーンスタインが説明した。「アードマーチャン・ロッジを借りて」

「いま、ここでは子供たちにアドベンチャー体験をさせてるそうだが」と、ディロン。「アードマーチャン・ロッジはいまでも借りられるのかな。というのは、うちのボスが――ファーガスン少将というんだが――また狩猟をしたいといってるんだ」

「あそこは貸してない。それに狩猟シーズンはもう終わった」

「わたしの好きな狩猟のシーズンはまだ終わってないんだ」ディロンは愛想よく言った。

ブラウンは散弾銃を両手で持った。「もう帰ってもらおうか」

「銃の扱いは気をつけて――わたしは警察官よ」と、バーンスタイン。

「警察官なんざくそ食らえだ。とっとと帰れ」ブラウンは散弾銃の撃鉄を起こす。

ディロンは片手をあげた。「いや、面倒はごめんだ。ロッジは借りられないわけだね。引きあげようか、ハンナ」

二人は車まで戻った。「門から見えないところまで行ってくれ」ディロンはフォーガティに言った。

「これは諜報《ちょうほう》関係の仕事よ、軍曹。その辺はわかってるわね？」バーンスタインが訊く。

「もちろんです」

「よし、この辺でいい。塀を乗り越えるから手を貸してくれ」

二人は車を降りた。フォーガティが両手を組み合わせ、そこへディロンが左足を載せる。大柄な軍曹が両手を持ちあげ、ディロンは塀の上にあがった。それから向こう側の木立の中に飛び降り、ロッジのほうへ向かった。


ブラウンはキッチンにいた。散弾銃はテーブルに置き、壁の電話で番号をプッシュしはじめたとき、かすかな物音と風を感じとった。受話器を放り出して散弾銃をつかもうとしたが、さっきの男が右手にワルサーを握って立っているのに気づいた。

「それはいけないな」ディロンは言った。「もう少しでとっさにおまえを撃ってしまうところだったよ」

「なんの用だ？」ブラウンはしゃがれ声で言った。

「いま、ロンドンにいるロッホ・ドゥ女伯爵にかけようとしただろう」

「なんのことかわからねえな」

ディロンはワルサーでブラウンの顔を横なぎに払った。「おれのいったとおりだろう？」

ブラウンはうしろによろめいた。顔に血が流れている。「ああ、そうだよ。いったいなんなんだ？」

「情報が欲しい。〈階級闘争行動〉という団体はここでキャンプやら何やらをするそうだな。子供たちを田舎で過ごさせて、山に登ったり、湖でカヌーを漕《こ》いだり、トレッキングをしたり。そうだな？」

「そうだよ」ブラウンはハンカチを出して顔を拭《ふ》いた。

「もう少し年長の若者にはどういうコースがあるんだ？」

「いったいなんのことだよ」

「バラクラバ帽をかぶって暴動に参加するのが好きな若者たちには何をさせてやるんだ？　当ててみようか。火炎瓶の作り方や騎馬警官との戦い方だろう」

「頭がおかしいんじゃないのか」

ディロンはまた顔を銃で殴った。

「なんにも話せねえぞ」ブラウンは顔をゆがめて怒鳴った。「命が危ないからな」

「ほう？」ディロンは相手の胸座《むなぐら》をつかみ、テーブルへあおむけに倒してから、右の膝頭《ひざがしら》に横からワルサーの銃口を押しつけた。「膝が危ないとなったらどうだ？　十秒以内に考えろ」

「やめてくれ、わかった。話すから。あんたのいうとおりだ。訓練コースだ。国中から参加者が集まる。外国から来るのもいる。けど、おれは城や敷地内の管理をするだけだ——知ってるのはこれだけだ、ほんとだ！」

「それは怪しいが、まあいいだろう。おまえから裏づけをとりたかっただけだ。簡単だったろう？　それじゃ門を開けてもらおうか。おれはもう帰るから」ディロンは散弾銃を取りあげて、開いた裏口から外の草むらへ投げた。「あとで女伯爵に電話するといい。あの女はきっと興味を持つはずだ」

ブラウンは戸口へ行き、黒い制御ボックスのボタンを押してからドアを開けた。外で門が開きはじめる。ディロンは外に出ると足をとめ、振り返った。

「忘れずにこう伝えるんだ。ディロンが来て、よろしくいっていたとな」

ディロンは道路に出ると、軽い駆け足で車まで戻った。バーンスタインの隣に乗りこみ、フォーガティに言う。「飛行場へ戻ってくれ」

走りだす車の中で、バーンスタインが訊いた。「死体をこしらえてこなかったでしょうね？」

「そんなことをする人間だと思うかい？　あの管理人は聞き分けのいい男だった。詳しいことは飛行機で話すよ」

怯《おび》えきったブラウンは、もちろんディロンの勧めに従って、ケイト・ラシッドのロンドンの家に電話をかけたが、不在とわかっていっそうひどい気分になった。顔の痛みをこらえながら、やけくそになって、緊急連絡用に教えられている携帯電話の番号をダイヤルした。ケイトはルパートと一緒に〈アイヴィ〉で食事をしていた。彼女はブラウンの話に耳を傾けた。

それから静かに言った。「怪我の程度はどうなの？」

「縫うことになると思います。ワルサーで顔を殴られたんです」

「あの男のやりそうなことね。言伝《ことづて》をもう一度いってみて」

「〝ディロンが来て、よろしくいっていた〟とかなんとか」

「いよいよディロンらしいわ。じゃ、医者に診てもらいなさい、ブラウン。またあとで電話するから」ケイトは携帯電話をテーブルに置いた。

ウェイターはシャンパンの瓶を手に恭しく控えている。ルパートがうなずくと、ルイ・ロデレール・クリスタルを二人のグラスに注いで立ち去った。

「きみの澄んだ瞳《ひとみ》に乾杯」ルパートがグラスを掲げた。「いまの電話、そばで切れ切れに聞いただけだが、トラブルの匂いがするのはなぜかな」

「それはショーン・ディロンの匂いよ」ケイトはシャンパンを少し飲んでから、ブラウンの話したことを伝えた。「あなたの意見は、ダーリン？」

「もちろん二人はチャールズ・ファーガスンの命令で城へ行ったわけだ。それを隠そうともしなかった。城へ行ったのは、ちゃんと知ってるぞときみに知らせるためだ」

「頭のいい子ね。ほかに何かある？」

「あるね。ある意味、あの男はきみに呼び出しをかけたんだ」

「もちろんそうよ。親玉はファーガスン少将だけど、実際に動くのはいつだってディロン。何年もＩＲＡのテロリストをやってたけど、軍もアルスター警察も指一本触れられなかった。あのくそ野郎」

「頭のいいくそ野郎だがね。で、どうする？」

「今夜、会う。そろそろあなたも会うべきよ」

「具体的には？」

「あなたがいったように、あの男は呼び出しをかけてきたのよ。つまり招待されたわけ。あの男がどこにいるかは知ってるわ」

6

その日の午後遅く、ファーガスン少将は自宅の火の入った暖炉のそばに坐《すわ》り、バーンスタインの報告を聞いた。「すばらしい」と少将は言った。「例によっておまえさんは情け無用の効率的な仕事をしてくれたようだな、ショーン」

「あの男にはちょっとお仕置きが必要だったんでね」

「で、どうする？」

「ケイトは引きさがらない。昔の西部劇と同じ展開になるだろうな。悪漢が酒場に現われ、ヒーローに表で勝負しろと挑む」

「興味深い比喩《ひゆ》だ」

「あの女は対決の誘惑に勝てない」

「それはどこで起こるのかね？」

「これまでもよく顔を合わせた場所――ドーチェスター・ホテルの〈ピアノ・バー〉だ」

「いつ？」

「今夜。彼女はきっと来る」

ファーガスンはうなずいた。「おまえさんのいうとおりかもしれん。わしも行こう」

「わたしはどうしますか?」と、バーンスタイン。

「今回はいい。今日はたいへんな一日だった。ゆっくり休みたまえ」

バーンスタインは色をなした。「わたしは健康診断にパスして、特別保安部から職務復帰の許可を得ています。本当に大丈夫です」

「それはわかっておるが、やはり今夜は休んでくれ」

「わかりました」バーンスタインはしぶしぶ答えた。「もうご用がないようでしたら、オフィスで雑用をすませて帰ります。一緒に来る、ショーン?」

「ああ、ステイブル・ミューズまで送ってもらおう」

ファーガスンが言った。「七時でいいかな、ショーン?」

「ああ、それでいいよ」

ディロンはステイブル・ミューズで車を降りたが、コテージには入らなかった。バーンスタインを乗せたダイムラーが角を曲がってしまうのを待ち、ガレージの戸を巻きあげ、古いミニ・クーパーに乗りこんで走りだした。

いま考えているのは、ハリー・ソルターのことである。ソルターは非常に古風なギャングで、いまはほぼ合法的な事業を営んでいるが、完全に普通の市民になったわけではない。ケイト・ラシッドの三人の兄が死んだ昨年の闘争には、彼も甥《おい》のビリーと一緒に一枚噛《か》んでいた。例によってロンドンの街路は混雑していたが、ディロンはなんとかウォッピング・ハイ通りまでたどり着き、倉庫街の狭い道を抜けてテムズ川の埠頭《ふとう》に出た。ソルターの経営するパブ〈ダーク・マン〉の外に車を駐《と》める。看板に描かれているのは黒いマントを着た不吉な感じの男だ。

メインのバーは本格的なヴィクトリア朝様式である。カウンターには陶製のハンドルがついたビール・サーバーが備えてあり、うしろの壁には金額縁にはめた鏡が張られ、それを背板にした棚にはどんな注文にも応じられるほど豊富な種類の酒が並べてある。ディロンが店に入ると、チーフ・バーテンダーのドーラがスツールに坐って《イヴニング・スタンダード》紙を読んでいた。

夜の客が集まる前のこの時間帯、店にいるのは隅のボックス席でポーカーをしている四人の男だけだった。ハリー・ソルター、ハリーの護衛役であるジョー・バクスターとサム・ホール、そして甥のビリーだ。

ハリーが手札をテーブルに放り出した。「ああ全然だめだ」顔をあげ、ディロンがいるのを見て、にっと笑った。

「よう、アイルランドの若造。なんの用だ？」

振り返ったビリーの顔もぱっと明るくなった。「やあ、ディロン、よく来たな」それから笑みを消して、「トラブルかい？」

「なぜわかる？」

「あんたとおれで、数えきれないほど地獄へ行って帰ってきたからさ。いまじゃもう気配でわかる。何があった？」

ビリーの声に勢いこむ響きを聞き取って、ディロンは言った。「おれはおまえを何度か死の瀬戸際まで連れていった。昔のおまえは身を危険にさらすのにそれほど熱心じゃなかったが、おれはおまえのお気に入りの哲学者の言葉を誘い文句にした。〝吟味されない人生は生きるに値しない〟というやつを」

「そのときおれはこういった。それをおれ流にいいかえれば、〝試練にあわない人生は生きるに値しない〟となる、と。それで、何があったんだ？」

「ケイト・ラシッドだ」

ビリーの顔から笑みが消えた。ここにいる全員の顔から消えた。ハリーが言った。「ここで一杯飲《や》らないとな。ブッシュミルズをくれ、ドーラ」

煙草に火をつけたディロンに、ビリーが言った。「話を聞こう」

「ポール・ラシッドの葬式を覚えてるか、ビリー？」

「忘れるもんか。弔問は無用とあの女はいったけど、あんたは行かずにはいられなかった」

「葬式のあと、おまえは〝これで終わったのか？〟といった。おれは〝そうじゃないと思う〟と答えた。そのあとドーチェスター・ホテルで鉢合わせをしたとき、彼女はおれたちを殺すと脅した」

「やってみるがいいさ」ハリーが言った。「あの女にもいってやったが、この四十年、おれを殺したがる連中はごまんといた。だが、おれはこうして生きている」

ビリーが言った。「何があったんだ、ディロン？　話を聞かせてくれ」

ディロンはブッシュミルズを飲み干し、すっかり話して聞かせた。ハリーの一党はブレイク・ジョンスンとも一緒に行動したことがあるから、〈ベイスメント〉のことも知っている。何一つ隠す必要はなかった。締めくくりはロッホ・ドゥ城での出来事と、今夜やろうとしていることだった。

「今夜、あの女が来ると考えてるんだな?」ハリーが訊《き》いた。

「ああ、きっと来る」

「じゃ、おれとビリーも行く。ということで、もう一杯飲ろう」そう言ってドーラにお代わりを頼んだ。


それからしばらくして、ディロンはローパーの住まいのチャイムを鳴らした。インターコムから声が流れた。「どなた?」

「ショーンだ、早く開けろ」

ブザー音とともに電子錠がはずれ、ディロンはドアを押し開けた。ローパーは車椅子に坐ってコンピューターに向かっている。

「ファーガスン少将が電話をかけてきて、ロッホ・ドゥ城のことを話してくれたけど、あなたからも直接聞きたいと思いましてね」

ディロンは煙草に火をつけて話した。「と、いうことだ。だいたいおれたちの考えてたとおりさ」

「そうらしいですね」

「で、何かわかったか? 新しいことは」

「まずはケイト・ラシッドの旅行のパターンを調べてみました。使うのは会社のガルフストリームですから、発着日時はわかります——航空当局に届ける義務がありますからね——彼女が実際にいつ飛行機に乗ったかは、出入国審査と特別保安部の監視によるデータで確認できます」

「意味のありそうなパターンは？」

「あまりないですね。最近一度、ロッホ・ドゥ城へ行ってます。あなたたちと同じ飛行場を使ってね。ああ、でもこれは面白いかもしれない。先月、ベルファストへ飛んでるんです」

「それは面白い。ベルファストのどこへ行ったかわかるかい？」

「ええ。午後遅くに着いて、翌日の午後にヒースローへ戻ると届けています。つまりその夜はホテルに泊まったらしい。そこでまずヨーロッパ・ホテルの宿泊記録を調べてみたら、そこに泊まってました」

「なぜベルファストへ行ったんだろう」

ローパーは首を振った。「それはわかりません。でも、今度そこへ出かけたら知らせますよ。そしたら尾行できるでしょう。もちろん、完全に合法的な目的の出張かもしれませんがね。和平が実現して以来、〈ラシッド投資会社〉はアルスター地方で大きな投資をしてますから」

「和平が実現した？」ディロンは辛辣《しんらつ》に笑った。「それが信じられるならなんだって信じられるよ」

「それは同感。わたしはあそこで百二個の爆弾を処理しましたからね。百三個目を手がけられなかったのが残念です」

「そうだな」と、ディロン。「しかし敵側にいたおれと、なぜきみがこうして平気で付き合うのか、ときどき不思議に思うよ」

「あなたは爆弾を使いませんでしたからね。とにかく、あなたが嫌いじゃないです」ローパーは肩をすくめた。「ときに、何か飲みたかったら、冷蔵庫に白ワインがありますよ。わたしが飲んでいいのはそれだけでしてね」

ディロンは唸《うな》った。「やれやれ。でもまあ、何もないよりましか」ディロンは冷蔵庫を開けて瓶を取り出した。「おい、ローパー、こいつは螺子蓋《ねじぶた》式の安物だぜ」

「文句いわないで注いでください。わたしは障害年金をもらってる予備役将校なんだから」

ディロンはいわれたとおりにし、グラスの一つをローパーの右手の脇へ置いた。ローパーはキーボードを叩《たた》いている。ディロンは自分のグラスに口をつけて顔をしかめた。「こいつは誰かが家の裏庭で作ったんだな。で、いまは何を調べてるんだ？」

「ルパート・ダーンシー。たいした男ですが、いまのところこっちが知ってることしか出てきません。でも独特の雰囲気がありますよね。残忍そうで、いつも張りつめていて。あの男には闇の部分があります」

「まあ誰にでも闇の部分があるよ。ケイトのアイルランド行きに、やつも同行したかどうかわかるかい？」

「自家用ジェット機の搭乗者は特別保安部がチェックしてますが、乗ってはいなかったようです。ルパートは比較的新しいケイトの腰巾着《こしぎんちゃく》みたいですから」

「そういうことかな」

ローパーはワインを飲んだ。「ただ、明日は朝十時に女伯爵と一緒に飛ぶようです。行き先を知りたいですか？」

「どこだ？」

「ハザールです」

「ハザールか。ということはハマン空軍飛行場だ。イギリス空軍《RAF》が昔作った飛行場だよ。滑走路は一本しかないが、ハーキュリーズ輸送機だって離着陸できる。ちょっと調べてくれないか。この前あそこへ行ったとき、〈カーヴァー空輸会社〉という会社を使ったんだが、まだあるかどうか」

ローパーはキーを叩いた。「ええ、ありますよ。経営者はベン・カーヴァー。元イギリス空軍少佐」

「そいつだ」と、ディロン。「で、ケイトは何しにいくんだ？」

「それはファーガスン少将にも訊かれました。もちろん理由はいくらでも考えられますが、少将はトニー・ヴィリアーズに連絡して監視を頼むとおっしゃってました」トニー・ヴィリアーズ大佐は、ハザールのスルタンを支えるハザール斥候隊の指揮官である。

「それはいい。ヴィリアーズは優秀だ。副官のブロンズビーが皮を剝《は》がれて殺されたから、ラシッド家に好意を持ってはいないし」

「ええ、連中はそういうことをやるようですね。じゃ、もう帰ってください、ディロン。わたしは仕事がある」

そのとき、ハザールと〈虚無の地域〉の境界で、トニー・ヴィリアーズは、十数人の斥候隊員とともに野営をしていた。野営地には三台のランド・ローヴァーが駐《と》めてあり、ラクダの糞《ふん》で焚《た》き火《び》をして小鍋《こなべ》で湯を沸かしている。

隊員はみなラシッド族のベドウィンで、ケイト・ラシッドを部族長と認めているが、部族は境界をまたいで広い地域で暮らしている。〈虚無の地域〉には善良なベドウィンもいるが、悪いベドウィン、すなわち山賊もいる。山賊はハザールへやってきて悪事を働くが、それは斥候隊に討伐される危険を冒すことでもある。斥候隊はヴィリアーズに対して血の誓いを立てているからだ。名誉はベドウィンにとって最も重要なものだ——誓いを守るためには、必要とあらば兄弟でも殺すのである。

男たちは火を囲んでいた。汚れた白い衣を着て、弾薬帯を胸にかけ、AK突撃銃を手もとに置いている。煙草を吸いながらコーヒーを飲む者。ナツメヤシの実や干し肉を食べる者。

ヴィリアーズは頭にターバンを巻き、カーキ色の戦闘服を着て、ホルスターにブローニングの拳銃《けんじゅう》を挿していた。ナツメヤシの実は苦手なので、大きな缶詰の煮豆を加熱せずに食べている。一人の隊員が錫《すず》のカップを手にやってきた。

「お茶はどうです、隊長」

「ありがとう」ヴィリアーズはアラビア語で言った。

腰をおろして岩にもたれる。苦みの強い黒い茶を飲み、煙草を吸いながら、〈虚無の地域〉を眺めやった。そこは領有権に争いのある地域で、まったくの無法地帯である。誰かが言ったとおり、そこでローマ教皇が殺されても何もできないようなところだ。だからヴィリアーズはできるだけ境界のこちら側に留《とど》まるようにしている。

もうすぐ五十歳になるヴィリアーズは、フォークランド戦争、その後のさまざまな紛争、そしてサダム・フセインを相手とする湾岸戦争と戦歴を重ねたあと、ハザール地方に出向して斥候隊の指揮官となった。ちょうど大英帝国の将校が現地人部隊を率いたのに似ているが、最近ではもううんざりしはじめていた。

「そろそろ潮時だな」ヴィリアーズが低くつぶやいて、また一本煙草に火をつけたとき、左の胸ポケットで暗号携帯電話が鳴りだした。

この暗号携帯電話は市販されていない。機密保持が絶対に必要な諜報《ちょうほう》活動用に開発されたもので、ヴィリアーズが持っているのはファーガスンのはからいによる。

「きみか、トニー？　ファーガスンだ」

「少将。国防省での毎日はいかがです？」

「スクランブルをかけたまえ」

ヴィリアーズはボタンを押した。「かけました」

ファーガスンが言った。「いまどこにいる？」

「地名をいっても無意味でしょうが、マラマ・ロックスです。〈虚無の地域〉との境界ですよ。何人かの部下とパトロールをしてるんです」

「新しい副官ができたそうだな」

「ええ、やっぱり近衛《このえ》騎兵ですが、今度はライフガード連隊です。名前はボビー・ホーク。いまはべつの場所をパトロールしてます。それで、何かご用ですか？」

「じつはケイト・ラシッドが明日そちらへ飛ぶという情報が入った」

「珍しいことじゃないですよ。しょっちゅう来ますから」

「それはわかっているが、こちらではいま妙なことが起きているのだ。それでなんとなく何かありそうな気がするだけだがね。あの女はそちらで何をする？」

「ハマンに着いたら、ヘリで〈虚無の地域〉のシャブワ・オアシスへ飛びますね。でも、それはご存じでしょう。少将も行かれた場所だし」

「そこで何か起きていないかな、トニー？」

「わかりませんね。最近はスルタンから〈虚無の地域〉へ越境するのを禁止されてますから」

「それは妙だと思わんかね？」

「いや、とくには。まあ、たしかにケイトはスルタンの首根っこを押さえてますから、それは実質的にケイトの命令ということになりますね。ただ彼女はラシッド族の部族長で、〈虚無の地域〉はラシッド族のテリトリーですから、問題ないということになります」

「そこで何か起きているということはありえないかね？」

「暴力革命の準備のことですか？　ねえ、少将、あの女がなぜそんなことをしたがるんです？なんでも欲しいものを持ってる女ですよ」

「わかった、わかった。だが、頼むからちょっと探りを入れてもらえんかな」

「いいですよ。五分でケイト・ラシッドの耳に入るでしょうが、かまいません。やれるだけのことをやってみます。どうせ明日は港へ行くつもりでしたし」

「助かるよ、トニー。ではまた」

ヴィリアーズは少し考えたあとで、「セリム」と隊長補佐を呼んだ。セリムがそばへ来た。

「〈虚無の地域〉は広い場所だな」

「すごく広いです、隊長」

「人が隠れたら絶対に見つからないだろうな」

「そのとおりです、隊長」

「大勢の人間ならどうだ?」

セリムはひるんだような顔をした。「見つからないかもしれません」

「オアシスはシャブワだけじゃなかったな。ほかにもあるはずだ」

「全部、ラシッド族のものです」

「じゃ、よそ者というか、たとえばほかの部族の連中が来たらすぐわかるわけだ」

「みんな殺しますよ、隊長。どのオアシスもおれたちのもんです」

「じゃ、女伯爵から許しをもらった連中ならどうだ?」

セリムはひどく狼狽《ろうばい》した。「ええ、隊長、それなら話はべつです」顔が青ざめている。

「そうだと思った」ヴィリアーズは相手の肩を叩《たた》いた。「十分後に出発するぞ」

ヴィリアーズは〈虚無の地域〉を見やった。そこでは何かが起きている。ファーガスン少将の勘は当たっていた。セリムのやつ、嘘がつけない男だ。だが、いったいなんだろう? 見当もつかない。かりに境界の向こうへ迷いこんでしまったら、半日ともたないだろう。ベドウィンにはすぐわかる――いや、それをいうなら、いまこちらがいる場所も彼らはつかんでいるのだが。ヴィリアーズはため息をつき、暗号携帯電話を取り出してファーガスンにかけた。こんなに早くかけ直すことになるとは思っていなかった。

ディロンは七時前にドーチェスター・ホテルに着いた。ブリオーニの黒いスーツに白いシャツ、黒いネクタイ。彼が言うところの〝葬儀屋の恰好《かっこう》〟だが、言いえて妙である。左の腋《わき》に特別のポケットが作ってあり、ワルサーを収めているからだ。支配人のジュリアーノがやってきた。

「ブッシュミルズだ」ディロンは注文した。「ファーガスン少将も来る。来たらクリスタルを一瓶もらおう」

「承知しました」

客はそう多くなかった。まだ宵の口であり、月曜日ということもある。ジュリアーノがブッシュミルズをテーブルに運んできた。ディロンが待っていると、まもなくファーガスンがやってきた。

「それで？――相手方は影も見えずかね」

「まだ見えない。シャンパンでいいかい？」

「そうだな」

ディロンはジュリアーノに向かってうなずく。ジュリアーノがウェイターに指示をし、ウェイターがクリスタルを冷やしたアイス・バケットを運んできた。ジュリアーノが栓を抜く。ファーガスンが味見をした。

「うまい」ファーガスンはディロンを見た。「トニー・ヴィリアーズと電話で話した。その話

ってると。おれにはそれで充分だ」

聞き終えると、ディロンは言った。「具体的な話はまだ何もないが、トニーは何かを嗅《か》ぎ取ってると。おれにはそれで充分だ」

ファーガスンは周囲を見まわした。「まだ現われんな。見込み違いじゃないのか、ショーン」

「おれにも見込み違いはあるが、今夜はそうじゃないと思う」ディロンはにやりとする。「彼女を呼び寄せるまじないをやろう」

ディロンが向かった先には店の自慢の種があった。もとはリベラーチェの所有物だったグランド・ピアノだ。椅子に腰をおろし、蓋《ふた》を開ける。ジュリアーノがディロンのシャンパンのグラスを持ってきた。

「いいかな?」ディロンが訊《き》く。

「もちろんです。あなたの演奏を聞くのは楽しいですよ。ピアニストは八時にならないと来ませんし」

ディロンがガーシュウィンのメロディを奏ではじめたとき、ハリー・ソルターとビリーが入り口に現われた。いま、サヴィル・ロウのスーツに凝っているハリーは、濃紺のチョーク・ストライプのスーツを着ている。銀行の頭取が好むような服装だ。ビリーは高価そうな黒いボマー・ジャケットに黒いスラックスというでたち。二人がカウンターのほうへやってくると、ファーガスンが言った。「悪党二人組がこんなところで何をしておる?」

「おれの発案だ」ディロンが声をあげた。

「おれも来たいといったんだ、少将」ハリーはテーブルについた。「話はディロンから聞いたよ」

「まったく、ショーン、余計なことをしおって」と、ファーガスン。

「何いってるんだ、少将。ロッホ・ドゥ女伯爵のことでは、おれたちは一蓮托生《いちれんたくしょう》じゃないか。四人とも同罪なんだ」

「そういうこと」と、ハリー。「だからおれもそのシャンパンをもらって待っとしよう」

ディロンが言った。「トニー・ヴィリアーズのことを話してやってくれ」

「ああ、わかった」ファーガスンは話した。

客が少し増えて、あちこちのテーブル席を占めていた。ビリーがディロンのところへ来てピアノに寄りかかる。ディロンはいま、『霧の日』を弾いていた。

「この曲は好きだな」ビリーが言った。「〝この街で、ぼくはよそ者だった〟」

「〝知り合いなんか一人もいなかった〟」ディロンはにやりと笑った。「パリっとしてるじゃないか、ビリー」

「お世辞はいいよ。あの女、何を考えてるんだと思う？」

「さっぱりわからない。訊いてみたらどうだ？　いま入ってきたよ」

ビリーが振り返ると、ケイト・ラシッドが階段の上にいた。ルパート・ダーンシーが横に並んでいる。ケイトは黒いパンツスーツを着て髪をうしろでまとめている。耳にかなり大きなダイヤのスタッド・イヤリングを着けているが、アクセサリーはそれだけだ。ルパートは濃紺のシングルのブレザーにグレーのスラックス、襟元にはスカーフという恰好である。

ビリーが向き直った。「あの女を見て思い出した。前からあんたに訊こうと思ってたんだ、ディロン。あんたは一度も結婚したことがない。ホモか何かなのか？」

ディロンは吹き出し、笑いだした。それが収まるところ答えた。「簡単な話だよ。おれはいつも不都合な女に惹《ひ》かれるんだ」

「悪い女ってことだな」

「ハンナ・バーンスタインみたいな女は、おれのような真っ黒な過去を持つ男は長い棒でつつくのも嫌がるしね。ま、おれの性的指向の問題はしばらく棚上げだ。彼女が来た」

ケイト・ラシッドが近づいてくると、ビリーはピアノを離れて伯父《おじ》のうしろに立った。ケイトはファーガスンたちのいるテーブルのそばを通ってピアノのところへ来た。ルパートが煙草に火をつける。

「とても上手だわ、ディロン」ケイトが言った。

「前にもいったが、バーのピアノ弾きとしてはまあまあだよ。そちらはかの有名なルパート・ダーンシーかな？」

「そうよ。ルパート、こちらが有名なショーン・ディロン」

二人は会釈を交わした。ディロンはポケットからマルボロの箱を出し、一本振り出して口にくわえた。ルパートがライターの火を差し出す。ディロンはべつの曲に移った。「この曲はわかるかい、ケイト？」

「もちろんよ。『アワ・ラヴ・イズ・ヒア・トゥ・ステイ』」

「二人とも、ぜひくつろいでほしいね。あそこの三人に挨拶《あいさつ》するというのはどうだろう？」

「いいわよ」ケイトはテーブルのほうを向いた。「あら、ファーガスン少将だったの。お会いできて嬉《うれ》しいわ。わたしの親類のルパート・ダーンシーとは初対面じゃないかと思うけど」

ファーガスンが言った。「そのとおりだが、もう知っているような気がしているよ」ルパートと握手した。

「初めまして、少将」

「一緒にシャンパンを飲もう」

「ありがとう」ケイトはルパートが運んできた椅子に腰をおろした。「少将のお友達はみんなすごいのよ、ルパート。ミスタ・ソルターはギャング。でも凡庸なギャングじゃないの。長いあいだ、イースト・エンドのいわゆる親分《ガヴナー》の中でも指折りの大物だった。そうよね、ミスタ・ソルター？　それからこちらは甥御《おいご》さんのビリー。やっぱり、ギャング」

ビリーは何も言わなかった。血の気のない顔でケイトをじっと見つめ、返事は伯父に任せた。

「まあなんとでもいうさ、女伯爵」ハリーはルパートに顔を向けた。「あんたのことは知ってるよ、お若いの。いろいろ善行を積んでるそうだな」

「それは文字どおり褒め言葉と受け取っておきますよ。あなたの言葉ですからね、ミスタ・ソルター」

ルパートはシャンパンを飲んだ。ディロンがやってきて仲間に加わった。「で、きみの望みはなんなんだ？」

「あら、ディロン、望みなんかないわ――なあんにも。あなたがわたしに会いたがったんだと思ったけど。あなたは言伝《ことづて》を残した。わたし、ほかの人はともかく、あなたをがっかりさせたくないのよ」ケイトはグラスをとって一気にクリスタルを飲み干した。「おなかがすいたわ。

でも、ここでは食べたくない。どこがいいと思う、ルパート?」

「ぼくに訊かないでくれ、スウィーティ。ここはきみの都市《まち》だ」

「まだ行ったことのない、新しいところがいいわ」ケイトはハリーのほうを向いた。「そういえば、ゴシップ・コラムであなたが新しいレストランを開店させたって読んだ気がするけど、ミスタ・ソルター。ハングマンズ埠頭《ふとう》の、〈ハリーの店〉といったかしら?」

「あそこは大当たりでな」と、ハリー。「二、三週間分の予約が入ってる」

「残念ね、ルパート。ミスタ・ソルターのお店の料理を試してみたかったのに」

「なんとかなるかもしれん」ハリーが言った。「店に電話してみろ、ビリー」

ビリーは顔面蒼白《そうはく》だった。ディロンをちらりと見ると、軽いうなずきが返ってきた。携帯電話を出して番号を押す。しばらくして、言った。「オーケーだ」

ケイトが言った。「どうもご親切に。じゃ、ルパート、行きましょ」ルパートが椅子を引くのと同時に立ちあがった。「それじゃお店で」

「間違いなく行くよ」と、ディロン。

ケイトが近づいて彼の頬にキスをした。「あとでね、ディロン」

くるりと背を向けて歩きだすと、ルパートは「それじゃ」と言い置いてあとを追った。

「あの野郎はなんかおかしいな」ビリーが言った。「どうも気に入らない」

「それはきみの趣味がいいからだ、ビリー」ディロンはグラスを干した。「さあ、行こう」

ベントレーがドーチェスター・ホテルの玄関前から走りだすと、ケイトは運転席とのガラスの仕切りを閉めた。

「電話して」

ルパートが携帯電話の番号を押して、出た相手に「やるぞ」と言った。それから顔をしかめて、「時間なんかわかるか。待つんだ。いいな」スイッチを切って首を振った。「近ごろは気の利く人間がなかなかいないな」

「可哀想なルパート」ケイトは煙草を一本くわえ、ルパートから火をつけてもらうと、シートにもたれた。


〈ハリーの店〉は、ハリー・ソルターがいくつもの倉庫を改築して営んでいる事業の一つで、ハングマンズ埠頭にあった。駐車場はかつての貨物積み下ろし場だ。新たにマホガニーの窓を設け、外壁の煉瓦《れんが》をきれいにし、玄関に階段を作って正面を立派にしてある。片側を流れるテムズ川は船の行き来がしげく、夜になると対岸に街の灯がきらめいた。

店の外には列ができていた。おもに若い人たちが、レストランの席がキャンセルされるか、ラウンジ・バーが空くのを待っている。ジョー・バクスターとサム・ホールがタキシード姿で階段の上に立っていた。

ベントレーが停止し、ルパートが降りてケイトのためにドアを開けた。

バクスターがホールに「来たぞ」と言い、二人で出迎えにいった。「またお会いできて光栄です、女伯爵」

「このお二人はミスタ・バクスターとミスタ・ホールよ、ルパート。わたしのコンピューターにはとてもよく写った写真があるわ」

列の先頭は二人の若い男だった。黒いシルクのボマー・ジャケットを着ており、その背中には緋色《ひいろ》の竜が刺繡《ししゅう》され、下に漢字で何か書いてある。どちらも黒い髪を長く伸ばし、耳にゴールドのイヤリングをつけていた。一人が下町訛《なま》りで文句を言った。

「おい、なんでそいつらが先なんだよ。おれたちはバーにも入れねえのに」

「つべこべ抜かすと列の一番最後へまわすぞ」とジョー・バクスターが一喝した。

若い男はひるんで、ぶつぶつ呟《つぶや》いた。ホールがドアを広く開けて押さえ、ケイトとルパートを通し、自分も中に入った。階段の昇り口まで案内すると、予約帳を載せた台のうしろにヘッド・ウェイターが立っていた。肌の浅黒い精力的な感じのポルトガル人で、白いタキシードを着ている。

「フェルナンド、このお二人がミスタ・ソルターのお客様だ」

フェルナンドは微笑みを浮かべて「いらっしゃいませ」と挨拶をし、ケイトとルパートをレストランへ案内した。内装は美しいアール・デコ調で、小さなダンスフロアの周囲にテーブル席が配され、壁際にボックス席が設けられている。カクテル・バーは一九三〇年代から抜け出てきたようであり、トリオの楽団がダンス音楽を演奏していた。ウェイターは全員白いモンキー・ジャケットを着用している。

フェルナンドは広いボックス席に案内した。

「お飲み物は何になさいますか？」

「ぼくはジャック・ダニエルズの水割り」ルパートが答えた。「レディには何かシャンパン・

カクテルを頼む。ミスタ・ソルターはいつごろ来るのかな?」

「いまこちらに向かっております」

「じゃ、食事の注文はあとね」と、ケイト。「飲み物だけいただくわ」

ルパートはマルボロの箱を出して二本振り出した。二本ともくわえて火をつけ、一本をケイトに渡す。「まるで映画のようだろう(一九四二年の米国映画『情熱の航路』のこと)」

ケイトは笑った。「あなたが誰に似ているにせよ、ポール・ヘンリードでないのは確かかね」

「でも、ベティ・デイヴィスが演じた女たちはきみを連想させるよ」

「お褒めの言葉ありがとう、ルパート」

飲み物が来た。「きみはこれを楽しんでるだろう」

「もちろんよ」ケイトはグラスを掲げた。「乾杯、ダーリン」

しばらくしてハリー・ソルターたちがやってきた。「ご満足いただけてますかな?」

「ええ、申し分なし」ケイトが答えた。

「けっこう。ではわれわれもご一緒しよう」

ジョー・バクスターは壁際に立って腕組みをした。ビリーが陰鬱《いんうつ》な顔でその脇に立つ。口の右端に煙草をくわえたディロンがボックス席に坐《すわ》り、ファーガスンとハリーがその向かいに座を占めた。

「おれが招待したんだから、注文は任せてもらおうかな」ハリーはフェルナンドに顔を向けた。

「みんなにクリスタル、水はプレーン・ウォーターだ、炭酸水はだめだぞ。料理はスクランブル・エッグ、スモーク・サーモン、玉葱《たまねぎ》のザク切り、トスト・サラダ。全員同じものだ」

フェルナンドがきびきび歩み去ると、ケイトが言った。「自分の考えをしっかり持ってる人なのね」

「だからおれは、消えていった大勢のやつらと違ってここにいる」

ファーガスンが口をはさんだ。「それで、きみはわれわれに何かいいたいことがあるのかな？」

「ほうら、ルパート、少将がずけずけものをいう英国紳士という構えで切りこんできた。何がいいたいかというと、少将、わたしの件から手を引いてもらいたいの。あれこれ調べてるのはわかってる。ダニエル・クインも嗅《か》ぎまわってるわね。それで何か見つかったのなら、いまこうしてわたしと同席なんかしていないのもわかってる。このあいだの夜、ワシントンで面白い出会いがあったわ。強い言葉のやりとりがあって、意見の交換もした。ブレイクから全部聞いてると思うけど」

「もちろんだ」ディロンは言った。「その出会いの前に、クインはホワイトハウスに出かける途中で二人組に襲われたんだがね」

「そうなの？　まあ嫌ねえ。でも、きっと上院議員はうまく対処したんでしょうね。襲われたといえば、あなたはロッホ・ドゥ城でちょっとした襲撃をやったようだけど？」

「なに、あれはちょっとした気晴らしさ。十年ほど前にアードマーチャン・ロッジを借りたことがあって、またあそこで過ごせたらいいなと思ってね。楽しいんだよ。少将と一緒に鉄砲を撃ったんだ」

「あなたのやりそうなことね」

「鹿撃ちだよ、鹿撃ち」ディロンはにやりと笑う。

「ブラウンは顔を九針縫ったわ。うちの従業員の顔を銃で殴るなんて、厳重に抗議したいわ。今度そういうことをしたら後悔することになるわよ、ディロン」ケイトの顔は怒りを押し殺した仮面になっていた。「だいいち、わざわざあそこまで行ってわたしによろしくなんて、どういうことなの？　電話をくれればいいのに」

「〈階級闘争行動〉の代表電話に？」と、ファーガスン。「子供たちに田舎を体験させるとかいう、もっともらしい教育プログラムの本部にかね？　まさか子供たちに粘土遊びを教えてるわけじゃあるまい」

「わたしたちに秘密はないわ、少将。違うという証拠が何もないのはあなたもよくわかってるはずよ」

「中東のいろいろな団体のことはどうかね？」

「わたしはとても裕福なアラブ人なの。同胞に援助できるのを光栄だと思ってるわ。中には政治的な目的を持った団体もあるけど、わたしが関心を持っているのは生活や教育の面での援助活動よ。イラクやハザールを含めたアラブ世界のあちこちで、先生の給料を払ったり学校や診療所を建てたりしているの」

「ベイルートでも？」と、ディロン。

「もちろん、ベイルートでもよ」

「〈ベイルート児童信託基金〉はヒズボラの偽装団体だ」ファーガスンが言った。

ケイトはため息をついた。「証明して、少将。それを証明して。児童基金の活動は合法的な

「明日ハザールに出かけるのはなんなのかね？　それも合法的なのかな」

ケイトは首を振った。「もうたくさんだわ、少将。知ってのとおり、〈ラシッド投資会社〉の収益の大半は南アラビアの〈虚無の地域〉やハザールでの石油事業からあがってるの。向こうへはしょっちゅう行ってるわ。もううんざりよ、ルパート、食欲もなくなったし」ケイトは立ちあがった。「今日はお招きありがとう。でも、警告しておくわ。わたしをそっとしておかないと後悔するわよ」

「やってみろよ」ビリーが目に炎を燃やしていた。「いつでも相手になるぜ」

「まあ落ち着け、ビリー」ハリーがたしなめた。

「それじゃ、さようなら」ケイトはルパートにうなずきかけ、二人でレストランを出ていった。

そのとき、フェルナンドと数人のウェイターがスクランブル・エッグとスモーク・サーモンを運んできた。

「ああ、うまそうだ」ハリーが言った。「食おうじゃないか。とりあえず、あのくそいまいましい女のことは脇へ置いとこう」

店の外の行列はもう消えていた。ケイトとルパートの乗った車が走りだす。だが、埠頭《ふとう》のはずれまで来たとき、ルパートが「停めてくれ」と言った。

ケイトが訊《き》いた。「どうしたの？」

「楽しいものを見物しようと思ってね。だから、またあとで」ルパートは車を降りた。

「気をつけてお帰り、ダーリン」ルパートはドアを閉めて、歩きだした。

食事が終わると、ハリーは全員のためにブランデーを注文し、ビリーを元気づけた。「なんだか死人みたいな顔をしてるぞ。心配するな、ビリー、おれたちは女伯爵より一枚上手だ」

「あの女、イカれてやがる」ビリーはこめかみをついた。「次に何をやらかすかわかったもんじゃない。きっと自分でもわかってないぜ」

「いいたいことはわかる」ディロンが応じた。「だが、彼女には計画があって、おれたちもそこに組みこまれてる」

「おれたちはきっとあの女を叩《たた》きのめすよ」と、ハリー。「おれのいうことを信じろ」

「おれは信じるよ、ビリー」ディロンは言った。「いつだったか、きみたち二人がフランコーニを叩きのめしたときも、ハリーは事前に同じことをいった。噂によれば、フランコーニは、ノース・サーキュラー・ロードのアスファルトの下に埋まってるそうだ」

「ああ、あの一件は厄介だった」と、ハリー。「おまえさんは知ってるだろう？　やつはIRAの男を雇っておれのジャガーの腹に爆弾を仕掛けさせた。運よく時限装置が狂って、おれとビリーが乗りこむ前に車が爆発したがな」ハリーが首を振ったとき、ブランデーが運ばれてきた。「いまはひどい時代だよ、少将。ともかく乾杯だ。まだ生きてるおれたち全員に」ヘネシーを一気に飲み干した。「よし、ビリー、お見送りだ」

建物から出てくる四人を、ルパートは暗がりから見ていた。四人はファーガスンの車のところまで来た。中で運転手が待っている。と、そのとき、甲高い雄叫《おたけ》びとともに、車と車のあいだから五人の男が飛び出してきた。めいめいに野球のバットを手にしている。五人とも中国人で、全員が背中に緋色《ひいろ》の竜のマークをつけた黒いシルクのボマー・ジャケットを着ていた。そのうち二人は行列の先頭に並んでいた男たちだった。

一人がビリーにバットで殴りかかったが、ビリーは右足を相手の股間《こかん》に叩きこんだ。ディロンも攻撃をかわし、その手首をつかんで、相手の頭をヴォルヴォのボンネットへ激突させた。ほかの三人は少しさがり、ディロンたちを取り囲む。

一人が下町訛《なま》りで言った。「おまえら逃げられないぜ。みんなぶちのめしてやる」

ハリーはまったく怯《おび》えた様子を見せなかった。「赤い竜のお兄さんたちか。なんだこれは？　香港の夜祭か？」

ビリーは股間を蹴《け》られた男が落としたバットを拾いあげた。「よし来い。相手をしてやる」

リーダー格の男が言った。「あいつはおれがやる」ずいと踏みこんでバットを振った。ビリーは体をかわし、足を引っかけて相手を転がすと、胸を足で踏みつけた。残りの男たちが襲いかかろうとしたとき、ディロンがワルサーを抜いて空中に発砲した。

「ああ、もう退屈だ。バットを置いてとっとと失《う》せろ」男たちはまずいという顔をしながらも、まだ迷っている。ディロンは列に並んでいたもう一人の男に狙いをつけ、左の耳たぶを吹き飛ばした。男は悲鳴をあげてバットを落とす。ほかの者もみな自分のを捨てた。

「さあ失せやがれ」とハリーが怒鳴ると、男たちは駆けだした。ハリーは倒れている男に顎《あご》をしゃくり、「そいつは逃がすな。話がある」とビリーに言った。それからファーガスンのほうを向いた。「あんたはこれを見たくないかもしれないな、少将」

ディロンが言った。「あとでおれが報告するよ」

「楽しみに待っておる」とファーガスンは言った。

ファーガスンの乗りこんだダイムラーが走りだしたとき、ジョー・バクスターとサム・ホールが駆けつけてきた。ビリーはまだ中国人の胸に足を置いている。バクスターが訊いた。「銃の音がしませんでしたか？」

「ああ、したよ」とハリーが答えた。「ここにいるブルース・リーとその愉快な仲間たちが、おれたちをぶちのめそうとした」足で中国人の身体を揺さぶった。「よし、立たせろ」

ビリーが足をどけ、バクスターとホールが腕を抱えて男の身体を引きあげた。男は怯える様子もなく、近づいてくるハリーを睨《にら》んでいた。

「じいさんよ」と男は言った。「あんた一人だと、どの程度やれるんだい？」ハリーの顔に唾《つば》を吐きかけた。

「礼儀を知らんやつだ」ハリーはハンカチを出して顔を拭《ふ》いた。「行儀を教えてやらんとな。ビリー」

ビリーは男の腹にパンチを叩きこみ、相手が身体を折ると、膝《ひざ》で顔を突きあげた。ハリーは男の髪をつかみ、顔をあげさせた。

「よし、いい子だから、誰に頼まれたかいえ」

男は首を振ったが、さっきほどの向こう意気はないようだった。「だめだ、いえねえ」

「そうかい。わかった。ビリー、もう一ぺん、あおむけに寝かせて、膝頭を踏みつけろ。半年ほど松葉杖《まつばづえ》をつかせてやろう」

男はうめいた。「やめろ!……わかった……ダーンシーって男だ。それしか知らない。千ポンドくれたんだ」

「その金はどこにある?」

「ポケットの中だ」

ビリーが輪ゴムでとめた十ポンド札の束を見つけた。ハリーはそれを受け取り、ポケットに滑りこませた。

「そら、難しくなかったろう。もちろん、おまえはおれを思いきり怒らせた。このままではすまん」野球のバットを拾いあげる。「右腕だ、ビリー」

男はもがこうとしたが、バクスターとホールにがっちり抑えられている。ビリーが男の右腕をぐいと引っぱった。バットが振りおろされ、骨が折れる音がした。男は悲鳴をあげて崩れ落ち、膝立ちになった。

ハリーがしゃがんだ。「一マイル先に病院がある。救急外来で診てもらうといい。まあ治るだろうよ。もう二度とここへは来るな。今度来たら殺すぞ」立ちあがった。「さて、もう一杯ブランデーを飲《や》るかな」

ハリーは歩きだし、ほかの者も従ったが、ディロンは残ってファーガスンに携帯電話で連絡を入れた。ファーガスンはまだダイムラーの車中だった。

「意外や意外――ルパート・ダーンシーの差し金だったよ」

「なるほど、これで状況ははっきりしたわけだ。あの中国の青年はどうした? 川流れじゃあるまいな?」

「歩行可能な負傷兵だ。じゃ、明日会おう」ディロンはスイッチを切って建物に入った。

外は静かになった。聞こえるのはよろよろと立ちあがる怪我人の小さな呻《うめ》きだけだった。ルパートが暗がりから出てきた。「大丈夫かい？」

「腕の骨を折られた」

「首の骨じゃなくて運がよかったな」ルパートは煙草を出してAKの薬莢《やっきょう》で作られたライターで火をつけた。「おれに首の骨を折られないのも運がいいんだからな、このばかが」男に煙を吹きかけた。「考え違いを起こして、一度でも誰かに妙なことをしゃべったら――おまえを殺す。わかったか？」

「わかった」男は呻いた。

「よし」

ルパート・ダーンシーは歩み去り、しばらくしてから男はよたよたと通りを歩きはじめた。

7

ハザール

ロンドン近郊のノーソルト空軍飛行場は、王室や首相や有力政治家によく利用される。そのこともあって、近年では自家用ジェット機にも人気があり、空軍にとって実入りのいいサイドビジネスになっている。

翌朝十時、ケイト・ラシッドとルパート・ダーンシーは出国手続きをすませると、ガルフストリーム機が待っている駐機場へ車で出ていった。エンジンはすでに始動しており、数分後には離陸して高度五万フィートまで上昇した。

水平飛行に移ると、濃紺の上着とスラックスにエプロンという恰好《かっこう》の若い女がやってきた。

「いつものように、お茶になさいますか、女伯爵？」

「ええ、お願い、モリー」

「ミスタ・ダーンシーはコーヒーでしょうか？　アメリカ人でらっしゃいますものね！」モリーがギャレーのほうへ歩み去ると、ケイトが言った。「煙草をちょうだい、ルパート。それと、もう一ぺん話して」

ルパートは言われたとおりにした。昨夜の出来事について話し終えると、首を振った。「どうもわからない。レッド・ドラゴン団は前評判が高かったんだがね」

「例のワシントンの二人組も前評判が高かったじゃない」

「ああ。もっと信用できる紹介者を開拓したほうがよさそうだ。それで、今日の予定は？」

「ハマン飛行場に降りて、ヘリで〈虚無の地域〉のシャブワ・オアシスへ行く。それから〈虚無の地域〉のもっと奥深くにあるファドのオアシスへ。そこに野営地が作ってあるわ。あなたにも見てもらいたいの」

「そこで何をやってるんだ？」

「それは見てのお楽しみ」

「なんだか謎めいてるね。ハザールの町へは行かないのか？」

「行くわよ。トニー・ヴィリアーズに会いたいから」

「やつを始末するのか？」

「それはしたくない。トニーのことは好きだもの。優れた指揮官だし、スルタンから〈虚無の地域〉に入るなといわれてるから、たいした脅威でもない」ケイトは肩をすくめた。「まあ、どうなるかはこれからわかるわ。トニーによく考えてもらえるように手を打ってあるから」

「というと？」

「それもいまは謎にしておきましょ。《タイムズ》をとって」ケイトは受け取った新聞の経済面を開いた。

　ヴィリアーズは斥候隊の指揮をボビー・ホークに任せ、砂漠の道をたどってハザールの町に向かった。このあたりは黄土色の岩山がつらなり、狭い崖《がけ》道が続く。人影はまったくなく山羊《やぎ》飼いの姿すら見られない。

二台のランド・ローヴァーをつらねた一行は、ヴィリアーズも含めて八人。どちらの車にも軽機関銃を取りつけてある。暑熱と砂埃《すなぼこり》はすさまじく、ヴィリアーズは早くエクセルシア・ホテルの自分の部屋で風呂《ふろ》を浴び、清潔な制服に着替えたかった。

一行は崖の足もとの、ハマと呼ばれる場所にある水場のそばで停止した。水は深くて冷たい。一人の隊員が機関銃のうしろで見張りに立ち、ほかの者は弾薬帯をはずしサンダルを脱いで、衣を着たまま入り、子供のように水のかけ合いをした。ヴィリアーズは煙草を吸いながら面白がって見ていたが、やがて笑みが顔から消えた。崖の斜面を石が転がり落ちてきたからだ。ヴィリアーズは顔をあげ、部下たちは水を腿《もも》で掻《か》き分けて武器のほうへ走った。銃声が一つ響き、先頭を走る部下が頭を撃ち抜かれて倒れた。

機関銃を担当する部下が崖の上に長い掃射を浴びせた。ほかの者も自動小銃をとって射撃を開始したが、応戦はなかった。あたりがしんと静まり返る。

ランド・ローヴァーのそばにいるヴィリアーズのところへ、セリムが這《は》ってきた。しばらくしてヴィリアーズは立ちあがった。

「だめですよ、隊長」セリムが言った。

不気味な沈黙があたりを領している。「大丈夫。誰だか知らないが、もう引きあげたようだ。どういうことかわからないが、一撃離脱攻撃だ」

「イエメンのアドゥ山賊かもしれんですね。それともオマルが誰かを怒らせたか」二人は水場に浮いているオマルの死体を見やった。

「いや、撃つのは誰でもよかったはずだ」ヴィリアーズは部下たちのほうを向いた。「さあ、引きあげてやれ」

三人がまた水に入って死体を引きあげた。車の一台に積んだ備品の中に遺体袋が二つある。その一つにオマルの死体を入れた。

「二番目の車のボンネットに載せろ」ヴィリアーズは命じた。「ロープをしっかりかけとけよ。この先はかなり道が悪いからな」

一人がロープを一巻《ひとま》き出し、もう一人と一緒に死体をボンネットに縛りつけた。ロープは車体の下をくぐらせる。あとの隊員は沈んだ顔で黙って見ていた。

「よし、それじゃ出発だ」ヴィリアーズは号令をかけた。

隣に坐《すわ》ったセリムは困惑の面持ちで言った。「一つわからないんですが、隊長。誰かが一人だけ殺したがったとして、なんで隊長じゃなかったんですかね。一番大事な人なのに」

「おれが死ぬと困るんだろう」ヴィリアーズは答えた。「ようするに警告なんだ」

セリムはいっそう困惑の色を濃くした。「そうなんですかね。でも、誰がこんなことを？」

「〈虚無の地域〉にいる誰かだ。ここにいるべきじゃない人間。そしてたぶん向こうにもいるべきじゃない人間だ、セリム。いまにわかるよ」ヴィリアーズは笑みを浮かべた。「アラーのご意志によって」

セリムは当惑しきった表情で目をそらす。ヴィリアーズは煙草に火をつけ、シートにもたれた。

ハザールは小さな港町で、狭い路地に白い家が建ち並び、バザールは二つしかないが、港内は賑《にぎ》やかで、貧弱な沿岸貨物船やアラブの伝統的なダゥ船や漁船が何隻も停泊している。二台のランド・ローヴァーは町で一番大きいモスクに立ち寄り、オマルの遺体を導師に引き渡した。

それから一行はエクセルシア・ホテルへ行き、ヴィリアーズはセリムら六人の隊員に二日間の休暇を与え、二十ドルずつ渡した。給料の支払いは以前から米ドルでと決まっていて、隊員に喜ばれている。ハザールでは非常に価値のある通貨だからだ。ヴィリアーズは緊急の用があるときは連絡すると言って、六人を解放した。

エクセルシア・ホテルは植民地時代の建物で、大英帝国の雰囲気を残している。バーは昔の映画に出てきそうなたたずまいで、テーブルや椅子は籐《とう》製、天井には扇風機、カウンターの天板は大理石で、うしろの棚には酒が並んでいる。バーテンダーのアブドゥルは、外洋客船のウェイターだったころの白いモンキー・ジャケットをぴっちり着こんでいた。

「ラガーだ」とヴィリアーズは言った。「キンキンに冷えたやつ」

それからフランス窓の外のテラスに出て、大きな籐椅子に腰かけた。頭の上で日除《ひよ》けが風にはためく。アブドゥルがラガー・ビールを運んできた。ヴィリアーズはグラスの曇りを人差し指で一拭《ひとふ》きしてから、ゆっくりと、しかし中休みをせずにビールを飲み、辺境地帯の砂と熱と埃を洗い流した。

例によってアブドゥルは一杯目を飲み干すまで待っていた。「お代わりしますか？」

「うん、頼むよ、アブドゥル」

ヴィリアーズは煙草に火をつけて水平線を眺めた。気が滅入《めい》るのは、たぶんオマルの死のせいだが、それにしてもなぜ自分が助かったのかは謎だった。それに自分はもうハザールに長くいすぎるという思いもあった。結婚は一度だけしたことがある。あれから何年になるのか、数えるのも億劫《おっくう》なほど遠い昔の話だ。ブロンドの髪に緑色の瞳《ひとみ》のゲイブリエル。あれほど愛した女なのに、自分が留守がちなために心が離れてしまい、フォークランド戦争が始まる直前に離婚した。最悪なのは、彼女が敵方であるアルゼンチン空軍のエース戦闘機乗りと再婚したことだった。その戦闘機乗りはあとで将軍になった。

ゲイブリエルに代わる女はいなかった。もちろん付き合った女は何人もいたが、どの相手とも結婚しようとまでは思わなかった。外地での兵隊稼業をずっと続けてきて、故郷とのつながりはウェスト・サセックスにある古い屋敷と、その屋敷の農場を経営している甥《おい》だけだ。甥は結婚して二人の子供をもうけ、屋敷の管理もしてくれている。甥の一家は、命のあるうちに軍隊をやめて帰ってくればいいのにといつも言ってくれるのだが。

アブドゥルが二杯目のラガーを運んできて、物思いは破られた。「わたしもそれをもらおう」という声がしたので、振り返ると、つなぎの飛行服にパナマ帽という恰好のベン・カーヴァーがやってきた。カーヴァーはヴィリアーズの向かいに腰をおろして、帽子で顔をあおいだ。

「やれやれ、どうも暑いな」

「商売のほうはどうだ？」

「繁盛してるよ。砂漠で石油を掘りはじめたおかげでね。ディロンが落としたセスナ310の代わりも買えた」

「落としたんじゃない。ベドウィンに撃ち落とされたんだ。知ってるくせに」

「わかった。撃ち落とされたんだ。わたしは前からあるゴールデン・イーグルを飛ばす。南アフリカから来た若いのが二人、新しいビーチクラフトで稼ぐ。いや、飛行機は新品じゃないが、なかなかいいんだよ」

「その二人は居着いてくれそうかい？」

「半年契約なんだ。だからまた誰か探さなくちゃいけない。ラシッド関係の仕事が増えてきたからね」

「あの女、今日来るそうだな」

「女伯爵か？　ああ、ダーンシーとかいう人と一緒に来る。でも長くはいない。明後日にはまたロンドンに戻るそうだ」

「ダーンシーというのは親戚《しんせき》なんだ。それで、ベン、あんたは向こうへしょっちゅう飛ぶわけだが、〈虚無の地域〉の採掘場では動きが活発なのか？」

「なんだい、動きが活発というのは？」

「いや、斥候隊はあそこへ行くなとスルタンにいわれてて、様子がわからないもんだから。空から何が見えるんだい？」

カーヴァーはもう微笑んでいなかった。「何って、ベドウィンのキャラバンをたまに見かけるぐらいのもんだ」ビールを飲み干して立ちあがった。「べつに何も見えんよ」

「何も見ないようにするのも仕事のうちなのか？」

「わたしの仕事は油田のある砂漠に降りて、また飛んでくることだ」カーヴァーはフランス窓の手前で振り返った。「それと自分のやることだけやっていること。きみもそれを試してみたらいい」

「するとあんたは女伯爵の新しい玩具《おもちゃ》は飛ばさないわけか？　スコーピオンは？　最近パトロール中に、あのヘリが境界を越えていくのをときどき見かけるんだが、あれはあんたが操縦してるんじゃないんだ？」

カーヴァーはちらりとこちらを見てからバーに入っていった。ヴィリアーズも腰をあげる。とそのとき、アブドゥルが開いたフランス窓に近いテーブルのガラスの天板を拭いているのに気づいた。一言も漏らさず話を聞いていたらしい。

「もう一杯お代わりしますか、大佐？」

「いや、けっこう」ヴィリアーズは微笑み、「また晩飯を食いにくるよ」と言い置いて店を出た。


ヴィリアーズは熱いシャワーを長々と浴びて徹底的に身体を洗ってから、浴槽のぬるい湯に浸《つ》かって三十分ほどのんびりした。あれこれ物思いにふけったが、とくに頭に浮かんでくるのは最前のベン・カーヴァーとの会話のことだった。ベンは湾岸戦争で空戦殊勲十字軍《DFC》をもらったまっとうな人間だが、銀行口座のこともつねに念頭にある。だから船をゆするのが嫌なのだ。とりわけラシッド家の船は。それはともかく、ケイト・ラシッドの行動はある程度予想できる。滞在先はラシッド家の別荘、旧地区にあるムーア様式の豪邸だ。そしてヘリコプターでシャブワ・オアシスへ行く。夜はエクセルシアのレストランで食事をするだろう。それがいつもの例だから。
陽が暮れはじめ、港の向こうの水平線上の空をオレンジ色の縞《しま》模様がいろどっていた。長い髪をタオルでごしごしこすりながら、陸軍特殊空挺部隊《SAS》時代のことを思い出した。北アイルランドでは次の瞬間に何が起こるかわからなかった。ふいに民間人の恰好《かっこう》で行動しなければならないこともあるので、普段から髪型は軍隊風にはしていなかった。あのころの記憶はなかなか消えない。

鏡の前で髪をとかしながら、食事には何を着ていこうかと思案し、どうせなら徹底的にやることに決めた。いつもの麻のスーツではなく、強烈な印象を与える服装にするのだ。ヴィリアーズは箪笥《たんす》から軍の熱帯服を出した。カーキ色のブッシュ・ジャケットにズボン、ついでに略《りゃく》綬《じゅ》もだ。身支度を整えてにやりと笑った。こいつはいい。

ルパートはラシッド家の別荘に感銘を受けていた。広々とした玄関ホールに立って、アーチ形の天井を見あげる。大理石の床のあちこちには小さな上質の絨毯《じゅうたん》が敷かれ、アラブの骨董《こっとう》品がいくつも飾られて、壁にはフレスコ画が描かれている。

「これはたいしたもんだね」

「ありがとう、ダーリン。奥は会社のスペースで、コンピューターやら何やら一式そろってるわ。ここは〈ラシッド投資会社〉の南アラビア支社なの」

最前、大きな銅製のドアを開けて出迎えたチーフのハウスボーイが言った。「エクセルシアのアブドゥルがお会いしたいと待っております、女伯爵」

「どこにいるの？」

「アブと一緒にいます」

アブというのはケイトの従者で、シャブワ・オアシスに住むベドウィンの獰猛《どうもう》な戦士である。ケイトがハザールに来たときはつねにそばで仕えるのが役目だ。

「テラスでお茶とコーヒーを飲むから、そこへ来させてちょうだい」

ケイトは先に立って大理石の階段をのぼり、ルパートがあとに従った。風通しのいい回廊を進み、広いテラスに出ると、日除けが夕方の風にはためいていた。町の家並みよりかなり高い場所にあるので、眺めは喩《たと》えようもなくすばらしい。

「これはすごいな」ルパートは椅子に坐《すわ》り、ケイトに煙草を差し出した。

「じきに真っ暗になるわ。ここでは夕暮れ時が短いの」

背後からアブドゥルがアブに案内されてやってきた。アブは長身で、いかつい顔に顎鬚《あごひげ》を生やし、白いターバンと衣に身を包んでいる。

「アブ、またお世話になるわ」ケイトはアラビア語で言った。

アブはめったに見せない微笑みを浮かべて挨拶《あいさつ》をした。「あなたにお仕えできるのは神の恵みです、女伯爵。ところで、こいつがあなたとお話ししたいといってます」

「それじゃ話してちょうだい」ケイトはルパートのほうを向いた。「アブドゥルはエクセルシアのバーテンダーよ」

「女伯爵、じつはお知らせしたいことがあるのです」アブドゥルはアラビア語で切り出した。

「英語で話して。わたしの親類はアラビア語がわからないから」

「ヴィリアーズ大佐が今日の昼過ぎに、境界地帯から戻ってきました。七人の隊員を連れて、二台のランド・ローヴァーで。ハマの水場で休憩しているときに待ち伏せ攻撃されて、一人が撃ち殺されました。オマルという男です。崖《がけ》の上から狙撃《そげき》されたんです」

ハウスボーイが茶とコーヒーを運んできた。話の邪魔をしないようそっとテーブルに置いて立ち去った。

ケイトが訊《き》いた。「そのことはどうやって知ったの？」

アブドゥルは肩をすくめた。「斥候隊員がバザールでべらべらしゃべってたんです」

ケイトはうなずいた。「ヴィリアーズ大佐は今夜、ホテルで食事をとるの？」

「ええ、そうするようです。でも話はまだあるのです。大佐がテラスでビールを飲んでいると、ミスタ・カーヴァーが一緒の席に坐りました。それで話を盗み聞きしたんですが」

ケイトはルパートに説明した。「ベン・カーヴァーは元イギリス空軍兵で、ハマン飛行場で空輸会社をやってるの。うちの会社の仕事もずいぶん頼んでるわ」それからアブドゥルにうなずきかけた。「話を続けて」

アブドゥルはすべてを話した。記憶力に優れているのを自慢にしている男だった。話を聞き終えたケイトは、財布から五十ドル札を一枚抜いて差し出した。

「どうもご苦労さま」

アブドゥルは後ずさって片手をあげる。「いえ、いまのはわたしからの贈り物ですから」

「それには感謝するわ。でも、こちらの贈り物を断わってわたしの顔をつぶすことはしないで」

アブドゥルはお辞儀をして微笑み、紙幣を受け取ると、急いで歩み去った。

ルパートが言った。「ヴィリアーズが情報を漁《あさ》ってるということかな」

「ファーガスンの差し金でしょうね」

「待ち伏せ攻撃は誰がやったんだ？」

「誰だと思う？」ケイトはアブに言った。「よくやってくれたわ。それであなたが殺した、そのオマルというのはどういう男？」どういう答えが返ってくるかは重要だった。斥候隊の隊員はみなラシッド族のベドウィンで、〈虚無の地域〉に住むベドウィンとも結びつきが強い。

「わたしの又いとこです」

「このことで恨みを残すのは嫌なの」

「恨みは残らんです、女伯爵」

「ヴィリアーズ大佐にも、わたしが命令するまで手を出さないようにいっておいて」

「わかりました、女伯爵。それにわたしが大佐を殺すときは一対一でやります。大佐は偉大な戦士ですから」

「よかった。ここにいるわたしの親類も偉大な戦士よ。アメリカの海兵隊で何度も戦ったの。わたしにとって大事な人だから、命をかけて守ってちょうだい」

「わかりました、女伯爵」アブは屋内に戻っていった。

ケイトはアブとのやりとりをルパートに説明した。みるみる夜の帳《とばり》が降りて真っ暗になった。ハウスボーイがやってきてテラスの明かりをつけると、たちまち蛾が集まってきた。

「それで、これからどうする？」とルパート。

「シャンパンでも飲みましょ」ケイトは少し離れたところにいるハウスボーイにうなずきかけて、シャンパンを持ってくるよう命じた。しばらくしてアブが現われた。

「お邪魔してすみません、女伯爵、セリムが会いたいといってます」

「セリムが？　ほんとに？　それは面白いわね。連れてきて」ケイトはルパートに言った。

「またべつの男が来たみたい――今度は斥候隊の幹部の一人よ」

「もちろんラシッド族なわけだ。どうもよくわからないね。どっちの側も同じ部族の連中だというのは」

「それはあなたがアメリカ人で、アラブ人の心を理解してないからよ」

ハウスボーイがボランジェを冷やしたアイス・バケットと二個のグラスを持ってきた。手際よく栓を抜き、グラスに注ぐ。

「アラブ世界では飲酒禁止だと思ったけどね」と、ルパート。

「土地によっていろいろよ。ラシッド族は昔からその辺は大らかなの」

「それに合わせてるわけか。でも、きみはイスラム教徒なんだろう？」

「わたしはチャドルも着ないわ」チャドルとは、厳格なイスラム社会で女性が着用を義務づけられている、全身をすっぽり覆う黒衣のことである。「それにわたしは半分イギリス人で、コインの両面に忠実なの」

シャンパンを飲んでいると、アブがセリムを案内してきた。セリムはひどく不安げな顔をしている。

「あなたは英語が上手だから、英語で話しましょう。ヴィリアーズ大佐はあなたがここへ来たことを知ってるの？」

「いえ、女伯爵」セリムはたちまち警戒心にとらわれた。「お話ししなくちゃいけないと思って、自分で来たんです」

「なんの話があるの？」

「わたしら斥候隊は大佐と一緒に砂漠にいました。いまは境界を越えて〈虚無の地域〉に入ることはないですが」

「それは知ってるわ」

「ヴィリアーズ大佐はわたしにいろいろ訊きます。境界の向こうで何が起きてるのか知りたがってるんです」

「あなたはどう答えたの？」

「何も知らないと。でも、なんだか気持ちが落ち着かないんです。大佐はわたしのいうことを信じてないと思います」

「つまり大佐は頭がいいということね。だって、あなたは彼に嘘をついてるんだから。そうでしょ？」

「そんな、女伯爵」

「煙草に火をつけて、ルパート」ケイトはルパートから火のついた煙草を受け取った。「でも、わたしには嘘をついちゃいけないわ、セリム」セリムのほうへ身を乗り出す。「あなたがどんな噂を聞いてるか話してちょうだい」

「ファド・オアシスのキャンプに、その、外国人が出入りしてると聞いてます。銃を撃ったりしてるそうです。アドゥ山賊の連中がよく音を聞くそうです」

「不思議な話をあちこちでべらべらしゃべる人間はいるものだわ、セリム。でも、人の口に戸は立てられない。それにしても、あなたはなぜわたしのところへ来たの？　大佐の部下なのに」

「わたしもラシッド族です」セリムはうろたえていた。「誰よりもまずあなたに忠実です。あなたはラシッド族が全員で認めた長《おさ》ですから」

「ハザール斥候隊の全員がそう考えてるの？」

「それは、中には古い考え方の連中もいて、あくまで大佐に忠実ですが」

「あなたと違って誓いを守る人たちのことね？　あなたはヴィリアーズ大佐とともに塩を舐《な》め、パンを食べて誓いを立てた。忠誠を守ることは名誉にかかわる問題よ。あなたはわたしに忠実だという。でも、名誉を持たない人間の忠誠心をあてにできるかしら？」

「女伯爵――お願いです」セリムは必死に訴えようとした。

「わたしの目の前から消えなさい。二度と現われないで」

アブがセリムの腕をむずとつかみ、テラスから追い出した。ルパートが言った。「いまのはなんだったんだ？」

「ラシッド族にとって名誉は一番大事なものなの。男は名誉のために死ぬ――セリムは名誉心を持たないために死ぬのよ」

アブが戻ってきた。ルパートが仰天したことに、完璧《かんぺき》な英語でこう言った。「あの男は下劣なやつです、女伯爵。どうしましょうか」

「始末して」

「わかりました」

アブが立ち去ると、ケイトはルパートに小さく微笑んだ。「アブは十八歳のとき、裕福な商人だった伯父《おじ》にロンドン大学へ留学させてもらったの。そして経済学の学位をとったけど――故郷に帰ってきたアブは戦士になることを選んだ。彼はとても優秀な戦士よ」

「それじゃ、セリムに神のご加護あれだ」

ケイトはシャンパンを飲み干して立ちあがった。「シャワーと着替えの時間よ。あなたのスイートルームに案内するわ」


セリムは狭い路地から路地へ移りながら、急ぎ足で旧地区をめざした。だが、正直言ってどこへ行けばいいのかわからない。女伯爵に取り入ろうとしたら、逆に死刑の宣告を受けた。それは絶対間違いない。とある家の戸口で足をとめて、自分の置かれた状況を考えてみる。

隠れる場所はどこにもない。ハザールの町にも、境界付近の岩山にも、〈虚無の地域〉にも。部族の中で話が広まって、誰もが自分に敵対するだろう。必死に頭を働かせて、ただ一つだけ可能な解決法をひねり出した。港だ。あそこには南アラビアのほうぼうの港へ行く船がたくさんある。うまくいけばアデンか、アフリカ東海岸のモンバサへ逃げられるだろう。どちらもここより大勢のアラブ人がいるし、ラシッド族の領地から遠い。

セリムは方角を変えてまた足を急がせ、やがて港に出た。とても暗かったが、停泊中の船には明かりがともっていた。沿岸貨物船のどれかに忍びこめれば、万事解決だ。

木の桟橋の一つに足を向けた。そこには何隻かの船が係留されている。あたりは静かで、笑い声が遠音《とおね》に聞こえてくるだけだ。と、そのとき背後で板がきしみ、振り返るとアブがいた。

セリムは駆けだしたが、アブのほうが速かった。アブはセリムの衣をつかんだ。片方の手にはナイフを持っている。セリムの髪をつかんで頭をうしろへぐいと引き、ナイフを喉《のど》に走らせた。命が身体から抜けて、セリムはくずおれた。アブはナイフをセリムの衣で拭《ふ》き、セリムの死体を転がして岸壁から海に落とした。死体は五十フィートほど落下して海面を打った。それから、ふたたび沈黙があたりを領した。

アブは足早に歩きだした。その姿が消えると、べつのアラブ人が暗がりから出てきた。二本の弾薬帯を胸で交差させ、肩にAKをかけたその男は、斥候隊の一員だった。男が岸壁の下を覗《のぞ》くと、一隻の沿岸貨物船の船尾の近くにセリムの死体がうつ伏せに浮いていた。まもなく男は身体の向きを変えて、その場から歩み去った。

ヴィリアーズは、びしりと決まった軍の熱帯服姿でエクセルシア・ホテルのバーに入っていった。バーには五、六人の客しかいなかった。みな一人客で、欧米人で、仕事でこの地に来ているという雰囲気だった。二人ほどが好奇の目を向けてきた。ケイト・ラシッドとルパート・ダーンシーの姿はない。ヴィリアーズは、アブドゥルがグラスを磨いているカウンターへ足を運んだ。

「今夜、女伯爵が来ると思ったがね。町に来ているはずだが」

「もう少しあとで見えると思いますよ、大佐」

「そういってたのかい?」

アブドゥルはおどおどした顔つきになった。「ラガーになさいますか、大佐?」

「いや、まだいい」

バーを出て煙草に火をつけ、庭へ降りる階段の上に立った。斥候隊員の一人が階段の片側の脇でしゃがみ、AKを膝《ひざ》に横たえている。

ヴィリアーズはアラビア語で声をかけた。「見えてるよ、アフメド」

「あなたも見えてますよ、大佐」

「なぜそんなところにいる?」

「セリムが死にました。港に浮いてます」

「詳しく話してくれ」ヴィリアーズはアフメドに煙草を一本渡して火をつけてやった。

「わたしらはバザールで女たちと一緒にウィスキーを飲んでました。バザールだとそれができるのは知ってるでしょう、大佐」

「それで?」

「セリムはやけにそわそわしてました。そして、これから知り合いに会いにいくといいました。わたしは変だなと思ったから、あとをつけたんです」

「あいつはどこへ行った?」

「ラシッド家の別荘です。もうだいぶ暗くなってました。わたしは通りの向かいの椰子《やし》の木の陰からテラスを見てました。女伯爵は男の人と一緒でした。たぶんイギリス人だと思います」

「いや、アメリカ人だ。その男のことは知っている」

「見てると、アブがセリムをテラスに連れてきました。セリムは女伯爵と話してました。それからしばらくして、セリムが出てきました。なんだか心配そうな顔をして、じっと立ってました。どこへ行ったらいいかわからないって感じで」

「心配そうとはどういうことだ？」

「怖がってるみたいな顔です。あいつが歩きだしたから、わたしはあとをつけようとしました。するとアブも別荘から出てきて、あいつのあとを追ったんです」

「で、おまえもあとをつけたわけだ」

「ええ。港まで。セリムは桟橋の一つのほうへ向かっていきました。船を見てたようです。そのとき、アブがうしろから駆け寄って、セリムの喉を切って、海へ落としたんです」

ヴィリアーズは言った。「アブはなぜそんなことを？」

「女伯爵のためですよ、大佐」

「しかし女伯爵にどんな理由があるんだ？」

「それはアラーだけがご存じです」

ヴィリアーズはアフメドにもう一本煙草を与えた。「話してくれてありがとう。しかしなぜだ？　おまえもラシッド族だ。女伯爵はおまえたちの長《おさ》じゃないか」

だが、返事は聞く前からわかっていた。「でも、大佐、わたしはあなたとともに塩を舐めました。だからあなたに仕えます。このことは女伯爵も認めるはずです。名誉の問題ですから」

「セリムは名誉心を持ってなかったわけか」

アフメドは肩をすくめた。「あれは弱い男でした」

「だが、隊長補佐としてはよくやった」

「わたしのほうがもっとうまくやります」

ヴィリアーズはにやりと笑った。「それは実際に証明してもらわないとわからないな」煙草を出して、箱ごとアフメドに与えた。「よし、やってみろ。ただし、ほかの隊員にはこのことをいうな」

「じきにわかりますよ。大佐。こういうことはわかります」

「自然とわかるのを待とう」

アフメドは暗がりの中に消え、ヴィリアーズはバーに入ってカウンターに近づいた。名誉の問題か、と彼は考えた。ベドウィンには一番大事なものだ。たぶんケイト・ラシッドもそう考えているのだろう。

「煙草をくれ、アブドゥル。マルボロだ」

アブドゥルはそれを渡した。「ラガーにしますか、大佐？」

返事をする前に、声がした。「まあ、トニー、久しぶりね」振り返ると、ケイト・ラシッドがルパートと一緒にバーに入ってきたところだった。ケイトはシンプルなシフトドレスを着て、豪華なダイヤモンドのイヤリングとネックレスを着けている。ルパートは麻のスーツに水色のシャツというでたちだ。

「女伯爵」ヴィリアーズがそれ以上言う暇もなく、ケイトが近づいてきて頬にキスをした。

「前にもいったけど、お友達にはケイトと呼んでもらってるのよ。ここにいるのは親類の、ミスタ・ルパート・ダーンシー。元アメリカ海兵隊少佐。ルパート、こちらはかの有名なトニー・ヴィリアーズ大佐よ」

二人は握手をした。「お会いできて光栄だ、少佐」、とヴィリアーズ。

「いや、こちらこそ。あなたの噂はずいぶん聞いてますよ」

「テラスにシャンパンを持ってきてちょうだい、アブドゥル」ケイトが言った。「あなたもどうぞ、トニー。食事も付き合って」

「それは断われないお誘いだね」

ケイトの目は興奮を含んできらきら輝いていた。というのも、別荘を出るとき、アブが帰ってきたからだ。

「うまくいった?」ケイトは訊《き》いた。

「いきました、女伯爵」

「よかった。今夜は散歩にちょうどいい夜だわ。ついてきてちょうだい」

アブは少し離れてうしろからついていった。帯に挿したジャンビーヤに片手をかけている。ジャンビーヤというのは刀身の反ったアラブの短剣だ。もっとも、ハザールでアブに何かしようとする人間はいないのだが。

「じゃ、あの下種《げす》野郎は死んだわけか」ルパートは首を振った。「きみは厳しい女だな。信じられないほど厳しい性格だ」

「ここは厳しい土地なの、ダーリン。厳しくなければ生きていけない」ルパートと腕を組んだ。

「でも、暗い話はよして。今夜は楽しみたいから」

8

海から吹く夜風は温かく、かすかに香辛料の匂いを含んで香《かぐわ》しい。ケイトはぶらんこ椅子に坐《すわ》り、ルパートとヴィリアーズは籐《とう》のテーブルをはさんで彼女と向き合っていた。アブドゥルがシャンパンを運んできた。

「とても凜々《りり》しいわね、トニー。勲章もうんともらってる。ヴィクトリア十字章以外は全部もらってるのよ、ルパート」

「そうらしいね」

「あなたとルパートには共通点があるわ」ケイトはヴィリアーズに言った。「湾岸戦争、セルビア、ボスニア」

「そうなのか？」と、ルパート。「それはとても面白い。どこの所属でした？」

「SASだ」ヴィリアーズはそこで一歩踏みこんでみることにした。「きみが知らなかったのは意外だな。ケイトはおれのことをなんでも知ってるようだが」

「まあ、トニー、なんだかからみはじめたのね。でも、今日はあなたにとって大変な一日だったのよね。オスカー・ワイルドの芝居の台詞《せりふ》をもじっていうと、一人の部下を亡くすのは不注意かもしれないけれど、二人の部下を亡くすのは……（本当の台詞は〝片親を亡くすのは不運かもしれないけれど、ワージングさん、二親を亡くすのは不注意なようですよ〟――『まじめが肝心』）」

ヴィリアーズはルパートのほうを向いた。「この土地では情報が伝わるのが速いんだ。秘密は長く保たれない。たしかに町へ戻る途中、ハマの水場で部下を一人なくしたんだ」

「それは気の毒に」と、ルパート。

「うん。しかし二人目は、おれの補佐役だったセリムという男だが、ついさっき港で殺されたばかりなんだ」ケイトににやりと笑いかけた。「きみにはとびきり早耳の情報源がいるようだな」

「それがわたしの成功の秘訣《ひけつ》よ、トニー。でも、その話はもういい。食事の注文をしましょ」

料理はすばらしかった。シェフはフランス人を母親に持ち、パリで修業していた。ルパートとヴィリアーズは湾岸戦争や旧ユーゴスラヴィアでの体験を語り合った。

「するとあなたはSASの隊員としてイラク国内に入ったわけだ」とルパートは言った。「どのくらいの期間そこにいたのかな」

「開戦前からずっとさ。戦争が始まるのはわかってた。サダム・フセインが国連決議にどう対応するかはね」ヴィリアーズは肩をすくめた。「おれみたいにアラビア語が得意な人間は重宝されたんだ。ケイトのお兄さんのポールと同じように」

「彼を知っていたんですか？」

「所属は同じ近衛《このえ》歩兵第一連隊だが、彼のほうがだいぶ後輩だった。ただ、その後知り合う機会があったよ。彼の手下どもが、斥候隊のおれの副官だったブロンズビーを殺したんだ。ラシッド族は奇抜なテクニックを持っててね。胸の皮を剝《は》いでいくんだ。時間のかかる殺し方さ。最後の仕上げは去勢でね。ま、こういうことはもうケイトから聞いてるだろうがね」

「じつは話してないの」とケイトが言う。

「なぜ？　恥だからかい？」

「いいえ。あれは部族の者がやりたがったことだからよ。風習なのよ」ケイトは肩をすくめる。「それにあなたはちゃんと復讐《ふくしゅう》したでしょ、トニー。翌朝、ディロンがうちの者を四人殺したわ。そのうち一人は兄のジョージだった」

「報いを受けるのが嫌なら初めから加わるべきじゃなかったんだ」

アブドゥルがコニャックを注いだグラスを三つ、トレイに載せて運んできた。ケイトは一口味わった。「また新しい副官が来たそうね。やっぱり近衛騎兵ですって？」

「ああ、今度のはライフガード連隊だがね。ボビー・ホークという男だ。いいやつだよ。きみも気に入ると思うね」

「ひょっとしたら、その人も加わるべきじゃなかったのかもしれないけど」

この暗黙の脅しに、ヴィリアーズは腹を立てた。もう腹の探り合いはたくさんだ。コニャックを一気に飲み干す。

「そんなことよりもっといいやり方があるだろう、ケイト。教えてくれ。アブはなぜハマでおれの頭をぶち抜かなかった？」

「まあ、トニー、そんなことをいわれるなんてショックだわ。あなたは大事な人だもの。ハザールにとってだけでなく、わたしにとってもね。あなたは斥候隊の隊長として最高の人材よ。スルタンの命令をちゃんと守るし」

「つまり、きみの命令を、ということだな」

「〈虚無の地域〉はわたしが管理しているから、斥候隊は必要ないのよ。入ってきてほしくないの。境界に近い高地の治安維持は、あくまで境界の手前だけにしてもらいたいわ」

「どうして？　向こうに何か隠してるのか？」

「それはあなたに関係のない話。今度チャールズ・ファーガスン少将と話すときは、余計なことに首を突っこまないようにいっておいて」ケイトはルパートにうなずきかけた。「そろそろ行きましょ。明日の朝は早いから」

ルパートはケイトのために椅子を引いてからヴィリアーズに言った。「今夜は面白かったですよ、大佐」

ヴィリアーズも立ちあがった。「そうだな。おやすみ、ケイト」

ケイトがにっこり微笑んでテラスを出た。ヴィリアーズはカウンターのほうへ声をかける。「アブドゥル、コニャックをもう一杯」それからテラスの椅子に戻って考えごとをした。

ケイトとルパートは歩いて別荘に戻った。アブがあとからついてくる。「大佐はたいした男だな」ルパートが言った。「彼の言うとおりだよ。なぜ大佐を殺させなかった？」

「あとでそうするかもしれないけど、いまはいいの。さっきもいったように、斥候隊の高地での活動は、わたしにとってもハザールにとっても役に立つから」

「でも、あの男はファーガスンに協力的だ」

「ヴィリアーズが何も知らなければ、ファーガスンに何も話せない。それでいいのよ」

「ま、これはきみの専門領域だからいいがね。明日のスケジュールはどうなってる？」

「ヘリは七時に飛び立てるわ。まずはシャブワへ行く。わたしは当然そうすると思われてるから。そのあとファド湖に飛ぶ」

「それはどれくらい遠いんだ？」

「砂漠の奥へさらに百マイルほど入るのよ」二人は別荘の玄関にたどり着いた。階段の手前でケイトは振り返ってアブを見た。「いま斥候隊はどこにいるの？」

「エル・ハジズです。あそこにはいい湧き水があります。ただ、もう移動してるかもしれません」

二人は英語で話した。「ヴィリアーズ大佐もじきに合流するはずよ。彼を監視してて。出発したらあとを追う。うちのランド・ローヴァーを一台使って」

「それで、どうします？」

「もう一度教訓を与える必要がありそうだわ。大佐は意固地になってるから」

「新しい副官を殺《や》りますか？」

「怖がらせるだけでいいかもしれない。すべてはアラーの御心しだいよ。あなたの判断に任せるわ。それじゃ、おやすみ」

銅製のドアが魔法のように開き、ハウスボーイが現われた。ケイトが中に入り、ルパートも続いた。

「きみを怒らせるのはまずいと、いまあらためて思ったよ」ルパートが言った。

「あなたはそんなことしないでしょ」ケイトは微笑んだ。「あなたは安全よ。なんといってもダーンシー家の一員だもの」

アブはまっすぐバザールに向かった。首に巻いた布で顔を半分隠し、カフェに入る。そこは斥候隊の溜《た》まり場だ。隊員たちはテーブルでコーヒーを飲んでいた。メンバーはアフメドほか四人。ほかの席も客で埋まり、壁際に坐っている者もいた。アブは布を引っぱりあげて顔の大半を覆い、壁際にしゃがんで頭を垂れ、アフメドたちの話を盗み聞きした。

アフメドは、セリムが死んだことを仲間にほのめかしもしなかった。家族からあることで困っているという手紙が来たので家に帰ることにしたらしいと説明していた。

そのとき、ヴィリアーズが店に入ってきた。隊員たちは起立した。アフメドがヴィリアーズに言った。「セリムは何か悩みでもあるような顔をしてました。きっと家族から来た手紙のせいです。もう町にはいません。たぶん家に帰ったんだと思います」

「それじゃ、おまえが隊長補佐をやってくれ」とヴィリアーズは言った。「明日の明け方、エル・ハジズに出かけるぞ。ランド・ローヴァーでホテルまで迎えにきてくれ」

「わかりました、大佐」

ヴィリアーズは店を出ていき、アフメドたちもあとに続いた。しばらくして、アブも立ちあがって引きあげた。

斥候隊の行き先はわかっているので、アブはランド・ローヴァーで夜明け前に別荘を出た。

ケイトとルパートはハウスボーイの運転で、ハザールの町の外に作らせた小さな飛行場におもむいた。そこでは八人乗りのヘリコプター、スコーピオンが待機していた。操縦士はベン・カーヴァーで、イギリス空軍の青いつなぎの飛行服姿で機体の脇にしゃがんでいた。

「おはよう、ベン」ケイトが声をかけた。「これは親類のルパート・ダーンシーよ。天気はどう？」

「だいぶ暑くなりそうですが、それはいつものことですからね。シャブワは問題ないですが、ファドのあたりは砂嵐があるかもしれません」

「それは突っ切っていくしかないわね。出発しましょ」

シャブワの飛行場が見えてきた。近くには椰子《やし》の木立に囲まれたちょっとした湖のオアシスが広がっている。それから、おびただしい数のテント、ラクダ、山羊《やぎ》の群れ、数台のランド・ローヴァー。スコーピオンが着陸し、ケイトが降り立つと、人々がわっと集まってきた。自動小銃を抱えた戦士だけでなく、女たちや子供たちもいる。何人かの戦士が自動小銃を空に向けて撃つと、子供たちが叫び声をあげて喜んだ。人々が押し寄せてケイトの身体に触れようとする。

戦士たちが彼らを押しのけ、二列に並ぶ。二人の少年がそれぞれ一着の衣を手に駆け寄ってきて、ケイトとルパートに着せた。

ケイトは戦士たちを前に、固めた拳《こぶし》を突きあげた。「わが兄弟たちよ」

戦士たちは歓呼の声をあげ、さらに自動小銃を空に向けて撃った。ケイトは男たちを引き連れて大きな日除《ひよ》けのほうへ歩いていった。日除けの下には絨毯《じゅうたん》が敷かれ、クッションが置かれていた。ケイトと一緒に族長の下の位の長《おさ》が二人、あぐらをかいて坐《すわ》り、アラビア語でさかんに話をする。ルパートは煙草に火をつけ、金属のカップに注いだ濃いコーヒーとナツメヤシの実の入ったケーキを受け取った。二人の長もせわしなくコーヒーを口に運ぶ。周囲で大勢の男たちが一同の様子を見守っていた。

「信じられないな」ルパートが言った。「こういうのは初めて見た」

「これがわが民よ、ルパート」

「でも、これはきみの半面でしかない。このあいだダーンシー・プレイスへ行ったときは、村人がちょうどこんなふうだった。なんだか妙だね。〈ダーンシー・アームズ〉に入ったら、店にいる人がみんな立ちあがった」

「あの人たちもわが民なのよ。わたしにはどちらも大切だわ。ダーンシー家のルーツは深い。それはあなたのルーツでもあるの」

「そのルーツに恥じないよう生きないとな」ルパートはそう口にしたあとで、自分が本気であることに気づいて驚いた。

女たちがめいめいに皿を持ってやってきた。米、レンズ豆、山盛りの種なしパンに熱いシチュー。

「このシチューには何が入ってるんだ?」と、ルパート。

「山羊の肉よ、ダーリン。断わったらこの人たちを侮辱することになるわ」

「おやおや」

「スプーンやフォークは使わないで、手で食べるの。必ず左手で」ケイトはにっこり笑った。

「さあ、いい子だから全部食べるのよ。食事が終わったらファドへ出かけましょ」

二人は一時間半後に出発した。ルパートが訊《き》いた。「ファドに何があるんだい?」

「ようするに軍隊の訓練基地ね。アラブの主要国から若者たちが集まってるの。自動小銃や機関銃、それからもう少し高度なロケット・ランチャーなんかの使い方の基礎を教えてるのよ」

「爆弾の技術は？」

「ええ、それも。ごく基礎的なコースだけど。おもに鉛筆型化学式信管の効果的な使い方を教えてる。できることには限りがあるから、ＩＲＡ暫定派の要求レベルはクリアできないわ。いまいる生徒は五十人くらいで、男がほとんどだけど、何人か女もいる。八週間の訓練を受けたあと、それぞれの国でほかの若者に知識を広めるの」

「誰が教えてるんだ？」

「ほとんどがパレスチナ人」

「それだけの能力があるのかい？」

「優秀な教官を見つけるのは難しいわ。でも、チーフは一流よ。コラム・マッギーといって、ＩＲＡで長く活動してたの」

「で、目的はなんなんだ？」

「中東全域に、まずまずの訓練を受けた若い革命家を増やすこと。資本主義と金持ちを憎んで、政府を倒す意欲を燃やす若者たちをね」

「でも、ケイト、きみは資本家で、信じられないほど金持ちだよ。なのに資本主義体制を不安定にしようとする。理屈が通らないじゃないか」

「復讐よ。復讐ということを考えれば理屈は通るでしょ」

「どうやって復讐するんだ？」

「それはまたあとで話すわ、ルパート。そのときが来たら」ケイトは下を見おろした。砂がもうもうと巻きあがっている。ベン・カーヴァーの言うとおり、砂嵐になるようだった。

ヴィリアーズの一行は高地にあがり、黄土色の岩山の崖《がけ》道をたどってハマの水場に向かった。最前から風が強くなり、細かい砂を吹きつけてきた。ヴィリアーズも隊員たちも鼻と口をスカーフで覆った。

水場に近づくと、ヴィリアーズはアフメドに言った。「ちょっと水を補給していこう」

「わかりました、隊長」

アフメドは二人の隊員と一緒に車を降りた。ヴィリアーズは車内に留《とど》まり、手で囲って煙草に火をつけた。アフメドたちは山羊革の袋に水を補充し、めいめい袋を二つずつ持ってランド・ローヴァーのほうへ戻りかけた。と、そのとき、銃声が一つはじけ、アフメドが左手で持っている革袋に穴があき、水がこぼれ出した。三人は袋を放り出して車の中に飛びこみ、身を低くして銃を構えた。

「撃ち返すな」ヴィリアーズが命じる。

風が唸《うな》り、さらに多くの砂が飛んできた。アフメドが言った。「見てください、大佐、あそこにタイヤの跡があります。間違いなくランド・ローヴァーです。誰かがここを通ったんです。アブかもしれません」ヴィリアーズが車から降りようとするのを、アフメドは引き戻した。

「だめです、大佐、あなたが行っては」

「きっとアブだろう。だが、袋を撃ち抜けたんだから、おまえを撃ち殺すこともできたはずだ。

あいつは女伯爵からおれを生かしておけといわれてるんだろう。おれたちを相手に遊んでるんだ。いまそれを証明してやる」ヴィリアーズは車を降りてアラビア語で叫んだ。「アブ、おまえには名誉心ってものがないのか？　おれと正面から対決するのが怖いのか？」それから広い場所へ出ていく。「おれはここにいる。おまえはどこだ？」

いまや視界はかなり悪くなっていた。エンジンの音がして、すぐに遠ざかっていった。

「行ってしまいましたね、大佐」アフメドが言った。

「おれたちも出発して、避難できる場所へ行こう。この風が収まるまでしばらくかかりそうだ」

峠の向こうに古い崩れかけた砦《とりで》があった。その廏舎にはまだ屋根が残っている。ヴィリアーズたちは二台のランド・ローヴァーをその廏舎の中に乗り入れ、車を降りた。

ヴィリアーズはアフメドに言った。「アルコール・ストーブに火をつけろ。コーヒーを淹《い》れるんだ。おれはお茶だがな。それから缶詰を一人に一個ずつ配れ。好きなのを選んでいい」

「わかりました、大佐」

ヴィリアーズは外を眺めた。砂の鞭《むち》が地面や廏舎を猛烈に打っている。アブはこれをどうしのいでいるだろう。いや、それより何を企《たくら》んでいるのだろう。

スコーピオンは、砂嵐が最高潮に達する前にファドに到着した。ルパートは砂の幕の下にオアシスのまわりの椰子の木立があるらしいのに気づいた。目をこらすと、ブロックを積んだだけの簡素な建物も見える。その向こうには射撃場があり、ベドウィンのテントが並んでいる。そのテントは、〈虚無の地域〉の砂嵐などの気まぐれな天候に対応できるよう何百年にもわたって改良されてきたものだ。

下界では何人もの男たちが、顔を布で覆って砂を避けながらヘリコプターの着陸を待っていた。ケイトはルパートのほうを向いた。「ベドウィンは砂嵐を〝アラーの息〟と呼んでるのよ」

「それじゃ、アラーはいま機嫌が悪いんだね」

カーヴァーは椰子の二つの小さな木立のあいだにヘリコプターをおろした。男たちが駆け寄り、ロープをスキッドに巻きつけてその端を木にくくりつけた。

カーヴァーはエンジンを切った。「やれやれ、まいったな」

「よくやってくれたわ」ケイトが言った。

まずカーヴァーが機外に出てドアを押さえる。続いてケイトがスカーフを頭と口もとに巻きつけて降りはじめた。一人の男が彼女に手を貸す。ジーンズに革のボマー・ジャケットという恰好《かっこう》で、顔をスカーフで覆った大柄な男だった。ルパートが次に降りる。二人は急ぎ足でテント群のほうへ向かい、あとから何人もの男がついてきた。

二人が入ったテントは大きく、中は快適に設《しつら》えてあった。床に絨毯を敷き、クッションと低いテーブルを置いている。かなり豪華な内装だ。テントの壁布の外側に垂らした布が風にあおられて軽くはためいているが、その音は和らげられて遠くから聞こえてくるようだ。

ボマー・ジャケットの男がスカーフをとると、白髪の混じった黒いもじゃもじゃの顎鬚《あごひげ》が現われた。この男がコラム・マッギーで、顔には笑みが浮かんでいた。

「ようこそ、女伯爵」

　ケイトはマッギーにルパートを紹介した。カーヴァーもテントに入ってきた。

「砂嵐はどれくらい続きそう？」ケイトが訊く。

「いまハマン飛行場の天気予報を聞きましたが、あと二、三時間でやむようです」

　ケイトは腕時計を見た。「いま十一時。それなら視察してからここを出ても、陽が暮れるまでにハザールへ帰れるわね。とりあえず何かちゃんとしたものを食べたいんだけど、コラム」

「本格的なアイルランド風朝食というわけにはいきませんが、女伯爵、厨房《ちゅうぼう》で女たちがかなり美味《うま》いパンを焼いてますよ。種なしパンですがね。子羊か山羊《やぎ》の肉のシチューもできます。それ以外だと缶詰ですが、いろいろあります。コーン・ビーフ、新鮮なトマト、人参《にんじん》、豆」

「それでいいわ。ところでベン、クーラーを運んできてくれた？」

「厨房へ運ばせました」

「そう。それじゃ、何か飲みましょうか」

　カーヴァーはテントとテントをつなぐトンネルのような通路を通って厨房へ行った。入り口の近くに丸い石でできた竈があり、鉄の棒に鍋《なべ》が三つかけてあった。五、六人の女が立ち働いている。青いプラスチック製のクーラーは低いテーブルに載せてあった。

　メインのテントで、ケイトがマッギーに言った。「ベン・カーヴァーは外からわかることしか知らないわ。野営地があって、ときどき訓練をしていることしか。そのほかのことは彼には知られたくないの。一番大事な話は食事のあとでしましょ」

「わかりました。厨房へ行って女たちに指図してきます。しかし、ベンも元イギリス空軍兵ですから目聡《めざと》いですよ」

マッギーと入れ替わりに、カーヴァーがクーラーを持って戻ってきた。クーラーの中身はシャンパンが三本とプラスチックのワイン・グラスが数個だ。カーヴァーはシャンパンの栓を抜き、グラスに注ぎはじめた。

「グラスは四個よ、ベン」

「まるで我が家にいるように快適だな」ルパートが言う。

「これはピクニックだと思って」ケイトがそう言ったとき、マッギーが戻ってきた。「それで、訓練のほうはどう、コラム？」

「いつもどおりですよ」と、マッギー。めいめいグラスを手にクッションの上に坐《すわ》った。「ただ、パレスチナの若者は闘志満々だが、イスラエル軍が相手だとそう長生きできない」

「あなたはベストを尽くしてくれてると信じてるわ。とにかく食べましょ。話はあとよ」

古い砦では砂嵐がすでに衰えはじめていた。斥候隊員はじっと待っていたが、やがてヴィリアーズは暗号携帯電話を出して副官のボビー・ホークを呼び出した。

「いまどこにいる？」

「エル・ハジズ・オアシスから東へ二十マイルほどのところです。そちらは？」

ヴィリアーズは場所と状況を告げた。「いま移動中か？」

「いえ、洞窟《どうくつ》に避難してます」

「よし。砂嵐はあと一時間ほどでやむはずだ。エル・ハジズで落ち合おう。ところで、こっちは二人失った。オマルとセリムだ」

「なんと。どうしたんです?」

「それは会ってから話す」携帯電話のスイッチを切ってアフメドのほうを向いた。「もう一杯お茶をくれ」それから、ロンドンのチャールズ・ファーガスン少将に電話をかけ、現況を説明した。


食事のあとで、ケイトが言った。「思ったより悪くなかったわ。どうもありがとう、コラム」

「あなたに喜んでいただくのがわたしらの目的でしてね」

「それを聞いて嬉《うれ》しいわ。それじゃ、話を始めましょうか」ケイトはカーヴァーのほうを向いた。「悪いけど、ベン、仕事の話だから」

カーヴァーは早々に辞去した。受け取った報酬は彼の強欲を満足させるのに充分だった。フアドに何かあるらしいことには当然気づいているが、それがなんであれ、謎のままにしておくのがいい。

ケイトがテントの中に戻ってきて訊《き》いた。「パレスチナ人のインストラクターはそこそこやってくれてるのね?」

「そこそこね」

「それで、爆弾関係の専門知識が必要なプロジェクトを始めるときは、誰に頼んだらいいの? この前会ったときに訊いたら、考えておくといったけど」

「やっぱりいまでもＩＲＡが一番でしょうね。ただし最近では暫定派は引く手あまたですが。

〈聖なる泉〉に詣《もう》でる長老会議を襲うのに雇った連中はどうです？　エイダン・ベルと、トニー・ブロスナン、ジャック・オハラだったかな」

「あの三人はもういない。エイダンはディロンに殺されたわ」

「ああ、ショーンのくそ野郎ですか。昔は良き同志だったんですがね」マッギーはにやりと笑う。「いまはイギリス政府に飼われてやがる」

「で、お勧めは誰？」

「ちょっと妙な感じですが、エイダンの甥《おい》の、バリー・キーナンという男ですね。いまはドラムクリー村に住んでます。暫定派なんぞ婆さんどもの集まりだといって、もう抜けてましてね。その後、〈真のIRA〉のメンバーになりました。これは昔風のゴリゴリの共和派です。アイルランドでは、大義のためならローマ教皇でも撃ち殺すといわれてきた連中です」

「それはいいわね。キーナンとの会見をセットしてくれる？」

「いいですが、イギリスではだめです。重罪人として手配されてますから」

「じゃ、アイルランド？」

「ええ。和平プロセスが始まってからは、あの男がかりに北アイルランドへ行っても、アルスター警察は手出ししません」

「でもまあ、ドラムクリーで会うことにするわ。段取りをつけてちょうだい」

「少し時間がかかりますよ」

「急いではいないわ」ケイトは立ちあがった。「外を見てみましょうか。風が収まってたらルパートにキャンプを見せたいから」

マッギーは好奇心にかられて訊いた。「きみはこの手のことに詳しいのかな、ミスタ・ダーンシー？」

「そういっていいだろうね」ルパートは面倒臭そうな笑みを浮かべた。

ケイトとルパートはお供を引き連れて野営地の外に張られた大きなテントのところまで行った。そこには六人の若いアラブ人がいて、二つの作業台をはさんでインストラクターと向き合っていた。テーブルの上には爆破作業に必要な道具が並べられている。鉛筆型化学式信管、ほかの種類の信管、時計、タイマー、さまざまな種類の爆薬のサンプル。ごく基本的な材料ばかりで、ルパートはなんの感銘も受けなかった。

「次へ行こう」ルパートは言った。「これじゃ退屈してしまう」

次は射撃場だった。訓練生たちは腹這《はらば》いになって両肘《ひじ》をつき、五百ヤード先の人の形をした木の板を撃っていた。

「双眼鏡を貸してくれ」ルパートはマッギーから双眼鏡を受け取り、標的に焦点を合わせた。

「いまいちだな。何発かまぐれで当たってるだけだ。ほとんどはずれてるじゃないか」

「きみならもっとうまく当てるかね？　多少とも知識がある者なら、AKは接近戦用だと知っている。五百ヤードは誰にとってもけっこうな距離だよ」マッギーは皮肉な口調を消そうとしたが失敗した。「きみはAKをよく知ってるんだろうね」

「左肩を撃たれたからね。幸い、湾岸戦争の最後の週のことだったが」ルパートは前に進み出た。「個人的には、シングル・ショットの射撃に優れた性能を発揮する銃だと思ってる」

マッギーは木製ラックの前へ足を運んで、AK突撃銃を一挺《ちょう》とり、弾倉を叩《たた》きこんだ。それを差し出す。「見せてくれ」

「喜んで」ルパートは双眼鏡をケイトに渡した。「それじゃ、右側の五人と、左側の五人を狙うかな」

マッギーはホイッスルを吹いて手を一振りした。訓練生は射撃をやめ、弾倉を抜いて立ちあがった。インストラクターが下がれと叫ぶと、言われたとおりにした。ルパートは前に進み出た。床に伏せず、立ったままで銃を肩づけする。そしてゆっくりと、慎重に射撃を開始した。終わったときには訓練生たちが低く唸《うな》った。ケイトは双眼鏡をおろしてマッギーに顔を向けた。

「十人とも頭に命中。これだけの腕を持った人間はほかに一人しか知らないわ。その男は兄のジョージと三人の部下を五百ヤードの距離から殺した——ショーン・ディロンよ」

「こんなのは初めて見た」と、マッギー。

「そうでしょうね。で、次は?」ケイトが訊く。

「素手の格闘術です。彼らは得意なんですよ。ほとんどが貧困地区の出身ですからね」

訓練場はオアシスの反対側にある椰子《やし》の木立の向こうだった。そこは砂が柔らかいからだ。若者たちが二人ずつ組になっていた。インストラクターはスキンヘッドの大男で、濃い口髭《くちひげ》を生やしている。英語はわりと流暢《りゅうちょう》で、名前はハミドという。

ケイトが言った。「ここにいるミスタ・ルパートに訓練を見せてあげて」

ハミドはルパートを一瞥《いちべつ》したが、しらっとした顔をしていた。「ああ、観光客向けの余興ですね」二人の若者に手招きする。「さあ、かかってこい」若者たちは不安をあらわにした。

「ほら、かかってこんか」ハミドは怒鳴った。

二人はいっせいに襲いかかった。ハミドは一人のパンチをすっとかわし、両襟をつかんで柔道の巴《ともえ》投げで若者を宙に投げた。前に身体を起こして立ち、後ろ蹴《げ》りでもう一人の若者の左の膝頭《ひざがしら》を攻撃する。若者はぎゃっと叫んで倒れた。

ハミドはケイト、ルパート、マッギーと向き合った。両手を腰にあてて勝利の笑みを浮かべる。「こんなもんでいいですか?」声には侮蔑《ぶべつ》の響きがあった。

「これじゃかなわない。ぼくはパスするよ」ルパートは降参だというように両手をあげた。

ハミドは頭をのけぞらせて笑った。両足が開いている。その股間《こかん》へ、ルパートはまともに蹴りを入れた。ハミドはどうと倒れ、胎児の姿勢になった。ルパートはハミドの首に足を載せた。

「不注意だったな。首をへし折ってもいいんだが、やめとくよ。近くに病院はなさそうだから」ケイトのほうを向く。「これで終わりかい?　じゃ、もう帰ろうか」

「この卑怯者《ひきょう》」ケイトはそう言いながらも笑っていた。

カーヴァーがスコーピオンの機内で何かしていた。一行が歩いてくるのを見ると、降りてきた。「行きますか?」

「今夜はハザールの別荘に泊まって、明日の朝七時にノーソルトに向けて出発するから」ケイトはそう言ってマッギーのほうを向いた。「キーナンとドラムクリーの件、頼んだわよ」

ケイトはヘリコプターに乗りこみ、ルパートが続く。まもなくヘリコプターは飛び立った。

ヴィリアーズたちがエル・ハジズに着いたとき、ボビー・ホークと彼の部隊は三台のランド・ローヴァーで先に来ていた。

「やあ」ヴィリアーズが手を差し出した。「何事もなかったか？」

「ええ、隊長たちと較べるとね。何があったんです？」

「詳しいことはあとで話す。まず野営地を作ろう」

崖《がけ》のきわに五台のランド・ローヴァーを半円形に並べる。うしろはオアシスの畔の椰子の木立だ。何人かの隊員がジャンビーヤで棘《とげ》のある低木の枝を切り、火をつける。二つの小鍋《こなべ》で湯を沸かすあいだ、ヴィリアーズは火のまわりに集まった隊員たちに話をした。

「一緒にいなかった者に話すが、じつはオマルがハマの水場で狙撃《そげき》されて死んだ」

隊員たちはいきり立った。

「まあ落ち着け。そのあとハザールでは、セリムが喉《のど》を切られて殺された。犯人はわかってる。女伯爵の護衛役のアブだ。アブはおれを殺すこともできたが、殺さなかった。やつはハマでまた銃を撃ってきて、アフメドが水を汲《く》んだ革袋を撃ち抜いた。アフメドを殺すこともできただろうが、それはしなかった。おれを殺すこともだ。女伯爵はおれを生かしておきたかったからだ。境界を越えたらおれは死ぬだろう。だから、とりあえずおれたちはこっち側に留《とど》まるが、ともかくみんなにこのことを知っておいてほしかった」

ヴィリアーズはアフメドに顔を向けた。「誰か三人選んで機関銃で警戒させろ。あとの者は飯だ」

しばらくたって、ヴィリアーズとボビー・ホークはハインツの缶詰のシチューを食べた。コッカリーキ（ニラ入りの鶏肉スープ）に煮豆が入ったものだ。種なしパンもふんだんに出された。

「ウィンザー城の将校用食堂とはちょっと違うだろう」ヴィリアーズは言った。

「でも、そう悪くないですよ」と、ボビー・ホーク。「こういう缶詰を食べていると、質実素朴な食事もいいものだと思えてきます」

ホークはまだ二十二歳だが、すでにコソヴォでチャレンジャー戦車や装甲車に乗って一任期を務めている。ハザール斥候隊の副官というポストは、彼には抗《あらが》いがたい魅力を持っていたのだろうが、おかげで少尉への昇進が遅れるはめにはなった。もちろんヴィリアーズは、ここでの経験はきっと軍人としての将来に役立つはずだと彼を激励した。

食事が終わると、隊員が食器をさげ、べつの隊員がエナメルのマグと真っ黒な苦い茶を淹《い》れた薬罐《やかん》を運んできた。ホークもこの茶が好きになってきている。夕闇がしだいに濃くなるなか、隊員たちはランド・ローヴァーのそばへ移動して坐《すわ》り、焚《た》き火のそばには隊長と副官だけが残った。

「近くにいると思いますか？――アブのことですが」

「きっといる」

「また襲撃してきますかね」

「ああ。でも、誰も殺すつもりはないだろう。ただ警告をするだけだ――ケイト・ラシッドはおまえの首に手をかけてるぞとね」

「そうだといいんですが」ホークは物思わしげに言う。

二人は一時間ほど話していた。隊員がさらに低木の枝を火にくべ、薬罐に新しい茶の葉と湯を入れて二人のそばに置いた。

ホークが薬罐を取りあげて茶を注ぎはじめた。とそのとき、銃声が一発響いて、薬罐がホークの手から飛ぶと同時に、そこにあいた穴から熱い茶がぴゅうっと出た。

「くそっ」ホークは飛びあがりざま、ホルスターからブローニングを抜いた。拳銃《けんじゅう》を前に突き出して立つ。

「よせ」ヴィリアーズが鋭く言った。「またアブの仕業だ。薬罐を撃てるということは、おまえを撃てるということだ」

隊員たちが自動小銃を手にとり、機関銃を担当している一人が闇の中へ銃弾を放った。ヴィリアーズが立ちあがって手を振った。

「撃つな。やつももう撃ってこない」

沈黙が降りた。ホークは拳銃をしまい、なんとか震え声で笑った。「そのとおりだといいですがね」

すると二発目の銃弾が飛んできて、心臓に命中し、ホークはうしろに飛んだ。隊員たちは怒りの声を張りあげて闇の中へでたらめに発砲しはじめた。ヴィリアーズは副官のそばにしゃがむ。ホークは痙攣《けいれん》するように息をあえがせて、死んだ。

ヴィリアーズはかつて経験したことのない憤怒にとらわれた。隊員たちに号令を発した。

「撃つのはやめろ!」一同はしぶしぶ銃をおろした。ヴィリアーズは焚き火に背を向けて立ち、両腕を大きく広げた。「アブ、おれはここだ。おまえはどこにいる? まだ若い者を殺す気なのか? 大人のおれを殺《や》ってみろ!」だが、返ってきたのはランド・ローヴァーの走りだす音だけだった。

アブは片手で運転しながら、スカーフで右頬を押さえていた。間一髪だった。薬罐を撃ったあとで撃ち返された機関銃の弾が、頬をかすったのだ。そのせいで不必要なことをしてしまった自分に腹が立った。ハマで一人射殺し、アフメドの革袋を撃ったのは問題なかった。いつでも殺せることを見せつけるためだった。だが、ボビー・ホークを撃ち殺したのは、とっさの反撃だったという言い訳すらできない。しばらくためらっていたのだから。ところが、怒りと頬の痛みで、自制できなくなった。下手をするとヴィリアーズを殺したかもしれないが、さすがにそれはしないだけの分別があった。女伯爵はわかってくれるだろう。そう願うしかない。アブは道路の端で車を停め、救急箱の蓋《ふた》を開けた。傷にガーゼをあてて絆創膏《ばんそうこう》でとめる。それからふたたび闇の中をハザールの町に向かって車を走らせた。

隊員たちがボビー・ホークの遺体を袋に入れていた。ヴィリアーズは火のそばに坐り、ハーフ・ボトルのウィスキーを飲んでいた。医療用として救急箱に入れてあったものだった。それを喇叭《らっぱ》飲みしながら、煙草を吸った。

ケイト・ラシッドになぜおれを撃たなかったのかと訊《き》いたとき、あなたは大事な人だもの、とあの女は答えた。そのことがあったから、判断を誤ってしまったのだ。完全に、救いようもなく。その代償を、ボビー・ホークが命で支払わされることになった。

アフメドがやってきて言った。「副官と最後の対面をされますか？」

「ああ、ありがとう。そうしよう」

ヴィリアーズは立ちあがって遺体袋のそばへ行った。ファスナーが少し開かれて、ホークの顔が見えていた。目を閉じた死に顔だ。昼間の暑さで腐敗が進むのは速いだろうと思うと、耐えがたかった。そのとき、あることを思い立ち、アフメドのほうを向いた。

「袋を閉めて、ボンネットにくくりつけるんだ。オマルのときと同じように。十分後に出発するからな。夜通し走ってハザールに戻るんだ」

「わかりました」

ヴィリアーズはまた腰をおろし、暗号携帯電話を出した。ロンドンの国防総省の秘密回線電話にかけると、ファーガスンはオフィスにいた。

「わたしです、少将。ひどいことが起きました」

バーンスタインとディロンもたまたま居合わせたので、ファーガスンは手で二人に合図して、スピーカーホンのスイッチを入れた。「話してくれ、トニー」

ヴィリアーズは話した。「わたしが判断を誤って、ボビー・ホークが死んだんです」

「それはきみのせいではないぞ、トニー。ケイト・ラシッドのせいだ」

「ライフガード連隊の司令官に連絡してください。ボビーには母親と大学生の妹が二人います。このことを知らせなければなりません」

「それは連隊がやってくれるだろう」

「こちらでは遺体の状態がすぐ悪くなることはご存じでしょう。そこでお願いがあるんです」

「なんだね？」

「レイシーとパリーが一時間以内にガルフストリームでファーリー・フィールドを出発してく

れれば、十時間くらいでこちらに着くはずです。こちらでちゃんとした棺《ひつぎ》を用意して、書類手続きもすませておきますから、すぐロンドンに運んでほしいんです」

「お願いなどする必要はないよ、トニー」ファーガスンはバーンスタインにうなずきかけた。「ほかに何かあるかな？」

「すぐ手配してくれ、警視」彼女が部屋を出ていくと、ファーガスンは訊いた。「ほかに何かあるかな？」

「ええ。いまからわたしを部下と考えてくださってけっこうです。砂漠で何か起きてますが、それを暴くためならなんでもやりますから。あの女を倒すためならなんでもやります」

「それを聞いて嬉《うれ》しいよ。レイシーとパリーの出発時刻がわかったらまた連絡する」

ヴィリアーズは電話を切った。隊員たちが待っている。「よし、出発だ」ヴィリアーズがアフメドの隣に乗りこむと、五台のランド・ローヴァーは走りだした。


アブは午前五時にラシッド家の別荘に着いた。ハウスボーイが、女伯爵はもう起きてシャワーを浴びていると告げた。ハウスボーイはアブにコーヒーを出してやってから女伯爵に知らせにいった。ケイトが部屋着姿で階段の上に現われると、アブは立ちがった。すぐにルパートもスラックスにカーキ色のブッシュ・ジャケットという恰好《かっこう》でケイトのそばへ来た。

ケイトとルパートは階段を降りてきた。「顔を怪我してるわね。ひどいの？」

「弾にキスされただけです」

「何があったの？」

アブは何一つ包み隠さず話した。「わたしのせいで厄介なことになりました。大佐は絶対に黙っていないでしょう」

「すんだことは仕方がないわ」ケイトは眉《まゆ》をひそめた。「ヴィリアーズはすぐに死体をハザールに運んでくるわね。あなたはすぐここを出なさい。途中、ヨルピ先生のところで手当てしてもらってから、町を出るのよ。〈虚無の地域〉のシャブワへ行くといいわ。連絡があるまでそこで待機してて」

アブはケイトが差し出した手にキスをし、ものも言わずに出ていった。ルパートが言う。

「で、どうする?」

「わたしは着替えるから、あなたは荷物を詰めて。できるだけ早く飛行場へ行きましょ」ケイトは近くにいるハウスボーイのほうを向いた。「リムジンを玄関にまわして」

また階段をのぼりながら、ルパートが訊いた。「なぜ急ぐんだ?」

「トニー・ヴィリアーズのことで嫌な予感がするの。いまは彼に会いたくない」

「冷酷非情な女が怖がってるのかい?」

「うるさいわね、ダーリン」

十五分後、二人はまた階段を降りてきた。ルパートはスーツケースを二つ提げている。ハウスボーイにドアを開けさせて外に出ると、通りの向かいにハザール斥候隊の五台のランド・ローヴァーが並び、それぞれの機関銃をこちらに向けていた。先頭車のそばでトニー・ヴィリアーズが腕組みをして立っている。

ケイトは一瞬ためらったあと、階段を降りた。ルパートもあとに続く。「まあ、トニー、驚いたわ」

　ヴィリアーズは単刀直入に切り出した。遺体袋を指さしながら、「アブが帰ってきたはずだ。ボビー・ホークがこの中に入ってる。本当の意味で殺したのはアブじゃない。おまえだ、ケイト」

「そう？　それで、どうするつもりなの？」

「おれはおまえに聖戦《ジハード》を宣言する。血みどろの戦いをするつもりだ、ケイト・ラシッド。それから好きなときに〈虚無の地域〉へ入るつもりだ」

「じゃ、向こうで待ってるわね」

「いいだろう。おれがこの手でおまえを撃たないうちに、とっとと失《う》せろ」

　短い間を置いて、ケイトはルパートと一緒にリムジンに乗りこみ、走り去った。ヴィリアーズはそれを見送ってから、アフメドのそばへ行き、先頭のランド・ローヴァーの後部座席に乗りこんだ。

「よし、それじゃ葬儀屋へやってくれ」ヴィリアーズが命じると、アフメドはそれを隊員全員に伝えてから車を出した。

オックスフォード　ロンドン

9

ガルフストリームの機内でケイトは考えごとにふけり、ルパートはブラック・コーヒーを飲んでいた。

「しかし運が悪かったな」ルパートは言った。「アブの熱心さが裏目に出たわけだ」

「ええ、もう腹が立ってしかたがないわ。ヴィリアーズをいままで考えていたのと違うやり方で扱わなくちゃいけないかもしれない」

「つまり、彼が〈虚無の地域〉へ越境してきたらということかい？」

「そう。あの男と斥候隊に宣戦布告することになるわ」

「それより隊員に大佐を捨ててどこかへ雲隠れしてしまえと命令を出したらどうだ？　連中もラシッド族で、きみの配下にあるわけだから」

「まだわかってないのね、ルパート。彼らは誓いを立ててるのよ。だからトニーに従うの。死ぬまでね」

「アラブ人の気持ちは理解できそうにないね」

「それは前にもいってたわね。ちょっと話題を変えましょ。わたし、さっきから例の〈ヨーロッパ自由デー〉のことを考えてたの」

「ああ、この土曜日の。それがどうかしたかい？」

「いまわたしたちがあの連中とあまり親密な関係にあると思われるのはまずいと考えてたのよ。わたしたちが調査されてるいまはね。非暴力の建て前を維持しなくちゃいけないわ。デモが暴動になったとき、わたしたちは良識ある慈善家だとみられなくちゃいけない。そこであなたに頼みたいんだけど、オックスフォードへ行ってパーシー教授に会ってほしいの。〈ラシッド教育基金〉は福祉と教育にしか関心はない、いかなる暴力にも反対だから、学生たちにもデモに出ないよう指示してくれと教授に話すのよ」

「しかし若者がどんなふうかはわかってるだろう。どのみち参加するよ」

「それはそうよ！　でも、わたしたちが反対したという事実を残したいの。教授がごちゃごちゃいったら、〈階級闘争行動〉オックスフォード支部の口座残高と帳簿に五万ポンドほどの食い違いがあるから……どう説明するのかと追及してやって」

「ほんとに暴動が起きると思うかい？」

「それをあてにしてるのよ。とくに今回はうぶで可愛いヘレンがのこのこ出かけていくわけだから。運がよければ逮捕されるわ。そしたら面白い新聞ダネになる。ゴシップ記者は大喜びよ——元上院議員の娘が過激派なんて」

「きみは陰険な女だな。策を弄《ろう》する機会を逃さない」

「そうよ、ダーリン。あなたも見習ってほしいわ」

土曜日の朝、ルパートはオックスフォードの〈ライオン〉にいた。店内には学生が大勢いて、パーシー教授もすでに来ていた。目の前に一パイント・グラスのビールを置いている。

ルパートはパーシーの脇で足をとめた。「ぼくも一杯飲もうかな」

人ごみを押し分けていくと、カウンターの端にヘレン・クインとグラントがいた。ルパートは二人に微笑みかけ、バーテンダーにジャック・ダニエルズをグラスにたっぷり注いでくれと頼んだ。

「やあ。きみたちもデモに行くのかい?」

グラントが顔から笑みを消して噛《か》みつくように答えた。「あんたになんの関係があるんだ?」

「アラン、黙って」ヘレンはルパートに微笑みを向けてきた。「ええ、バスで繰り出すの」

「よしたほうがいいんじゃないかな。荒れるかもしれないよ。新聞や何かを読んでみたけど、どうも暴力沙汰《ざた》がありそうだ。われわれとしてはそういうのは困るんだ」

学生たちが聞き耳を立てはじめ、パーシーも席から身を乗り出した。グラントが言う。「デモへ行くなってのかよ?」

「暴動はよくないね。警官に警棒で頭を割られるよ」

「あんたはそういうのが怖いわけだ。へなちょこのお坊ちゃまは。ルパート・ダーンシーか。なんだその名前は」

まわりの学生は笑ったが、ヘレンはたしなめた。「よしなさいよ、アラン」

グラントは無視した。「どういう名前かは知ってるけどな。そりゃへなちょこの名前だ」

ルパートは穏やかに微笑んだ。「ま、べつにいいけど」グラスを手に、パーシーのところへ行った。

パーシーは言った。「どうも申し訳ない」

「いやあ。彼はまだ若いんです。でも、さっきいったことは本当ですよ。危険だと思います。あなたもバスに乗って、デモに行かないよう説得してください」

「バスに乗って？　いや、だから、わたしにはほかに用があって——」

「それは取りやめてください。いいですか。ケイト・ラシッドが運営する〈ラシッド教育基金〉は〈階級闘争行動〉に寄付をしている。その趣旨に賛同している。ただし、暴力的なデモには反対なんです」

「しかし、わたしには彼らを抑えられない」

「それはそうかもしれません。でも、バスの車内であなたの考えを話すことはできるはずです」

「いや、それは——」

「教授」ルパートは身を乗り出した。「われわれはあなたを信用しています。大金の管理を任せています。〈階級闘争行動〉の銀行口座に五万ポンドの不足があるのがわかったら、困ったことになりませんか？」

パーシーは縮んでいくように見えた。「そんなことは何も知らない」蚊の鳴くような声で言う。

「いや、知ってるでしょう。ウォンズワース刑務所にあなたのような人が入ると、どういうことになるでしょうね。人殺しやレイプ犯と一緒にシャワーを浴びる。あまりいいものじゃないですよ、教授」

パーシーは顔面蒼白《そうはく》になった。「それはだめだ」

「わたしたちもスキャンダルは困るんです。評判に傷がつきますからね。でも、あなたの傷はもっと深いものになるんじゃないですか？」

「わかった」パーシーは呻《うめ》くような声を出した。「いうとおりにしよう。だが、わたしが何をいおうと学生は参加すると思うぞ」

「わたしもバスに乗って手伝いますから。〈ラシッド教育基金〉の者だと紹介してください。あとでわれわれが何もしなかったといわれないようにしましょう」ルパートは店内を見まわし、グラントがトイレに向かうのに目をとめた。「すぐ戻ります」ルパートはパーシーに言った。

トイレに入ると、ちょうどグラントが用をすませたところだった。ファスナーをあげながら、こちらに向き直る。しばらくのあいだ、トイレは彼ら二人だけになった。

「何か用か、へなちょこ野郎？」

ルパートはグラントの右の向こう脛《ずね》を蹴《け》った。次いで腹にパンチを叩《たた》きこみ、身体を二つに折ったグラントの左手首をつかんで腕をねじあげる。ルパートは反対側の手を拳《こぶし》に握って持ちあげた。

「腕の骨を折ってやろうか？」

グラントは激痛に呻いた。「や、やめてくれ」

ルパートがさらに腕をねじりあげると、グラントは悲鳴をあげた。ルパートはグラントをくるりとこちら向きにして顔を平手で叩いた。「よく聞け。ぼくはたまたま知ったんだが、おまえがオックスフォード大学にいられるのは学外の団体から奨学金を受けてるおかげだ。その団体の活動を支えてるのは誰だか知ってるか？　どうだ？」

グラントはまた呻き声をあげて首を振った。

「われわれだ。〈ラシッド教育基金〉だ。われわれはおまえが目眩《めまい》を起こすほどすばやく奨学金の支給を取り消すことができる。だから今度行儀の悪いことをしたら、おまえはオックスフォードから追い出されて、〈マクドナルド〉で働くことになる。わかったか？」

「わかった」グラントは目に涙を溜《た》めて腕をさすった。

ルパートはマルボロに火をつけた。「ということで、おまえにしてもらいたいことがある」

グラントがティッシュをとろうとポケットを探ると、兄からもらったペン型の録音機が指に触れた。悪い予感がしたグラントはスイッチを入れた。

ルパートはポケットから紙袋を出した。

「これにチョコレート・キャンデーが三つ入ってる。どれもエクスタシー入りだ。これをデモの最中にヘレンに舐《な》めさせるんだ」

「な——なんでそんなことを？」

「暴動が始まったら、おまえたちが逮捕される可能性が充分にあるからだよ。暴動はきっと始まるからな。そのとき覚醒《かくせい》剤をやってたとわかったら、彼女の父親は困ったことになる。わかるか？」

「やばいことにならなかったらどうするんだ？　キャンデーを舐めても逮捕されなかったら？」

「またの機会を待つさ。そのときは怪我のないように気をつけてバスに乗せろ」

「今夜は帰らないんだよ」

「なぜ？」

「おれの兄貴はいまドイツに出張中で、ウォッピングの家が空いてるんだ。で、週末は使っていいといってくれてる」

「ヘレンも一緒に行くといってるのか？」

「ああ」

ルパートは首を振った。「よっぽど男に飢えてるんだな。それで住所は？」

「カナル通り十番地。テムズ川のカナル埠頭《ふとう》のそばだ」

「携帯は持ってるか？」

「いや。でも家に電話がある」

ルパートは手帳とペンを出した。「番号を教えてくれ」グラントは教えた。「よし。それじゃ彼女をしっかり守れよ。今夜電話する。忘れるな、キャンデーはデモの最中に舐めさせるんだぞ。それから酒を飲ませないようにしろ。ハイにはなってもらいたいが、具合が悪くなるのは困る。わかったな？」

グラントは口の中で、わかったと答えた。

「このことは誰にもしゃべるな。どんなこともだ。しゃべったら、うんと、うんと後悔するぞ。これもわかったな？」

グラントはうなずいた。

「よし。もう行け」

少し時間を置いてから、ルパートもトイレを出た。学生はほとんど店を出ていたが、パーシーはボックス席で待っていた。

ルパートは言った。「さあ行きましょう。演説の時間です」そして先に歩きだして店を出た。

バスは学生会館の外で待っていた。四十人ほどの学生がすでに乗りこみ、十数人が歩道で興奮ぎみにおしゃべりをしている。ルパートとパーシーはバスに乗った。

「あれ、先生も行くんですか？」誰かが声をあげた。

「ああ、本当は行きたくないんだがね。今日のデモはかなり荒れそうなんだ」

誰かが叫んだ。「冗談ばっかり」

「いや、まじめな話だ。〈階級闘争行動〉は暴力主義じゃない。平和的手段での変革をめざす集団だ。今回のデモに参加するのはたいへんな間違いだと思う。行くべきじゃない。みんな行くべきじゃない」

ルパートがあとを引き取った。「みんな聞いてくれ。ぼくの名前はダーンシー。〈ラシッド教育基金〉の者だ。知ってる人もいると思うけど、〈階級闘争行動〉に資金援助をしている。でも、われわれはいかなる暴力も認めることはできない。今日のデモは暴力的になりそうなんだ。パーシー教授のいうとおりだよ——きみたちの思想は正しいけど、行動の時と場所が問題だ」

反応は予想どおりだった。うしろの座席から『われわれはなぜ待っている？《ホワイ・アー・ウィ・ウェイティング》』の合唱がわっと起こった。ルパートは肩をすくめた。「あとは自分の頭で考えてほしい」

ルパートはパーシーの隣に坐《すわ》った。ヘレンは通路をはさんだ席にいた。グラントは目をそらして窓の外を見る。ヘレンはにっこり笑った。

「すごく興奮するわ」ルパートにそう言った。

「初めての暴動ってわけだ」

「そんなことにならないわよ。きっと大丈夫。大丈夫よ」

「そうだといいけどね」

ヘレンは当惑顔をよそへ向けた。

ボビー・ホークの葬儀は、その日の朝十一時に執り行なわれた。場所はケント州のプール・ブリッジという小さな町で、ロンドンから一時間ほどのところにある。ファーガスンとディロンも参列すべく車で出かけた。この日も三月のぐずついた天候で、春はまだ少し先だった。

ディロンは煙草に火をつけて車の窓を開けた。「のどかな田舎の風景だな」

小雨が降りだすなか、ファーガスンが言った。「女伯爵は帰国して何をしておるのやら」

「見当もつかないね。この何日かハザールではいろいろあったから、何か考えてるだろうけど」

「ローパーからの新しい情報はないかね?」

「なんにもない。全部の手がかりを洗ってみたそうだが、あの女の頭の中を覗《のぞ》くことはできないわけでね。行動になんらかのパターンを見つけるしかないが、それにはあの女に次の行動を起こしてもらわなくちゃいけない」

「いいたいことはわかる」

「ともかく念のために、今日の午後会ってくるよ」

「うむ」ファーガスンはシートにもたれた。「トニーはどうしておるかな」

「女伯爵は大佐にちょっかいを出すべきじゃなかった」ディロンは言った。「あれは大きなミスだよ。いまに後悔することになる」

「それを期待しよう」と、ファーガスン。車はプール・ブリッジの町に入っていく。

そこは古いたたずまいの典型的なイギリスの田舎町だった。コテージが建ち並び、年を経た教会があり、パブとジョージ王朝風の鄙《ひな》びたホテルが一軒ずつある。教会の横手には車がずらりと駐《と》めてあった。ファーガスンは小さく毒づいた。

「くそ、遅くなってしまった。行くぞ、ディロン」二人は車を降りて、大きなオーク材のドアへ足を急がせた。

式は始まったばかりだった。教会の中は人で埋まり、入り口のすぐ内側に立つしかなかった。棺《ひつぎ》が見え、その上の内陣の階段に立っている祭服姿の牧師が見える。黒い喪服を着た母親と二人の妹は会衆席の最前列に坐っていた。ライフガード連隊の連隊長とブルーズ・アンド・ロイヤルズ連隊の連隊長もいて、日頃の業務と同じく互いを支え合うように並んで坐っていた。

式の終わりのほうで、ライフガード連隊の連隊長が牧師の隣に立ち、ボビー・ホークの短かった軍歴を紹介して、優れた功績と高潔な人格を称《たた》えた。

それはそうだろうが、いったいこれはどういうことだ、とディロンは思った。なぜこの若者は死ななければならなかった？　まだ二十二歳だったというのに。まもなくオルガンの音が鳴り響き、賛美歌が歌われた。

外の墓地で小雨が大降りの雨に変わった。運転手がやってきて、ファーガスンにそっと傘を渡した。

「葬式というと雨が降るのはなぜだろうな」ディロンは言った。

「一種の伝統のようなものだろう」ファーガスンが応じた。

儀式がすべて終わり、参列者はホテルに向かって歩きだした。ホテルのビュッフェでは何種類かのワインが供された。参列者のほとんどが顔見知りのようだった。ディロンはウェイターにブッシュミルズを注文してファーガスンから少し離れた。

ミセス・ホークがやってきてファーガスンの頰にキスをした。「来てくださってありがとう、チャールズ」

「あなたには合わせる顔がない。息子さんはある意味でわしのために働いていたのだ」

「あの子は任務を果たしたの、チャールズ。大事なのはそのことだけよ」

ミセス・ホークはべつの人に挨拶《あいさつ》をしにいき、代わりにライフガード連隊の連隊長が近づいてきた。「やあ、チャールズ。なんともやりきれないことだ。トニー・ヴィリアーズは二人も副官をなくしてしまった」

「ホークの後任を見つけるのは難しそうかね？」

「いや、士官学校を出たばかりの無鉄砲な若者は大勢いるからな」

連隊長はディロンをちらりと見て、おやという顔をした。ファーガスンが言った。「ショーン・ディロンだ。わしの下で働いている」

連隊長の目が大きく見開かれた。「なんと、あ、あのショーン・ディロンか？　もうずいぶん昔のことだが、サウス・アーマーでなんとかおまえさんを捕まえようとしたものだ」

「ありがたいことに捕まらなかったよ、連隊長」ディロンはファーガスンに顔を向けた。「おれは車で待ってる」

バスは三時過ぎに河岸の通りで停止し、学生たちはデモ参加者の途切れることのない流れに合流し、ホース・ガーズ通りから中央官庁の建ち並ぶホワイトホールに出た。ルパートとパーシーは学生たちのうしろからついていく。二人は知らないが、いま曲がった角は、湾岸戦争の最中に元IRA闘士のショーン・ディロンが、首相官邸を狙って白いフォードのバンから迫撃砲を撃った場所だった。

ホース・ガーズ通りを歩いているときから騒がしい音や大勢の人の声が聞こえていたが、ホワイトホールに出ると、そこはすでに人で満ちあふれていた。警察車輛《しゃりょう》の列がダウニング街十番地に入る門をふさいでいる。警官はみな暴動鎮圧用の装備で身を固め、騎馬警官も出動していた。

あとからどんどん流れこむ参加者に押されて、群集はひしめき合いながら前に進んだ。オックスフォード大学組はすでにばらばらになっている。ヘレン・クインとアラン・グラントは通りの片側へ押されて人波に呑《の》みこまれていた。ルパートとパーシーはべつの場所へ運ばれていく。

前方でバラクラバ帽やスキーマスクで顔を隠した若い男たちが新しい不穏な展開を準備して

いた。そしてそれは、突然始まった。火炎瓶が群集の中から投げられ、警官隊の最前列の手前に落ちてぱっと炎をあげた。さらにもう一つ、もう一つと投げられ、警官隊は数ヤードさがる。

さらに二つの火炎瓶が投げられると、群衆はどよめいたが、そこにはパニックの要素もあった。自分たちが何か予想していたよりも悪い事態に足を踏み入れかけていることに、多くの参加者が気づきはじめていた。踵《きびす》を返してもと来たほうへ戻ろうとする者もいた。とそのとき、騎馬警官が突撃をかけてきた。

石が投げられたが、騎馬隊はとまらず、やがて警棒が振りおろされた。あちこちでパニックが起こり、デモ隊の男たちは叫び、女たちは金切り声をあげた。

ヘンリー・パーシーは恐怖にとらわれ、必死に身体の向きを変えようとした。「だめだこれは。逃げないと」

ルパートも長居するつもりはなかった。警官はいちいち質問してから殴りかかるわけではない。そこにいるだけで暴徒とみなすのだ。ルパートも頭を割られて護送車に放りこまれるかもしれない。それは困る。

ルパートはパーシーに言った。「あわてるな。ぼくについてくるんだ」それから、デモ参加者を殴ったり蹴《け》ったりしながら退路を切り開いた。

ようやくホース・ガーズ通りに折れ、同じように退却する人の流れに混じった。ほとんどの者が走っていた。まもなく河岸通りに出て、二人はバスに向かっていった。彼らが一番手ではなく、すでに十数人の学生が戻っていた。

パーシーがあたふたとバスに乗り、ルパートもあとに続いた。女子学生が二人いて、泣いていた。男子学生も楽しそうな顔はしていなかった。パーシーは座席について頭を抱えた。

ルパートは学生たちに言った。「だからいっただろう。でもきみたちは聞かなかった」それからパーシーに、「ほかの学生はどうなったでしょうね。でも、それはあなたの問題だ。そうでしょう?」

ルパートはバスを降り、河岸通りをヴォクソール橋のほうへ歩きだした。なんとかタクシーを拾い、運転手にサウス・オードリー通りへと告げる。作戦成功の知らせに、ケイトは喜ぶだろう。


午後四時過ぎ、ホワイトホールでは誰もが駆けていた。グラントとヘレンはほかの数人と一緒に建物の玄関先に避難した。グラントはまだキャンデーを与えていない――その暇がなかったのだ。それにグラントはほかのことで頭がいっぱいだった。ヘレンは怖がっていると同時に興奮もして、グラントの腕にしがみついている。グラントはポケットからウォッカのハーフ・ボトルを出して螺子蓋《ねじぶた》をはずした。それをぐびぐびあおる。警官隊がまたデモ隊に襲いかかると、ヘレンはますます強くグラントの腕にしがみついた。グラントは股間《こかん》が硬くなるのを感じた。よし、今日は間違いなくヘレンを落とせそうだ――でも、ここで駄目押しをしておこう。

「大丈夫だよ。ほら、一口飲んで」

「知ってるでしょ、わたしは白ワインしか飲まないの」

「飲んでみなって。気持ちが落ち着くから」

ヘレンはしぶしぶ瓶を受け取って一口飲んだ。ウォッカが喉《のど》を焼きながら流れ落ちる。「これ、強すぎる」

「強くないよ。味がきついだけだ。さあ、もう一口」

「だめ。これ好きじゃない」

「ばかだな。気持ちが落ち着くって」

ヘレンはもう一口飲んだ。

またわっと声があがったと思うと、警官隊が容赦なく警棒を振るいながら前進する。いまや相当の数の群集が身体の向きを変えて走りだした。

グラントが言った。「そろそろ行こう」ヘレンの手を握り、群衆の中へ突き進む。ホース・ガーズ通りをへて、河岸通りに出た。バスはまだ通りの反対側で遅れた学生を待っていた。

「今日はオックスフォードへ帰ったほうがいいかもしれないわね」ヘレンは酒で頭がくらくらしていた。

グラントは元気づけるように彼女の身体に腕をまわした。

「いいからうちへ来なよ。大丈夫だって。そりゃデモはさんざんなことになったけど、週末を台無しにすることはないさ」

「わかった」ヘレンはそう応《こた》えたものの、気乗りのしない調子が声に含まれていた。

「さあ、おいで。タクシーを拾おう」まもなく二人はタクシーに乗りこんだ。

サウス・オードリー通りでは、ルパートがデモの実況中継をしているテレビを消して、ケイトのほうを向いた。

「という具合に、みんな怯《おび》えたウサギみたいに走りだした」

「クインの娘はどうなったかしらね」

「グラントに電話してみよう」だが、呼び出し音が鳴るばかりで応答がない。

ルパートは受話器を置いて眉《まゆ》をひそめ、窓の外の三月の夕暮れを見た。なぜかわからないが、嫌な予感がする。

ケイトに言った。「カナル通りへ行って、いるかどうか見てくるよ。ポルシェを使ってもいいかな」

「なんだかずいぶん入れこんでるじゃない、ダーリン」

「ぼくもきみを愛してるよ」ルパートははぐらかして、家を出た。

タクシーの中で、グラントはチョコレート・キャンデーのことを思い出し、ヘレンに一つ渡した。ダーンシーの企《たくら》みにはもう役立たないが、かまうもんか、ヘレンはこれでやる気満々になるはずだ。脳味噌《のうみそ》がぶっ飛ぶほど可愛がってやる。ダーンシーなど、最初からどうでもいいのだ。あの偉そうなくそ野郎、さんざん脅しやがって。だが、あんなやつは怖くない——テープに録音してるんだ！　オックスフォードでバスに向かう途中、デモに行かない友達に会った。ちょうどいいタイミングだった。その友達にペン型の録音機を預けて、郵便箱に入れておいてくれと頼んだのだ。デモではしゃいでいるときに失くすといけないからだ。

どうだい、ミスタ・ダーンシー、とグラントはほくそ笑んだ。うんと、うんと後悔するのはどっちかな？

カナル通りの兄の家で、グラントはソファに坐《すわ》ったヘレンを押し倒した。ヘレンは完全に酔っているものの、グラントのキスを避けようともがいた。

「やめて、アラン。気分が悪いの。頭がすごく痛いの」

「大丈夫だよ。すぐ戻ってくるからね」

グラントは二階のバスルームへ行った。興奮に身体が震えていた。顔を洗って拭《ふ》き、髪をとかして、階段を降りはじめたところで、悲鳴のような声が聞こえた。階段を駆け降りて居間に飛びこんだ。

ヘレンはソファで身もだえし、全身を痙攣《けいれん》させていた。「どうした？」グラントは叫んだ。顔に手をあてると、燃えているように熱い。ヘレンは目をむき、口の端に泡を噴いていた。エクスタシーの過量摂取について聞いたことのある怖ろしい物語が、いままさに現実になっていた。

逃げることはできない。一緒にいるのはみんな知っているからだ。となると、ハイ通りを半マイルほど行ったところにあるセント・マークス病院へ行くしかない。手当てを受ければ助かるはずだ。玄関を飛び出してガレージに入り、兄のエスコートをバックで出した。それから家に戻り、ヘレンを助け起こして、バッグを首にかけてやった。意外にも、ヘレンはすり足で歩くことができた。グラントは彼女を家から連れ出し、エスコートの後部座席に乗せた。

ルパートがポルシェでカナル通りに折れたとき、ちょうどグラントがヘレンを家から外に出したところだった。ヘレンの歩き方を見て、すぐに何か深刻な事態が起きていることを悟った。エスコートの脇を通り過ぎて、Uターンをし、車を出したグラントのあとを追う。数分後に病院に着いた。

メインの駐車場へ乗り入れて、見ていると、グラントがヘレンを車からおろした。相当具合が悪そうで、ゾンビのような足取りだ。グラントは彼女の身体を抱いて階段をのぼり、救急外来病棟に入った。ルパートもあとに続く。

中はいかにもイギリスの公立病院らしい混雑ぶりだった。待合室の椅子は全部埋まり、立って待つ者もいる。ルパートは玄関を入ってすぐのところに留《とど》まった。グラントは途方に暮れたようにきょろきょろしている。ヘレンが叫び声をあげてもがきはじめた。グラントには抑えきれず、ヘレンは床に倒れる。すぐに何人かの準看護師が駆けつけてきた。

通りかかった看護師がやってきてヘレンの脇にしゃがんだ。ヘレンの顔はおびただしい泡で汚れていた。

看護師が顔をあげてグラントを見た。「どうしたの？」

グラントはパニックに陥り、ほとんど口を開かずに嘘をついた。「いや、おれに訊《き》かれても。この人、玄関の外にいて。すごく具合が悪そうだから、階段をのぼるのを手伝ってあげたんだ。なんかの麻薬だなと思って。おれはただ手を貸しただけなんだ」

看護師は受付に向かって叫んだ。「ちょっと来て！」

二人の看護師が駆けつけた。ヘレンの両足の踵《かかと》が床を打ちはじめ、身体が震え、それから動かなくなった。看護師の一人が首で脈をはかり、顔をあげた。

「だめだ」

グラントは愚かにも口走った。「死ぬはずないんだ」

男の看護師が肩に手をかけてきた。「亡くなったよ」

「そんな!」グラントがぱっと駆け出し、ルパートがあとを追った。


グラントは気が変になりそうだった。どうしていいかわからない。カナル通り十番地に戻ったときには、ほぼ真っ暗になっていた。エスコートを駐車し、キッチンのテーブルでハーフ・ボトルのウォッカを飲んだ。続けざまに、何度も何度もあおる。玄関のチャイムが鳴ったときにはすでに酔っ払っていた。チャイムは無視した。だが、それはまた鳴った。怒りにかられて玄関に出ていき、ドアを開けた。

ふらふらしているグラントの身体を、ルパートは押した。「おれはさっきここへ来た。病院まであとをつけたんだ」グラントの身体をくるりとまわして、キッチンの中へ押しやった。

「おれは見たんだ。ヘレンは死んだだろう」

「おれのせいじゃないんだ」

「おまえのせいだ」ルパートはグラントのネクタイをつかみ、上着の内ポケットから二五口径のコルトを出して、相手の左のこめかみに銃口を押しつけた。「キャンデーをやったのか?」

グラントは激しく身体を震わせていた。大量に飲んだウォッカと恐怖のせいだった。「あんたにいわれたとおりにしたんだ。わけがわからない。エクスタシーならおれもやったことがあるけど、あんなことにはならないんだ」

「人によるんだ。アレルギーみたいなものだ」ルパートはグラントの顔をじっと見据えた。「だが、原因はそれだけじゃない。そうだろう？　おまえはべろべろだ」テーブルの空瓶をちらりと見る。「ウォッカを飲ませたな？　酔っ払わせたあとで、覚醒剤《かくせい》をやらせた。酒は飲ませるなといったはずだぞ。おまえはとんでもないことをしたな」

グラントは泣きだした。「そのつもりはなかったんだ。飲ませる気はなかった。あの娘《こ》が勝手に瓶をつかんだんだ。とめられなかったよ。それに、エクスタシーをくれたのはあんただからな。おれのせいだっていうなら、あんたのせいでもあるんだ」

盛んに言い訳をするが、ルパートはグラントの襟をきつく摑《つか》み直しただけだった。「よく聞け、アラン。おまえのいうとおりだ。だが、おまえも顔色がよくないぞ。外の空気を吸ったほうがいい」背中を押してキッチンから出し、玄関のほうへ行かせた。

「この向こうには何がある？」通りに出ると、ルパートは訊いた。

「カナル埠頭《ふとう》だ」

「ほかの家はなぜ板を張りつけてるんだ？」

「この辺は再開発される。みんなよそへ移ったんだよ。兄貴もドイツから戻ったら、市から代わりの家をもらうことになってる」

外はほとんど真っ暗だった。角を曲がって埠頭に出ると、ぽつんと一つだけある街灯の下を通った。川の対岸には建物の明かりが見えた。レジャーボートが一隻、音楽を流しながら通り過ぎていった。

グラントは手すりに寄りかかって泣きそうな声で言った。「ガキのころはよくここで遊んだ。潮が引くと砂浜ができるんだ。みんな川で泳いだけど、おれは泳がなかった。泳げなかったんだ」

「それはちょうどいい」ルパートはうしろにさがってグラントの背後に立つ。それから両手で背中を強く押した。グラントはあっと叫んで手すりの向こうへ落ちた。

いったん浮かびあがり、腕をばたつかせた。「助けてくれ」一声叫んで、また沈んだ。

それきりのように思えたが、やがてまた浮かびあがった。今度はもうあまり動かない。ルパートは川面を見おろして「大丈夫か？」と訊いた。グラントは喉《のど》を詰まらせたような声をあげてから、三度目に沈んだ。「そうか、大丈夫だと思ったよ」ルパートは首を振りながら低く呟《つぶや》いた。「あれはいい娘《こ》だった。おまえはああいうことをすべきじゃなかったんだ」

サウス・オードリー通りの家に帰ると、ケイトはまだ暖炉のそばに坐っていた。まるでこの間《かん》に何も起こらなかったかのように。

「二人はいた？」

ルパートは飲み物も飲まず、フランス窓を開けてテラスに出ると、煙草に火をつけた。

「前に気持ちが思いきり高ぶったとき、たしかぼくは、きみのためなら人だって殺せるといった」

「覚えてるわ、ダーリン」

「いまそれをしてきたよ」

ケイトはびっくりした顔をしたが、やがて微笑みを浮かべた。「何があったの？」

ルパートは話した。


セント・マークス病院の看護師長はヘレン・クインのバッグを調べ、身元を証明するものをいくつも見つけた。一番はっきりしているものは、アメリカ政府発給のパスポートである。それからオックスフォード大学学友会の会員証と、セント・ヒューズ学寮のそれもあった。

血液検査の結果、アルコールのほかにエクスタシーを摂取していたことがわかっていた。通常の手続きとして、病院は警察に届け、次いでセント・ヒューズ学寮の学寮長に電話で悲報を伝えた。学寮長が寮のホールにいる学生に何か知らないか訊いてみたところ、同じくバスでデモに参加した学生がいて、ヘレンがグラントと一緒だったことを知った。学寮長はグロヴナー・スクェアのアメリカ大使館に電話をした。ダニエル・クインの地位をよく知るアメリカ大使は、直通電話で大統領に知らせるという辛《つら》い役目を引き受けざるをえなかった。

ジェイク・キャザレット大統領は、ホワイトハウスの大統領執務室にいた。駐英大使から怖ろしい話を聞いたあと、受話器を置き、〈ベイスメント〉のブレイク・ジョンスンにすぐにあがってくるよう命じた。

ワイシャツ姿のジョンスンが一枚の紙を手に現われた。「どのみちお見せするものがありました」

「そのことはいい」大統領は暗い知らせを伝えた。

ジョンスンは愕然《がくぜん》とした。「信じられません。とくに薬物の部分は。ヘレンには何度も会っていますが、そんなタイプのお嬢さんではなかったです」

「なんともいえないな。学生がはめをはずすとね」大統領はため息をつく。「薬物は現代社会の呪いだ。ダニエルはいまどこにいる？」

「昨日、プリズレンというところから報告がありました。コソヴォのＮＡＴＯ軍支配地区です。大統領はお忙しかったので、わたしが話を聞きました」

「そのプリズレンで何をしているんだね？」

「戦闘がありまして。アルバニア系がセルビア系に攻撃されたとか、そんなことです」

大統領は言った。「さっきの件はわたしから知らせよう。せめてそのくらいはしないと」

「わたしの役目でなくてありがたいです。で、どう対応しますか？」

「クインはできるだけ早くロンドンへ行きたがるだろう。大統領の権限で、どれだけ早くできる？」

「ヘリでプリズレンからプリシュティナへ飛び、そこから直接イギリスへ行ってもらうわけですが、もろもろの手配は一時間以内にできるはずです」

「では頼む。だが、その前に電話でクインを呼び出してくれたまえ」

クインはプリズレン郊外の小さな町に、ＮＡＴＯ軍の一員であるフランス軍の、落下傘部隊の分遣隊とともにいた。戦闘では四人のセルビア人が殺され、遺体袋に入れられて、町の広場でヘリコプターが来るのを待っている。

フランス兵がクインにコーヒーを注いだカップをくれた。ミシェルという名の若い隊長は携帯電話で話している。コーヒーを飲んでいると、クインの携帯電話も鳴りだした。通話ボタンを押す。

「クインだ」

「ダニエルか？　ジェイク・キャザレットだ」

クインは驚いた。「何かご用ですか、大統領？」

短い間があいた。「いま何をしているのかね？」

「プリズレン郊外の、尻《しり》の穴みたいな田舎町で雨宿りです。フランス軍と一緒でしてね。セルビア人の遺体袋を運ぶのにヘリを待ってるところです。それで、ご用件はなんですか？」

「ダニエル、じつはとても辛い知らせがあるんだ」

「いったいなんです、大統領？」

大統領は話した。

それからまもなく、クインは電話を切った。かつて味わったことのない気分を味わっていた。

ミシェルが携帯電話のスイッチを切って近づいてきた。

「いま、あなた用にもう一機ヘリが来るといってきましたよ。プリシュティナまでお送りするそうです。あなたはほんとに大物なんですね」

「いや、これは個人的なことだ」クインは隊長に目を向けたが、その目にはほとんど何も見えていなかった。「娘の、ヘレンが、死んだと知らせてきた」

「なんと」隊長は言った。

「二十二歳だったんだ、ミシェル。二十二歳で死ぬなんて」クインは両手に顔をうずめて泣いた。

隊長は指をはじいて補佐役を呼び、コニャックのハーフ・ボトルを持ってこさせた。その螺《ね》子《じ》蓋《ぶた》をはずして、クインに言う。「さあ、ぐっと飲《や》ってください。それで足りなければもう一口。ゆっくりとね」遠くからヘリコプターの音が聞こえてきた。

「ああ、来ましたよ」


キャザレット大統領は、在英アメリカ大使館の首席公使と話した。首席公使は熱意ある応対をした。ジョンスンも含めた電話会議である。

「フロビシャー、きみはロンドン勤務が長いし、法律家でもある」大統領は言った。「事実関係はもう把握してくれたと思うが、この一件はそちらでどう処理されるんだ？」

「警察が捜査することになりますね。薬物がらみで、彼女を病院へ連れてきた若い男が逃亡していますから。車のナンバーはわかっているようです。看護師の一人が外まで追いかけました」

「その男の身元はいずれわかるんだね？」

「ええ。ナンバーから住所がわかりますから」

「それからどうなる？」

「検死が行なわれて、検死審問が開かれる。それが終わると遺体が引き渡されます」

「なるほど」と、大統領。「クイン上院議員ができるだけ早くそちらへ行けるよう手配をした。

この問題についてはジョンスンと連絡をとりあってくれ。上院議員には最大限のことをしてやりたい。彼の望むとおりにだ。そちらの警察や裁判所がうるさいことをいったら、大使館の影響力を行使してくれたまえ」

「わかりました、大統領」

「よし。きみなら最善を尽くしてくれるだろう」

「もちろんです」

ジョンスンが割りこんだ。「マーク、ブレイクです。上院議員が到着する時刻と場所がわかったらお知らせしますから、迎えのほうをよろしくお願いします」

「わたしが自分で指揮をとるよ。任せてくれ、ブレイク」

電話会議が終わると、大統領はデスクを指で小刻みに叩《たた》いていたが、やがて言った。「あれだな。フロビシャーがいくら有能でも、やっぱり不利な点が多いだろうな。何しろ外国だから、警察のやり方も、司法制度も違う」

「それで何をお考えですか？」

「チャールズ・ファーガスンの協力が必要だと思う」

「すぐに連絡をとります」

事件を知ったヘンリー・パーシーはぞっとした。ルパート・ダーンシーが非難した横領のことは事実だった。手もとを通り過ぎていく大金に目がくらみ、誘惑に負けてしまったのだ。一度に数千ポンドずつ、ときどき失敬した。なあに、ばれるものかと高をくくったのだが、天罰てきめんだ。そして今度は、この事件。

パーシーはロンドンにいるルパートに電話をかけた。「ああよかった。いてくれた。怖ろしいことが起きたんだ」

「どうしたんです？」ルパートは何も知らないふりをして訊《き》いた。

パーシーは話した。「とてもいい娘《こ》だったのに。覚醒剤《かくせい》をやるなんてとても思えなかった。それと心配なのはわれわれの組織のことだ。あんな暴動に巻きこまれて」

「ええ、われわれの活動が台無しですね」と、ルパート。「でも、あなたは非難されるいわれはないですよ。責任ある態度をとって、デモに参加しないよう、バスの中で学生たちに訴えましたからね」

「それはそうだ」パーシーは間を置いた。「もちろん、きみもだがね、ミスタ・ダーンシー。あれ以上のことはできなかった」

「そうですよ。かりに調査されても、バスに乗っていた学生たちがわれわれの釈明を裏づけてくれます」

ふいにパーシーは気分がかなり明るくなった。「そうだな」

「ぼくもあなたを支持しますよ。もう一つの件は、女伯爵に話しました。彼女はあなたが計算間違いをしてしまったのかもしれないといってましたよ」

「なんという優しい言葉だ」パーシーは大喜びした。

「それじゃ、また今度」ルパートはにやにやしながら電話を切った。

一台の警察車輌《しゃりょう》がカナル通りの家の外に駐《と》めてある。男女二人組の警官がエスコートを調べて、鍵《かぎ》束が車内にあるのを見つけた。

「いまどき、こういうのは不注意ね」女性の警官が言った。

「でも、この車で間違いないよ」同僚がライセンス・プレートを確かめた。

ドアの窓を見ると奥がぼんやり明るいが、チャイムを鳴らしても応答はなかった。狭い通路を通って裏手にまわると、キッチンに電灯がついていた。男の巡査が勝手口のドアを開けようとしたが、鍵がかかっている。

そのとき、二人の若い男がカナル埠頭《ふとう》にやってきた。手すり越しに川へ小便をしようと、川面を見おろすと、潮が引いて浅くなったところに男の死体が半分水に浸《つ》かって横たわっていた。

「うわっ」と一人が言った。そのとき、二人の警官が自分たちの車のほうへ戻ってきた。若い男が気づいて、「おまわりさん!」と叫んだ。「川に死体がありますよ」二人の警官は急いで駆けつけてきた。

プリシュティナからロンドンに飛ぶ最初の飛行機は、イギリス空軍のハーキュリーズ輸送機だった。輸送司令部ではスタッフが、控えめながら充分にクインの世話を焼いた。クインは食欲がまるでなかったが、コーヒーを二杯ほど飲んだ。イギリス空軍の軍曹がブランデーを垂らしたコーヒーだ。

輸送機の機長がやってきた。外見はひどく若いが少佐だった。「このたびのご不幸《グレイト・ロス》、本当にお気の毒です。何かありましたら、遠慮なくいってください」

「どうもありがとう」

クインは煙草に火をつけて、いまの少佐の言葉について考えた。〝大いなる喪失《グレイト・ロス》〟。まったくそのとおりだ。なんというこの痛み。死は取り返しのつかない最終的なものだ。そのことは若いころ、ヴェトナムの凄惨《せいさん》な戦場で知った。

すべてが忌まわしい今度の一件でも、一つだけどうにも納得できないのは、薬物がからんでいたらしいという点だ。そんなことが本当であるはずはない。自分が知っていた愛娘《まなむすめ》のヘレンのこととは思えない。

クインはキャンバス張りの椅子にぐったりともたれ、両足を前に投げ出し、腹の上で両手を組んで、疲労困憊《こんぱい》がもたらす眠りに落ちた。

10

翌朝、チャールズ・ファーガスンがキャヴェンディッシュ・スクェアのフラットで暖炉の前に坐《すわ》り、朝食を楽しんでいると、ブレイク・ジョンスンから電話がかかった。ファーガスンは沈痛な面持ちで話を聞いた。

「ひどいことが起きたものだな、ブレイク。わしにどうしてほしいかね？」

「ダニエル・クインは答えを知りたがるはずです。大統領は少将に協力していただけたらと考えています」

「すると見かけどおりのことだとは思っていないわけだな？　若い娘がはめをはずして、酒を飲みすぎ、薬物に手を出したとは」

「ええ。ダニエルにもそう信じるのは難しいと思います。できるだけのことをしてください、少将。スコットランド・ヤードとの交渉や検死審問のことでは、ハンナが役に立ってくれるはずです。ディロンも創意に富んだ行動をとってくれますしね」

「一風変わった言い方だが、そのとおりだ。わしらにも何かできるだろう。任せたまえ、ブレイク」

ファーガスンはハンナ・バーンスタインの携帯電話に電話をかけた。バーンスタインは国防省に向かっている途中だった。「よく聞いてくれ」ファーガスンは事件を説明した。

「なんて怖ろしい。わたしは何をすればいいでしょう？」

「特別保安部の上司や同僚と話してくれ。きみの影響力を行使するのだ。警察がいま何をしているか、いままでに何がわかったか、探り出してもらいたい」

「わかりました」

ファーガスンは電話を切り、今度はディロンにかけた。ディロンは青いトラックスーツを着て首にタオルをかけ、ステイブル・ミューズの周辺をジョギングしていた。携帯電話が鳴りだすと、足をゆるめて電話機を取り出した。

「いまどこにおる？」

「朝のジョギングだよ。あんたは？」

「自宅だ。ローパーに会ってきてくれ」

「なぜ?」

ファーガスンは説明した。

リージェンシー・スクェアで、インターコムのブザーが鳴り、ドアが開いた。ディロンが入っていくと、ローパーは車椅子に坐ってコンピューターに向かっていた。ローパーが振り返る。

「何かご用のようですね」

「そういうことだ。ダニエル・クインの娘さんのヘレンが死んだ。薬物がからんでるという話がある。ゆうべセント・マークス病院の救急外来に運ばれたが、そこで死亡した」

「なんと」ローパーは前に向き直り、すばやく詳しい情報を入手した。「ヘレン・クイン、二十二歳、アメリカ市民、住所はオックスフォード大学セント・ヒューズ学寮。血液検査の結果、高いアルコール濃度と、エクスタシーの痕跡《こんせき》が認められた。十二時より検死解剖の予定」

「くそっ」ディロンは毒づいた。「じゃ、本当なのか。父親が悲しむだろうな。ほかには?」

「大学にある記録を見られますが」

「やってくれ」

ディロンは煙草を吸い、ローパーはキーボードを叩く。「出ました。これはごく普通の個人データです。専攻は政治学、哲学、経済学。オックスフォード大学学友会、音楽同好会、文学研究会のメンバー」眉《まゆ》をひそめる。「なんてことだ。〈階級闘争行動〉にはオックスフォード支部があって、彼女もメンバーだったようです」

「ヘレン・クインが〈階級闘争行動〉のメンバーだった?」

「ウェブサイトがないか見てみます。ああ、ありました。やれやれ。昨日彼女がロンドンへ行った理由がわかりましたよ。例の暴動になった〈ヨーロッパ自由デー〉のデモに参加したんです」

「そういうことか」

ローパーは車椅子の背にもたれた。「ええ。妙なことになったものですね。クイン上院議員はケイト・ラシッドの調査を命じられている。〈ラシッド教育基金〉は数多くの怪しげな団体に寄付をしている。その一つが〈階級闘争行動〉で、なんと娘さんの〈ヘレン・クインもそのメンバーだった」

「ケイト・ラシッドがヘレンの死と関係しているといいたいのかい？」

「そうじゃないですが、ただ——すごい偶然の一致だなと。わたしは偶然の一致が嫌いなんです。この世界は秩序立っていてほしい。一足す一は、つねに二であってほしい」

「IRAの大きな爆弾をいくつも処理してきたのに、爆竹みたいな爆弾で車椅子生活を送るはめになった男が、そういうことをいうかね」

「たしかに」ローパーは肩をすくめた。「ときには一足す一が三になることもあります。ほかに調べたいことは？」

「その十二時からの検死解剖の結果が出たら、できるだけ早く教えてほしい」

「わかりました。警察の捜査状況は知りたくないですか？」

「それはハンナがやってくれるが、きみも調べてくれてかまわない。おれはもう行くから、何かわかったらすぐ知らせてくれ」

ディロンは家を出、ローパーはスコットランド・ヤードの中央記録課のシステムに侵入した。データを見て、眉をひそめた。ヘレン・クインの事件に関連して、アラン・グラントなる男の溺死《できし》事件が記録されているのだ。住所はウォッピング地区のカナル通り。ヘレンを病院に運んだ男と考えられている。ローパーは車椅子にもたれてまた眉をひそめた。アラン・グラントという名前は聞いたことがある、と考えた瞬間、どこでその名前を見たかを思い出した。〈階級闘争行動〉のウェブサイトに戻ると、そこに出ていた。オックスフォード大学在学。ヘレンと同じくセント・ヒューズ学寮の二回生。専攻は物理学。

ローパーの信じない偶然の一致がまた一つ出てきた。電話の受話器をとり、ファーガスンに連絡した。

キャヴェンディッシュ・スクェアのフラットで、ディロンは客間の窓から外を見ていたが、やがて振り返った。ファーガスンは暖炉のそばに坐っている。

「つまりこれで、ヘレンがロンドンへ行った理由のほか、グラントという男がヘレンを病院へ連れていき、逃げだし、川で溺《おぼ》れ死んだことがわかったわけだ」

「わたしもいくつか調べあげました」バーンスタインが勢いよく部屋に入ってきた。「ヘレンとグラントはヘンリー・パーシーという教授がチャーターしたバスで出かけた。で、一緒に誰がバスに乗っていたと思います？」

「誰かね？」ファーガスンが穏やかに訊《き》く。

「なんとルパート・ダーンシーです」

ったのだ？」

ディロンは辛辣《しんらつ》な笑い声をあげた。ファーガスンが言った。「いったいあの男は何をしにい

「パーシーはスコットランド・ヤードに、普通なら詳細かつ率直な供述と呼べる説明をしています。すでにわれわれも知っていたとおり、ラシッドは〈階級闘争行動〉に資金提供をしていますが、ダーンシーはデモに参加しないよう勧告に来たそうです。危険だといって。しかもバスの中でパーシーと一緒に、学生たちにデモの危険を指摘する演説をぶったとか」

「ダーンシーもデモに出たのかね？」

「パーシーと一緒に出ましたが、荒れはじめると引きあげました。パーシーはバスに乗りましたが、ダーンシーは家に帰るといったそうです」

「よくできた話だな」ディロンは言った。「ダーンシーがそんなふうに登場して立派な演説をぶつとはね」

「それともう一つ」と、バーンスタイン。「パーシーはダーンシーをヘレンに紹介しています。ダーンシーは同国人に会いたかったそうです。これはパーシーが目撃していますが、ダーンシーはヘレンにデモに参加しないよう勧めたけれど、ヘレンの男友達のアラン・グラントがみんなの前でダーンシーをからかった。結局みんなデモに出かけたわけですが、現地でお互いを見失って、パーシーがヘレンとグラントを見たのはそれが最後になった」

「ふうむ」ファーガスンが言った。「素直に考えるとこうなるのかな。二人は暴動のあと、おそらくはセックスをしようとカナル通りの家へ行き、酒を飲み、薬物を摂取。そのためにヘレンは急性中毒を起こした。グラントに病院へ連れていかれたが、そこで死亡し、グラントは逃

げだした。そして途方に暮れたあげく……自殺した」

「ありうる話かもしれません……ラシッドの影さえちらついていなければ」

電話が鳴り、バーンスタインが出た。ローパーからだった。「これから検死報告書をファックスで送ります。次はグラントを解剖するようです。そちらも手に入りしだいお送りします」

バーンスタインはファックス機のある書斎へ行き、送られてきた報告書を読みながら居間に戻ってきた。それから顔をあげる。「先ほどの筋書きどおりです。アルコールをかなり大量に飲み、エクスタシーを摂取。それ以外は健康で栄養状態も良好。処女ではないものの、死ぬ前に性交を行なった形跡はない」

ファーガスンはファックス通信紙を受け取って読んだ。「可哀想に。父親はどう受け止めるだろう」そこで顔をあげた。「しかし、わし自身、どう理解していいのかまだわからん」

「おれにはわかる」ディロンは言った。「これで失礼するよ。やることがあるんでね」

「なんなの?」とバーンスタインが鋭い口調で訊く。

「これはおれだけのことさ。じゃ、またあとで、チャールズ」

ディロンはタクシーを拾って国防省へ行き、公用のリムジンを借りて、運転手にオックスフォードへと告げた。確かめたいことがあるのだ。

交通量は少なく、一時間半で着いた。町に入るとき、携帯電話でローパーに電話をした。

「ヘンリー・パーシーの電話番号を教えてくれるかな。警察の記録に載ってると思うが」

「ちょっと待ってください」二分後、ローパーは言った。「住んでるのはアパートですね。カイザー・レイン一〇B。何をするんです?」

「あとで話すよ」

カイザー・レインはすぐ見つかった。ヴィクトリア朝様式の二軒一棟の家がある。一〇Bはその二階の片側で、暗い階段をあがるのだった。紐《ひも》を引くと、古風な呼び鈴が鳴った。しばらくするとすり足の足音が聞こえ、ドアが開いてパーシーが現われた。眠っていたのか、くしゃくしゃした目をしている。

「パーシー教授かな？」

「そうだが」

「ルパート・ダーンシーにいわれて来たんだが」

パーシーはおずおずと笑みを浮かべた。「なるほど。さあどうぞ」廊下を歩いて客間に案内した。「それで、どういうご用件かな」

「まず連れを紹介しておこう。わが友、ワルサーPPKだ」ディロンは特別のポケットから拳銃《けんじゅう》を出した。「そしてこれが彼の友達、カーズウェル消音器」ディロンはそれをワルサーの銃口に取りつける。「これであんたの膝頭《ひざがしら》を撃ち抜いても誰にも聞こえない」

パーシーは恐怖にとらわれた。「あんたは誰だ？　なんの用だ？」

「ヘレン・クインの死に関するあんたの供述調書を読んだよ。ルパート・ダーンシーが学生のデモ参加に反対したんだって？　荒れるかもしれないからと」

「ああ」

「あんたとダーンシーはバスの中で反対の意思をはっきり表明したんだな？」

「ああ、そのとおりだ。学生は四十人ほどいた。彼らに訊いてみてくれ。オックスフォードの警察は何人か事情聴取したそうだ」

ディロンはパーシーの胸ぐらをつかみ、テーブルへあおむけに倒して、膝頭に銃口を押しつけた。「それじゃダーンシーは白雪のように清らかな人物だというのか？」

パーシーは恐慌をきたした。「いや、違う、違う、いや、そうなんだが――態度が変わったんだ」

「どういう意味だ？」

「最初は積極的に行動させろといってたんだ。学生のためになるといって」少しためらってから、続けた。「スコットランドで訓練を受けさせたりもした」

「ヘレン・クインも行ったのか？」

「いや、でも、ボーイフレンドは行った。アラン・グラントだ」

「その男は死んだぞ」

「ああ。警察から聞いた。自殺だといってた」

ディロンはうしろにさがった。「聞いたことをなんでも信じるな。ようするにおまえの話はこうか？　ダーンシーは、以前は血に飢えてたが、いまは違うと」

「そうだ」

ディロンはまたワルサーを膝頭に押しつけた。「そんなおとぎ話を信じてもらえると思ってるのか？　最後に会ったのはいつだ？」

「ゆうべ遅くに電話で話した」

「やつは何をいってた？」

「二人で学生たちを説得しようとしたのはよかった、検死審問に呼び出されるかもしれないから、と」

「ああ、まったく都合のいいことだな、ヘンリー」ディロンはしばらくじっとパーシーを見ていたが、やがて消音器を銃からはずした。「何も隠してないだろうな、ヘンリー。いまの話と少しでも食い違うようなことは」

パーシーは五万ポンドのことを考えたが、黙っていることにした。「いまのは本当の話だ。神様が証人になってくださる」信心家ぶった口調で言った。

「そうか。だがおれなら神様を巻きこまないよ、教授。検死審問で会おう。今度ダーンシーと話すときは、ショーン・ディロンが会いにきたと教えてやれ」

ディロンが廊下に出ると、パーシーはちょっとためらってから、電話の受話器をあげた。

「ダーンシーか？　パーシーだ」

ディロンは廊下で小さくほくそ笑み、教授の住まいを出ていった。

ダニエル・クインはフロビシャーの車でまずアメリカ大使館へ行った。玄関前の階段をあがって警備員に名前を名乗った。二分後、制服姿の海兵隊大尉がやってきた。

「わたしはデイヴィスといいます、上院議員。お会いできて光栄です。ベグリー大使が待っておられます」クインは大尉と握手をした。まだ髭《ひげ》も剃《そ》らず、戦闘服姿のままだ。

「こう申しあげてはなんですが、あちらではだいぶ大変だったようですね」

「まあ、次の休暇をコソヴォで過ごすことは勧めないよ、大尉」

「こちらです、上院議員」

数分後、大尉が大使のオフィスのドアを開け、クインは中に入った。

「やあ、エルマー」

エルマー・ベグリー駐英アメリカ大使はサヴィル・ロウのスーツに身を包み、銀髪を完璧《かんぺき》に整えている。クインの風体とは対照的もいいところだ。大使はデスクのうしろから出てきてクインの手を握った。「ダニエル、本当に気の毒なことだった。何かできることがあったら、どんなことでも大使館が全力をあげて協力するよ。さあ坐《すわ》ってくれ」

「いや、せっかくだが、ちょっと挨拶《あいさつ》にきただけだ。これから家に帰って、シャワーを浴びて着替えをしたい。そのあとはファーガスン少将と会う約束をしているんだ」

「チャールズと？　彼とは友達だ。いろいろ助けてくれるだろう。だが、いいね――何かあったらいってくれたまえよ」

「ありがとう、エルマー」


クインの家は、サウス・オードリー通りから角を一つ曲がったパーク・プレイスにある。摂政時代風の瀟洒《しょうしゃ》な建物で、小さな前庭がついている。運転手のルーク・コーンウォールがメルセデス・タウンカーを洗っていた。ルークはニューヨーク出身の大柄な黒人だ。すぐに作業をやめて、深刻な面持ちになった。

「上院議員、なんと申しあげていいのか」

「何もいわなくていいよ、ルーク。でも、ありがとう。とりあえずひどい気分だから、シャワーを浴びて着替えをする。あとでキャヴェンディッシュ・スクェアへ連れていってくれ」

「わかりました、上院議員」

クインが玄関前の階段をあがっていくと、ドアが開いてメアリー・コーンウェルが現われた。ボストンの家で長年メイドとして勤め、ヘレンの成長も見守ってきた女性だ。メアリーは目に涙を溜《た》めていた。クインは彼女の頬にキスをした。

メアリーは泣きだした。「もう神様なんていないんじゃないかと思うことがありますわ」

「いや、いるよ、メアリー。それだけは信じなくちゃいけない」

「お食事はなさいますか？」

「いまはいい。着替えをする。人と会う約束があるんだ」

クインは羽目板張りの廊下を歩き、急いで階段をのぼって、寝室のドアを開けた。部屋は明るくて風通しがいい。壁は楓《かえで》材の羽目板で、お気に入りの絵がかけてあり、床にはトルコの絨《じゅう》毯《たん》を敷いている。ロンドンに来てこの部屋に入ると、いつも楽しい気分になったものだが、いまはすべてが無意味だ。

バスルームで服を脱いで床に放り出し、シャワーの栓をひねった。全身に石鹸《せっけん》を塗り、コソヴォの死の臭いをこすり落とそうとする。

三十分後、さっぱりとした身なりになって、一階に降りた。アルマーニの茶色のカジュアル・スーツを着て、足にはブローグ。メアリーはキッチンにいたが、声はかけずに玄関を出た。階段を降りると、ルークが紺色の運転手の制服を着て待っていた。

ルパート・ダーンシーも待っていた。怯《おび》えきって電話をかけてきたパーシーをなだめはしたものの、ディロンがしつこく付きまとってくるのは気に入らなかった。ダニエル・クインの居所も気がかりだが、アメリカ大使館の知り合いに訊《き》いてみると、少し前に大使館へ寄ってからパーク・プレイスの家へ行ったとのことだった。

パーク・プレイス！　すぐ近所だ。番地はわからないが、車で通りに入ってみると、制服姿の黒人がメルセデスのそばに立っていた。ルパートは通りの少し先で車を停めた。やがて家からクインが出てきて、メルセデスに乗りこんだ。ルパートは車を方向転換させ、あとを追った。

ファーガスン少将のフラットで、ハンナ・バーンスタインがドアを開けると、クインが立っていた。バーンスタインはファイルの写真を見ているし、クインはブレイク・ジョンスンから見せられたファイルでバーンスタインの顔を知っている。

「やあ、バーンスタイン警視」

「クイン上院議員。どうぞ中へ」

客間へ通ると、ディロンがフランス窓のそばでブッシュミルズを飲んでいた。ファーガスンが椅子から腰をあげる。

「お会いできて嬉《うれ》しいといえればいいのだが、それは不適切なようだ。わしら三人からもお悔やみを申しあげる」

「ありがとう、少将」

「ショーン・ディロンはもうご存じかな？」

「評判はうかがっている」クインはディロンと握手をした。「わたしのことを知っているかどうか、祖父はベルファスト生まれで、マイケル・コリンズと一緒に戦ったんだ。お尋ね者になって、一九二〇年にアメリカへ渡った」

「するとアイルランド共和主義同盟あたりのメンバーかな」と、ディロン。「ギャングより乱暴だったらしい」

クインは小さく苦笑した。「そうもいえるかな」

「ブッシュミルズをどうです？」ためらうクインに、さらに言う。「グラスにたっぷり注ぐといいですよ。いま警視がファイルをお見せしますが、見て元気が出るような代物じゃないですからね」

「それじゃ、きみのアドバイスに従おう」

ディロンがアイリッシュ・ウィスキーを注いだショット・グラスを渡すと、クインは一気に飲み干した。グラスをテーブルに置き、バーンスタインからファイルを受け取った。

ファーガスンが言った。「それにはわれわれとラシッド家との以前からの関わりを全部記録してある。お嬢さんの死に関してこちらにわかったことも含めてだ。検死報告書や警察の調書もある。ついさっき、お嬢さんのボーイフレンドだったアラン・グラントの検死報告書も入手した」

「それは誰かね？　聞いたことのない名前だが」クインは驚いた声を出した。「娘にボーイフレンドがいたとは知らなかった」

「残念ながらいたようです」と、バーンスタイン。

「残念ながら？」

「そこに全部あります」バーンスタインは静かに言う。

「上院議員をわしの書斎へ案内したまえ」ファーガスンが命じた。

「そこでファイルを読んでいただこう」

バーンスタインとクインが客間を出ると、ディロンは言った。「気の毒に」

「まったくだ。ファイルを読んだあとも、ましにはなるまい。わしにもそれを一杯注いでくれ」

二十分後、クインが戻ってきた。顔面蒼白《そうはく》で、かすかに震えている右手でファイルを持ちあげた。

「これは預かってもいいかね？」

「もちろんだ」と、ファーガスン。

クインは言った。「それじゃ、安置所へ行ってくる。身元の確認をしなければいけない」

「じゃ、これを飲んで」ディロンはブッシュミルズをまた一杯注いだ。「ぐっと飲《や》るといい」

おれも一緒に行きますよ」

「ありがとう」クインはバーンスタインに顔を向けた。「それで、検死審問は？」

「明日の朝です。前倒ししてもらいました」

「そうか。早いほうがいいな」クインはブッシュミルズを飲み干してディロンに言った。「じゃ、行こうか」

ルパートは通りの向かいに駐《と》めたメルセデスの車内で辛抱強く待っていた。やがてクインとディロンが出てきてメルセデスのリムジンに乗りこみ、走り去った。

「ディロンか」ルパートは低く呟《つぶや》いた。「これは面白い」すぐに車を出してあとを追いはじめた。

死体安置所の建物は古く、外から見ると倉庫のようだが、中は違っていた。受付は明るくきれいで、床の全面に絨毯が敷いてあった。デスクの若い女性が顔をあげて微笑んだ。

「こんにちは」

「クインという者だ。わたしの娘がこちらにいると思うのだが」

受付係は微笑みを消した。「失礼しました。身元の確認にいらっしゃると、少し前に連絡を受けました。地元の警察署にもそのことを伝えてあります。ここから五分のところです」

「ありがとう」

「それとジョージ・ラングリー教授にもお知らせしておきました。嘱託の法医病理学者で、いまこの建物にいらっしゃいます。お話をなさりたいかと思いまして」

「ありがとう。ではお待ちしよう」

クインとディロンは腰かけたが、病理学者はすぐに現われた。小柄で白髪頭だが精力的な感じのする人物だ。受付係が何か囁《ささや》きかけると、こちらにやってきた。

「ジョージ・ラングリーです」

「ダニエル・クインです。こちらは友人のショーン・ディロン」

「このたびはご愁傷さまです」

「娘に会わせていただけますか」

「もちろんです」ラングリーは受付係に言った。「警察から人が来たら通してくれたまえ」

案内されたのは壁に白いタイルを張った部屋で、蛍光灯で照明され、現代的な手術台が並んでいた。二つの遺体が白いゴム製のシートのようなもので覆われている。

「よろしいですか？」とラングリーが訊いた。

「お願いします」

ヘレン・クインは、ごく穏やかな表情で目を閉じていた。頭の合成樹脂製のフードの縁から血の染みが小さくはみ出ている。クインは背をかがめて額にキスをした。

「ありがとう」

それから、シートをもとに戻した病理学者に訊いた。「検死報告書を拝見しました。酒と薬物とありましたが、間違いないんでしょうか？」

「ええ、残念ながら」

「娘らしくないんです。娘はそんな子じゃなかった」

「そういう感じを持たれることもあるでしょう」ラングリーは静かに言った。

「で、そこにいるのが連れの男ですか？」クインは顎《あご》で示した。「そういう相手がいるとは知らなかったが」

「ええ、こちらがアラン・グラントです」ラングリーはためらった。「本当はいけないことですが、これは異例のことですから」

シートがはぐられると、クインはグラントの死体を見おろした。ひどく若く見える男だった。

「ありがとう」それからシートを戻したラングリーに訊いた。「警察のいうとおり、この青年は自殺したとお考えですか？」

「間違いのない事実だけを申しあげると、ウォッカをかなり飲んでいましたが、エクスタシーの痕跡《こんせき》はありませんでした。外傷もありません。誤って落ちたか、自分で飛びこんだか、わたしには判定できないのです」

ドアがノックされ、制服警官が入ってきた。「どうも、教授」

警官はクリップボードを手にしていた。「本当にお気の毒でした、上院議員。申し訳ありませんが、正式な身元確認をお願いできますでしょうか」

「間違いなく娘のヘレンです」

「ありがとうございます。では、ここへ署名を」それからディロンに、「あなたも証人として署名をお願いします」

署名がすんで警官が退室すると、ラングリーが言った。「では、また検死審問で」

「ええ。どうもお世話さまでした」クインは先に立って部屋を出た。

メルセデスに乗りこむと、ルークが発進させる。ディロンが言った。「辛《つら》いですね」

クインは応《こた》えた。「きみを送っていこう」それからシートに身体を預けて目を閉じた。

ルパートはさらに尾行を続けた。

11

翌朝十時に、クインは検死審問法廷にやってきた。入り口付近にはほとんど人がいない、制服警官が一人法廷に入っていく。ベンチの一つに若い男が坐《すわ》っていた。トレンチコートを着て、足もとには旅行鞄《かばん》。無精髭《ぶしょうひげ》の伸びた、疲れた顔をしていた。

クインはマルボロを箱から振り出してくわえ、火をつけた。若い男が小さく身じろぎしたのを見て、箱を差し出した。「一本どうだね?」

「もうやめたことになってるんですが、まあいいか」震える指で一本抜き取り、火を受けた。「遅れて、だいぶ待たされてるんです。ベルリンから来たんですが、テンペルホーフ空港で飛行機の出発が遅れて、だいぶ待たされましてね。空港で四時間も五時間も過ごすのがどういうものか、ご存じでしょう。審問には間に合わないかと思いました」

クインはバーンスタインから渡されたファイルを何度も読んでいるので、この若い男が誰かは見当がついた。

「きみは、グラントさんかね?」

「ええ。ファーガス・グラントです」

「アラン・グラントのお兄さんだね」

グラントは怪訝《けげん》そうに訊《き》いた。「あなたは?」

「ダニエル・クイン。ヘレンの父親だ」

グラントは狼狽《ろうばい》の色を見せた。「ああ。そうなんですか。いや、わたしはほとんど何も知らないんです。二人が亡くなったということ以外は。警察から電話があって、大まかな事実関係だけ教えてくれました。弟は溺死《できし》で、ガールフレンドも死んだと。弟が女の子と付き合ってるということも知らなかったんです」

「わたしも娘にボーイフレンドがいるとは知らなかった。きみたちのご両親は？」

「父親はわたしが十二歳のときに亡くなりました。母親も五年前に癌で」

「そうか」

グラントは肩をすくめて煙草を灰皿で揉《も》み消した。「今度のことはほとんど何も聞かされてないんです」

「この審問で教えてもらえるんだろうな」そのとき、ハンナ・バーンスタインが現われ、あとからファーガスンとディロンも入ってきた。クインはグラントに「失礼」と言って、三人のほうへ足を運んだ。

「いま話してたのは、グラントの兄さんのファーガスだ。ベルリンから来たばかりだそうだ」

「ええ」と、バーンスタイン。「今朝、合同の審問になると聞きました」

バーンスタインがさらに話そうとしたとき、ドアが開いて廷吏が現われた。「三番法廷がまもなく開廷します」

クインたちは法廷に入った。グラントや五、六人の一般傍聴人もあとに続く。一般傍聴人は娯楽を求めてやってきた人たちだ。あとは数人の職員と、制服警官が一人と、裁判所書記官である。バーンスタインは書記官と何ごとか話してからクインたちのいるベンチに坐った。

まもなくジョージ・ラングリーが入ってきて、書記官に出頭したことを告げた。ディロンはファーガスンに、あれが病理学者だと教えた。

そのすぐあとで、ルパート・ダーンシーとヘンリー・パーシーが入ってきた。案内してきた廷吏が二人を書記官のところへ連れていく。出頭したことを告げたあと、ルパートはクインの一行にまっすぐ目を向けてきて小さな笑みを浮かべ、通路の反対側の席にパーシーと並んで坐った。

裁判所書記官が開廷を告げた。「検死官が入廷されます」

検死官は白髪の学者然とした人物で、高い検死官席に着席した。その下には職員が坐っている。片側のドアが開き、廷吏が検死陪審団を法廷に入れた。陪審員たちは窮屈な席に次々に坐っていく。書記官が陪審団に宣誓をさせると、手続きが始まった。

検死官は硬質な声で歯切れよく話した。「始める前に一言申しあげます。事案の性質にかんがみ、大法官の許可を得て、当法廷は相互に関連を持つと思われるヘレン・クインとアラン・グラントの死に関する事実を合同で審問することとなりました」書記官にうなずきかける。

「まずは警察の収集証拠を吟味します」

書記官に名前を呼ばれた制服警官が、基本的な事実を述べた。ヘレン・クインが病院に運びこまれたこと、アラン・グラントがカナル通りの家に戻ったと思われること、そのあと溺死体で発見されたこと。次に書記官はヘンリー・パーシーの名前を呼んだ。パーシーはおどおどと証言台に立ち、当人に間違いないことを告げた。

検死官が机上の書類を一枚取りあげた。「教授、あなたはヘレン・クインとアラン・グラントを知っていたのですね？」

「はい」

「二人が恋人同士であったことを証言できますか？」

「学生たちのあいだではそうみなされていました」

「二人のあいだには何か感情のもつれがありましたか？」

「いえ、それどころか、とても仲がいいように見えました」

「ホワイトホールでのデモに出かけたとき、あなたもバスに乗っていたのですね？」

「はい。デモは荒れるかもしれないと聞いていまして、学生たちが面倒に巻きこまれるといけないので、わたしたちは参加しないように訴えました」

「学生たちは聞き入れましたか？」

「最終的には四、五人だけ」

「いま〝わたしたちは〟といわれましたが？」

「〈ラシッド教育基金〉のルパート・ダーンシー氏が一緒でした。〈ラシッド教育基金〉はわれわれの〈階級闘争行動〉に寄付をしてくれています」

「〈階級闘争行動〉とは変わった名前ですが、どういう意味です？」

「資本主義に反対しているんです。人々を再教育して、考え方を変えさせる運動です」

「非行の早期発見のようなものですね」検死官の冷ややかなコメントに笑いが起きた。「もう結構です」

書記官がルパート・ダーンシーの名前を呼んだ。ルパートが証言台に立つ。高級な濃紺のフランネルのスーツが堂々とした印象を与えた。検死官は長々とは尋問しなかった。

「会社から送っていただいた教育基金の寄付先リストを拝見しました。立派な慈善事業をされているわけですね？」

「ロッホ・ドゥ女伯爵の経営する〈ラシッド投資会社〉は世界各地の公益団体に多額の寄付をしています」

「しかし、問題のデモへの参加には賛成ではなかったと？」

「はい。アナキスト統一戦線の主催と聞いてぞっとしました。そこでオックスフォードに出かけて、パーシー教授が参加中止を訴えるのを手伝ったのです」

「そのときヘレン・クインとアラン・グラントを見ましたか？」

「バスでは通路をはさんで隣の席に坐りました。ミス・クインには前の日に教授から紹介されていましたが。彼女にデモはやめるよう強く勧めました。ただ、アラン・グラントが、週末はロンドンのお兄さんの家で一緒に過ごすのだといいましたので、本当の目的はそれなのかなとも思いました。もちろん、ヘレンを説得できなかったことは残念でなりません」

「あなた個人に責任はないでしょう、ミスタ・ダーンシー」

「ええ、ですが、彼女は〈ラシッド教育基金〉が資金援助している団体のメンバーとしてデモに参加したわけですから。ロンドンに行かなければあんなことにはならなかったかもしれません」

「それはどうでしょうか。もっとも、ご自身の行動を問い直す態度は立派だと思います。これで結構です」

ルパートは席に戻った。陪審員にはかなりいい印象を与えたはずだった。次はジョージ・ラングリーの番だった。

検死官は言った。「わたしの手もとに両名の検死報告書がありますが、検死はあなたが行なったのですね？」

「そうです」

書記官がコピーを陪審員に配った。検死官が言った。「陪審員のみなさん、報告書をお読みになって、書かれていることを頭に入れてください。五分差しあげます」

「なかなか行き届いてる」ディロンが呟《つぶや》いた。

「静かにしなさい」バーンスタインがたしなめる。

「おれはいつも静かだよ」ディロンはクインに顔を向けた。「大丈夫ですか？」

「いまのところは」

陪審員が報告書を読むあいだ、検死官も書類を見ていたが、やがて顔をあげた。「それでは続けます。ラングリー教授、この報告書のポイントはなんですか？」

「ヘレン・クインはかなりの量のウォッカを飲み、その後、エクスタシーを摂取していることです」

「ウォッカの前ではないのですね？」

「ええ。ウォッカの前に摂取していたら、分解のされ方も違っていたはずです」

「あなたは〝アルコール〟ではなく、〝ウォッカ〟と特定しましたが」

「はい。識別できますから。銘柄の特定も可能です」

「それは本件において重要なことですか？」

「非常に重要です。ヘレン・クインとアラン・グラントを結びつける事実ですから」

「では、アラン・グラントの件に移りましょう。先ほどと同じ質問で、報告書のポイントはなんですか？」

「アラン・グラントがヘレン・クインと同じウォッカを大量に飲んでいることです。ウォッカの銘柄を特定して、警察に捜索をお願いしたところ、カナル通り十番地の家でほとんど空になったそのウォッカの瓶が発見されました」

「エクスタシーはどうですか？」

「グラントの上着の左側のポケットから小さな紙袋が見つかっています。中身はチョコレート・キャンデーが二個ですが、どちらも中にエクスタシーの錠剤が入っていました。成分分析もすんでいます」

「その結果は？」

「ヘレン・クインが摂取したものと同じです。間違いありません」

「グラントの死因についてはどうですか？」

「溺死です。外傷がありませんし、何かの事件に巻きこまれたと思わせる点は見当たりません。現場の埠頭《ふとう》も実際に見てきましたが」

「あなたの結論はどういうものですか？」

「埠頭の端のほうには手すりがありません。かりに手すりがあって、壊れていたとしたら、酔っ払って転落事故を起こしたと考えられるでしょう。しかし手すりがないところでも、グラントのように酩酊《めいてい》の度が強ければ、よろめいて落ちたということも考えられます。あるいは……」肩をすくめた。

「あるいは、なんですか、教授？」

「あるいは、わざと飛びこんだのかもしれません。酩酊状態で、ガールフレンドの死に罪悪感を覚えてですね」

「もちろんそれは、あなたの推測なわけですね、教授。当審問は事実のみを扱います。以上で結構です」

「わかりました」

ラングリーが証言台を降りると、検死官は陪審団に顔を向けた。「陪審員のみなさん、これは非常に痛ましい事案です。伝統ある大学で学んでいた、まだ人生の入り口に立ったばかりの若者二人が命を失ったのです。しかしながら、いまラングリー教授にも念を押したとおり、われわれは推測ではなく、事実に即して判断しなければなりません。そこでこれから顕著な事実をもう一度列挙してみたいと思います」

検死官が考えをまとめるように黙っているあいだ、全員が待った。

「二人が同じウォッカを大量に飲んだことは疑いの余地がありません。アラン・グラントが、有り体にいえば死にかけている若い女性をセント・マークス病院に捨ててきたことも同様です。エクスタシーについていえば、次の点を考えてみる必要があります。なぜグラントは摂取しなかったのか？　なぜヘレン・クインだけだったのか？　チョコレートの中にエクスタシーの錠剤を隠していたのはヘレンを騙《だま》すためだったとも考えられますが、そうだという証拠がないことは心に留《とど》めておいてください。ヘレンが錠剤を手に入れて、カモフラージュのためにチョコレートの中に隠した可能性もあります。ヘレンは自分の意志でエクスタシーを摂取したのであって、グラントが病院から逃げたのはパニックに陥ったせいだということも充分にありえます」

検死官は両手の指先を合わせて天井をあおいでいた。「グラントの死に関しては、溺死《できし》であることは間違いありませんが、それが恐怖や罪悪感にかられての自殺かどうかはわかりません。同様に事故死であるとの判断もできないように思われます。

今回の悲しむべき事件に関する最後の論点ですが、〈ラシッド教育基金〉のミスタ・ダーンシーは、学生たちがホワイトホールでのデモに参加したことについて、いくらか罪悪感を抱いているようです。しかし、わたしの意見は少し違います。ウォッカはオックスフォードで簡単に買えますし、エクスタシーも同様です。ですから、バスでデモに出かけたことが二人の死に関係しているとは思えないのです。もちろん、ミスタ・ダーンシーが罪悪感を覚えているのは人間として立派なことであるとは思いますが」

検死官は手もとの書類をそろえてから、回転椅子をまわして陪審団のほうを向いた。

「さて、このような目撃者のいない事案に関して、みなさんにどういう助言ができるでしょうか？　ヘレン・クインがエクスタシーを摂取したのはアラン・グラントに騙されてなのか、それとも自分の意志でなのか？　この点は不明です。アラン・グラントは酩酊して川に落ちたのか、それとも絶望のあまり自殺したのか？　これも不明です。ということで、わたしは〝死因不明〟の評決を提案します。これは適法かつ妥当な判断です。もちろん、別室で協議をして結論を出してくださってもかまいません」

　だが、陪審団はそうはしなかった。互いに身を乗り出してひそひそと話し合い、しばらくしてまたまっすぐ背を起こした。陪審長が立ちあがる。「わたしたちは〝死因不明〟を妥当な結論だと考えます」

「ありがとうございます」検死官は言った。「では、そのように記録します」正面に向き直った。「それでは遺族の方の問題に移ります。ファーガス・グラントが法廷にいらっしゃるなら、ご起立を願います」グラントが物思いに沈んだ面持ちで立った。「当法廷は埋葬を許可します。アラン・グラントの兄上として、いつでも遺体をお引き取りいただいて結構です。あなたには心からご同情申しあげます」

「ありがとうございます」グラントはそう応《こた》えて着席した。

「ダニエル・クイン上院議員」検死官はそう呼び、起立したクインに言った。「当法廷は埋葬を許可いたします。あなたにも心からご同情申しあげます」

「ありがとうございます」クインは応えた。

　書記官が声をあげた。「検死官が退廷されます」

　審問は終了し、陪審団もその他の出席者も席を立った。通りかかったルパート・ダーンシーがクインに会釈をして話しかけてきた。「わたしからもご同情申しあげます、上院議員」

　バーンスタインは書記官のデスクへ行く。そこにはグラントが立っていた。書記官はそれぞれに埋葬許可書を手渡した。バーンスタインと並んで通路を歩いてきたグラントを、クインが呼びとめた。

「きみも本当に気の毒に。検死官のいうとおりだ。真実はわからない。後戻りはできない以上、われわれは前に進むしかないな」

グラントは涙をこぼしそうになりながらクインを軽く抱擁した。「神を助けたまえ」

「助けてくれるかもしれないよ」

グラントの後ろ姿を見送ってから、クインたちもロビーを通って表に出た。ファーガスンがクインに訊《き》いた。「これからどうするかね？」

「どこか火葬場を紹介してもらえないだろうか。娘を遺灰にして国に連れて帰ってやりたいんだ。口をきいてもらえるところがあるとありがたい」

「警視？」と、ファーガスン。

「お任せください、上院議員」

「わたしの車に乗ってもらえないかな、警視」クインは言った。「いますぐ取りかかりたいんだ。葬儀を行なうつもりはない——それは国でやろうと思う——ただ、できればカトリックの司祭にお祈りをあげてもらえたらと思うんだが」

「承知しました」と、バーンスタイン。

「おれも一緒に行こう」ディロンがそう申し出て、ファーガスンのほうを向いた。「じゃ、またあとで」

「いよいよ仕切りはじめるのかね？」と、ファーガスン。

「おれはいつだってそうだろう？」

クインの車はパーク・プレイスに向かった。バーンスタインは後部座席の端に身を寄せて次々と電話をかけている。車がクインの家に着いたときにもまだかけていた。メアリーがドアを開けた。クインの案内でディロンとバーンスタインは客間に入った。

「コーヒーを頼む、メアリー」とクインは言った。

「おれは紅茶だ」と、ディロン。

メアリーが客間を出ていくと、クインはディロンに言った。「ダーンシーのやつはうまくやったな。まったく名演技だった」

「そう」と、ディロン。「でも、これからつまずきますよ。きっと何かあるんだ。それをつきとめればいい」

バーンスタインが電話を切った。「いつも頼む葬儀社にお嬢さんの遺体を運ぶよう指示しました。火葬はノース・ヒル火葬場で二時から行ないます。向こうでコーハン神父にお会いになってください」

「おれも会うよ」ディロンは言った。「一緒に行くからね」

「それならわたしも行くわ」と、バーンスタイン。「もしかまわなければですが」

「もちろん、かまわない」クインが答えた。「ありがたいことだ」

「それが友達というものですよ」と、ディロン。

コーハン神父はアイルランド系のロンドン市民で、ノース・ヒル火葬場でまともなのはこの神父だけだった。テープで流れる合唱をはじめ、火葬場はお粗末だったが、神父はどっしり構えた誠実な人物だった。

「〝わたしは復活であり、命である。わたしを信じる者は、死んでも生きる〟」

本当にそうか、とクインは考える。若い命が失われたのはなんのためだ？　まったくの無駄死にじゃないのか？　もう自分には信じられない。信じたい者は信じるといい。わたしはもうだめだ。だが、同時にクインは、かつてヴェトナムで出会ったシスター・サラ・パーマーのことを思い出していた。

コーハン神父が棺《ひつぎ》に聖水を振りかけた。棺はベルトコンベヤーで闇の中に運ばれ、すべてが終わった。

葬儀社の社員が言った。「遺灰は今夜お届けします、上院議員。パーク・プレイスでしたね？」

「八番地だ」クインは社員と握手をした。「よろしくお願いします」

三人はコーハン神父と一緒に外に出た。「お車はありますか、神父様？」バーンスタインが訊いた。

「ああ、大丈夫」神父はクインの手を強く握った。「焦ってはいけませんよ、上院議員。どんなことにも理由はあるのです。いつかそれがわかるはずですよ」

三人はルークの待つメルセデスへと歩き戻った。「これで全部すんだわけだ」ディロンは言った。

クインは首を振った。「いや、国に帰る前にもう一つしておきたいことがある。オックスフォードへ行って、セント・ヒューズ学寮に残っている娘の荷物をとってきたい。きみたちを適当なところまで送っていくよ」

「お嬢さんの部屋？」ディロンは煙草に火をつけて考えた。「おれも彼女の部屋とグラントの部屋は見たことがない。一緒に行ってもいいですか？」

オックスフォードには一時間半後に着いた。クインがルークに道順を教える。車はセント・ヒューズ学寮の門をくぐって警備員詰め所の前で停止した。警備員が出てきた。「何かご用ですか？」

「わたしを覚えていないかな。ダニエル・クインだが。娘の荷物を引き取りにきたんだ」

警備員は笑みを消した。「覚えていますとも。本当にお気の毒なことをしました。すばらしいお嬢さんでしたよ。いま学寮長に電話で知らせますので」

「どうもありがとう」

車は本館の玄関前まで進み、そこでクインとディロンは降りた。クインが先に立って玄関ホールに入る。「まず学寮長に挨拶《あいさつ》していこう。学寮長室はこの先の、下級生社交室の向こうだ。社交室は学生たちがくつろぐ部屋だ」

玄関の脇には郵便受けがあった。学生の名前がアルファベット順に並んでいる。三人はそこで足をとめ、クインが娘の名前を見つけた。中には手紙が三通入っていた。クインはそれを調べてため息をつき、一通を掲げた。「コソヴォからわたしが最後に出した手紙だ」

ディロンは名前を指さして順にたどり、グラントの郵便受けを見つけた。郵便物はないが、空ではない。ディロンは手を入れてペンを取り出した。妙だなと思いながらそれを眺めたあと、ポケットに入れた。何か気になるのだ……。

ドアが開いて学寮長が出てきた。「これはどうも、上院議員」手を差し出してきた。「本当に悲しいことです」

二人は握手をした。

「お嬢さんの荷物をとりに見えると思いましたから、職員にいってスーツケースにまとめさせておきました。それでよろしかったでしょうか？」

「ご配慮ありがとうございます」

「わたしもご一緒しましょうか？」

「いえ、それには及びません」

「では、これが鍵《かぎ》です」学寮長は鍵を渡し、少しためらってから言った。「お嬢さんは本当にすばらしい方でした。教職員やほかの学生たちにとても好かれていました。ですから、話に聞いていることがとても信じられません。本当に彼女らしくないことで、まるでわけがわからないのです」

「わたしも同じですが、いまのお言葉に感謝します」クインは歩きだし、ディロンもあとに従った。

部屋は二階にあった。シングルベッドの脇にスーツケースが二つ置かれていた。ベッドの上には口の開いた空のバッグが載っている。ほかには衣装簞笥《だんす》、テーブル型のデスクと椅子。本は二つの本棚に並んでいる。デスクの上にはクインがヘレンの肩を抱いている写真が立ててあった。しんと静かで、簡素な部屋だが、若い娘の気配に満ちていた。クインはデスクに両手をつき、乾いた嗚咽《おえつ》を漏らした。

ディロンは肩に手をかけた。「さあさあ。ゆっくりと息をして」

「わかってる。大丈夫だ。バッグに本や何かを詰めるよ」

クインが本棚から本をおろしはじめると、ディロンは窓際へ行ってペンを取り出した。

「それはなんだね？」

「アラン・グラントの郵便受けにあったんですよ。なんだか見たことがあるような――」ディロンは指をはじいた。「そうか！」

「どうした？」

「前にもこういうのを見たことがあるんです。これはただのペンじゃない。録音機だ」

クインは本をバッグに詰める手をとめた。「確かかね？」

「キャップをまわして、押す。音はけっこう大きいですよ」

「アラン・グラントはなぜそんなものを？」

「ちょっと聞いてみましょう」ディロンはスイッチを入れた。

思ったとおりだった。男の声が明瞭《めいりょう》に響いた。〝これにチョコレート・キャンデーが三つ入ってる。どれもエクスタシー入りだ。これをデモの最中にヘレンに舐《な》めさせるんだ……〟

ディロンは親指でキャップの頭を押した。沈黙が流れる。クインはディロンをじっと見つめた。顔は憔悴《しょうすい》しきって、頬骨に皮膚がぴっちり張りついている。

「その声は知っている」クインは言った。

「ルパート・ダーンシーだ」

クインはベッドに腰かけた。「続きを聞いてみよう」

聞き終えると、しばらくのあいだ両手で頭を抱えていた。それから顔をあげた。「娘が死んだのはあのくそ野郎のせいなんだ」

「どうもそうらしい」

「だが、グラントはなぜいうとおりにした?」

「わからない。ダーンシーに弱みを握られていたのか……テープの声は、何か圧力をかけられているような感じだった。たいしたことにはならないと思ったのかもしれない。エクスタシーをやる学生は多いですからね。一ポンド一ペニーというくらいの安さだから。自分もやっていただろうし」ディロンは首を振った。「ヘレンが死ぬとは思ってなかったんだろう」

「だから自殺したと?」

「自殺なら理由はそれでしょう。しかし調べれば調べるほど、ダーンシーの指紋が増えてくる。全部明らかになればもっと深く関与していたのがわかるような気がしますよ。やつはどんなことでもやる男だ」

「わたしもそんな気がする」クインは立ちあがった。「ロンドンに戻ろう、ショーン。そのペンの音声はコピーできるかな」

「できると思いますよ。やってくれる知り合いがいます」

「よし、行こう」クインが二つのスーツケースを持ち、ディロンがバッグを提げて、部屋を出た。

リージェンシー・スクェアで、ディロンはクインをローパーに引き合わせた。ローパーはペンを調べた。「ええ、これの仕組みはわかります。カセットにダビングしましょう。それで音も大きくできます」

「コピーは一つだけにしてくれるかね」と、クイン。

「わかりました。まずは全部聞いてみます」ローパーはキッチンを指さしてディロンに言った。「この前ワインをけなされましたからね、ショーン、アイリッシュ・ウィスキーを一本買っておきましたよ。ブッシュミルズじゃないですが、まあいけるんじゃないかな。冷蔵庫の隣の戸棚にありますから」

ローパーは電子工具を並べた作業台の前まで車椅子を転がした。ディロンはウィスキーとグラス二個を取り出して、自分とクインの分を注いだ。二人は窓の下に作りつけた椅子に並んで坐《すわ》った。

ディロンが言った。「で、どうするつもりです?」

「ラシッドとダーンシーに会おうと思う」

「ほんとにそれがいいと思いますか?」

「ああ」クインは冷静だった。「心配するな、ショーン。銃は持っていかない。撃ち殺してやりたいのは山々だが、ほかにも方法はある」

ローパーが車椅子をこちらに向けた。「それじゃ、ペンと、テープ一本をお渡しします」ディロンが動く前に、クインが受け取った。「わたしが預かろう。どうもありがとう、少佐」

「お安いご用です」それから、ローパーはディロンに言った。「どういうことになってるのか教えてもらえますか？」

ファーガスンはキャヴェンディッシュ・スクェアのフラットにいた。クインとディロンが入っていくと、バーンスタインが少将の隣に坐って書類を見ていた。

ファーガスンが訊《き》いた。「オックスフォードでは無事に用がすんだかね？」

「非常に有意義な旅だったといっていいね」ディロンは答えた。

バーンスタインが眉根《まゆね》を寄せた。「どういう意味？」

「話は上院議員に任せるよ」

今度はファーガスンが眉をひそめた。「どんな話だね？」

「それを話す前に、一つ訊いておきたい。警視、きみは現役の刑事だ。これから話すことは刑事事件の証拠に関係しているが、あくまでわたしの問題だ。もしここだけの話にしてもらえないのなら、この部屋から出てほしい——けっして悪気はないんだが」

バーンスタインはショックを受けた顔をしたが、ファーガスンは動じなかった。「警視はわしの補佐官として出向している以上、公職秘密法に拘束される。ここで聞いた話をよそへ漏らすことはできない」バーンスタインに顔を向けた。「そうだな？」

バーンスタインは苦渋の色を覗《のぞ》かせながらも答えた。「もちろんです」

ファーガスンが目をクインに戻す。「で、何がわかったのかな」

「アラン・グラントの郵便受けにペンがあった」

「ペン型の録音機だ」ディロンが補足した。

クインはカセット・テープを掲げた。「ローパー少佐がダビングして音質をよくしてくれた。少将もきっと面白いと思うはずだ」

ファーガスンが言った。「警視？」

バーンスタインは立ちあがってクインからカセットを受け取り、サイドボードの隅に置かれたプレーヤーに装塡《そうてん》した。再生ボタンを押すと、明瞭な音が大きく流れ出た。

〝これにチョコレート・キャンデーが三つ入ってる。どれもエクスタシー入りだ。これをデモの最中にヘレンに舐めさせるんだ……〟

最後まで聞くと、バーンスタインが言った。「この男はとんでもない冷血漢ですね」

「第一級のくそ野郎だな」ファーガスンが言い添える。

バーンスタインは続けた。「この証拠があれば、警察はすぐに逮捕できます」

「罪状はなんだね？」クインは訊いた。「謀殺？　故殺？　とてもむりだろう。優秀な弁護士なら、ダーンシーはヘレンをトラブルに巻きこんでわたしを困らせようとしただけだと主張する。傷害罪くらいにはなるかもしれないが、わたしはそれすら怪しいと思う」

「でも、これはもっと重大な犯罪の証拠になります。それはおわかりでしょう」

「もちろんわかっている。だが、相手は金も影響力もあるラシッドだ。微罪ですんでしまうかもしれない。ダーンシーは、申し訳なかった、ダニエル・クインへの個人的な反感がとんだ結果を招いてしまったと釈明した場合、どの程度の罰を受ける？　どうだね？　教えてくれないか？」

「そのとおりだ」ディロンが割りこんだ。「上院議員のいうとおりだよ。このテープは向こうに不利な証拠だが、充分じゃない」

「それに、ラシッド家とアメリカ大統領との過去のいきさつという事件の背景は明るみに出せない。きみたちも関与した一連の出来事は機密事項だからだ」

バーンスタインが訊く。「では、ダーンシーとラシッドのことは放っておくというんですか？」

「そうじゃない。いざとなったら、わたしは躊躇《ちゅうちょ》なくこの手でルパート・ダーンシーを殺す」

沈黙が流れたあと、クインはあとを続けた。「だが、わたしにはべつの考えがある。これからサウス・オードリー通りへ行ってやつらと対決する。ディロン、きみも来るかね？」

「ああ、行きますよ」

ファーガスンはため息をついて腰をあげた。「それならわしも行くほうがよさそうだ。理性の声を響かせるためにな」バーンスタインのほうを向いた。「きみはよしたまえ、警視。なんとなく行かないほうがいい気がする。公職秘密法があろうとなかろうとな」

ルークは三人をケイト・ラシッドの家へ送り届けた。玄関のドアを開けたのは、黒いドレスに白いエプロンを着けたメイドだった。

「女伯爵はご在宅かな？」ファーガスンが訊いた。

「はい、いらっしゃいます」

「すまないが、ファーガスン少将、クイン上院議員、ミスタ・ディロンの三人が訪ねてきたと伝えてもらいたい」

三人は玄関ホールで待ち、メイドは階段をのぼっていった。そしてほどなく階段の上にふたたび姿を現わした。「どうぞ、二階へおあがりください」

案内されたのは客間だった。ケイト・ラシッドは暖炉のそばに坐り、その背後にルパートが立っていた。

「まあまあ」ケイトは言った。「これはどういう趣向かしら？　三銃士？　〝皆は一人のため、一人は皆のため〟？」

「面白くないな、ケイト」ディロンは言った。「それにおれたちが持ってるものを聞いたら、きみも面白がってはいられないはずだ」

「持ってるものって？」

クインがペンを出した。「これはオックスフォードで見つけた。アラン・グラントの持ち物だった。アラン・グラントが何者かは知ってるはずだ。しらは切らないでもらいたい」

「もちろん知ってるわ。

「だが、このことは知らないだろう。このペンは録音機だ。アラン・グラントはきみの親類に脅されたとき、スイッチを入れたんだ」

ケイトはぎくりとしたが、すぐに気持ちを立て直した。「ばかばかしい。大学生がどうしてそんなものを持ってたわけ？」

「警備機器の技術者をしている兄さんからもらったんだ」と、ディロン。

クインはポケットからカセット・テープを出した。「勝手ながら一本だけコピーをとらせてもらった。音質はうんとよくなっている。いま聞かせよう」

隅に置かれたステレオ装置まで足を運び、電源を入れ、テープを装塡した。二、三秒の沈黙時間のあとで、ルパートの声が流れ出した。

終わると、ディロンが言った。「どう言い逃れをしようと、きみにとって非常にまずい材料だ、ケイト」それからルパートに視線を移す。「あんたにもね」

「刑務所行きは堅いだろうな」と、ファーガスン。

だが、驚いたことにルパートは動じなかった。平然とした表情で煙草に火をつけた。「どうでも好きにするといい。それじゃたいしたことにはならない。あんたにもわかってるだろう、ファーガスン?」

「いや、いまのは正確な言い方じゃない」クインは言った。「それじゃ不充分だ、というのが正しい言い方だ。おまえの科される刑はごく軽く、それも半分ほど務めればすむ。まったくおまえのいうとおりだ。これにどれだけの価値があるか?」ペンを掲げた。「ゼロだ。これはただ、おまえのせいで娘が死んだことを知るのに役立っただけだ」

クインはペンとテープを火中に投じた。

「なんということを!」ファーガスンが言った。テープが燃え、ペンが溶けていくのを見て、さすがのディロンも驚いた。

クインが言葉をつないだ。「わたしは明日、娘の遺灰を持ってボストンに帰る。そして埋葬を終えたら、また戻ってくる。そのときから開始しよう」

「いったいどういう意味かしら?」ケイトは明らかに動揺していた。

「女伯爵、わたしはおまえとおまえの会社を相手に戦争をするつもりだ。おまえを破滅させてやる。何があっても破滅させてやる」

「それから、おまえ」クインはルパートのほうを向いた。「おまえはもう死んだも同然だ」

クインはくるりと背を返し、先に立って客間を出ていった。


三人が帰ったあと、ケイト・ラシッドは言った。「やれやれ。けっこう不愉快だったわね、ダーリン。あの熱い演説はたいしたものだったけど。ところで、コピーがさっきのテープ一本だけというのは本当だと思う？」

「本当だよ、絶対に間違いない」ルパートはまた煙草に火をつけた。「あの男の家を見張らせよう。戻ってきたらわかるように」

「で、どうするの？」

「ぼくに任せてくれ。あの男は〝何があっても〟きみを破滅させるといったが、当人の予想よりも早く〝何かがある〟んじゃないかな」ルパートはケイトの顔を見た。「きみはどうするんだ？　例の爆弾の件は？」

「まだコラム・マッギーからの連絡待ちよ。あの男がバリー・キーナンと話をつけたら、一緒にベルファストに飛んで、車でドラムクリーまで行きましょ」

「いよいよ計画の中身を教えてもらえるわけかい？」

「もちろんよ。でも、いまはまだだめ。お利口に待つ子にはご褒美があるのよ、ダーリン」ケイトは気力を取り戻したようだった。

「それじゃ、待つあいだ何をしたい？」

「ちょっとしたお楽しみ。ダーンシー・プレイスへ行こうと思うの。屋敷の近くの飛行クラブに小型飛行機を預けてあるのよ。ブラック・イーグルを。ワイト島へ飛んでピクニックをしようと思うんだけど、どうかしら」

「しかし、ファーガスンとその一党のことはどうするんだ？」

「だからルパート、まさにそこがポイントなのよ。連中はわたしたちがただピクニックに行くとは絶対に思わない。頭を混乱させてやるの！」

ファーガスンの提案で、ルークはドーチェスター・ホテルに向けて車を走らせた。一同はバーの一隅に坐《すわ》った。

「いまはシャンパンという気分ではないな」と、ファーガスン。

「そう、ブランデーがいい」クインはそう言って右手を持ちあげた。軽く震えている。「これからはもっと自分を抑えるようにしないとね」

「いや、その点はよくやっていた」ファーガスンが言った。「だが、上院議員、ここは一つ慎重にことを進めねばな。お嬢さんが亡くなる前、わしらにはケイト・ラシッドと〈ラシッド投資会社〉を法的に攻める材料がなかった。あのテープが足がかりになったが、きみはそれを廃棄してしまった。おかげで振り出しに戻ってしまったわけだ」

「わたしはそうしようと決めたんだ」クインはブランデーをあおった。

「暴力的な対応を考えているのなら、賢明な決断とはいえんぞ」

「いや、少将。あなたの理解は間違っている。あの行動をとったことで、選択肢の幅が広がったんだ。わたしはまさに暴力的な対応を考えている」

「そういうことなら」ディロンが口をはさんだ。「おれをあてにしてくれていいですよ」

「ディロン、自分が誰の下で働いているかを忘れんようにな」とファーガスン。

「そこはどうとでもなるんじゃないかな」ディロンは事も無げに言う。

ファーガスンはディロンをじっと見据えた。「どうもその返事は気に入らんな」それからクインを見て、「心配なのはきみの安全なのだ」

「ああ、わかっている」クインは腰をあげた。「そろそろ帰るとしよう。やることがあるのでね」

「ブレイク・ジョンスンと話したまえ。この件は大統領にも関係することだからな」ファーガスンが注意を促した。

「その点は一つお願いしたい」クインはうなずいた。「ブレイクに事情を説明しておいてくれないか、少将。全部話してほしい」それから、笑みを浮かべて、「ありがとう、ショーン」と言い、バーを出ていった。

「表面は落ち着いているが、その下では怒りが煮えたぎっておるな」ファーガスンが陰鬱《いんうつ》に言った。「よい兆候ではない」

「それはそのとおりだ」ディロンはそう応《こた》え、ファーガスンとともにブランデーを飲み干した。

ロンドン　ボストン　ワシントン　ロンドン

12

翌朝、ケイト・ラシッドとルパート・ダーンシーは栗色のベントレーで家を出た。ディロンは通りの少し離れたところで待機していた。フルフェイスのヘルメットに黒革のライダーズ・スーツという恰好《かっこう》で、スズキのバイクを点検しているふりをしていた。二人が出発するのを見て、あとを追う。

とくに目的のない尾行なので、ファーガスンやバーンスタインには知らせていない。今朝はよく晴れている。交通量が多いので、あいだに何台かの車をはさむことができ、しかも相手は目立つ車なので見失うことはなかった。ベントレーはずっと幹線道路を走っていたが、ハンプシャー州に入ってまもなく田舎道に折れた。こうなると尾行には注意を要する。

ベントレーは意外にもダーンシー・プレイスの屋敷には向かわなかった。農場のトラック二台をはさんでついていくと、やがて左折した。角の標識には〝ダーンシー飛行クラブ〟とある。

それは第二次世界大戦中の空軍飛行場を民間の施設に転用したものらしかった。建物が一棟、管制塔、二本の草地の滑走路の端に三十機ほどの飛行機が並んでいる。車も何台かあり、その中の一台がベントレーだった。

ディロンは手前の滑走路の近くにバイクを駐《と》め、双眼鏡を覗《のぞ》いた。ファーガスンがよく人に自慢するように、ディロンはたいていの飛行機を操縦できる。ここにある飛行機はほとんどが知っている機種だった。

手前の滑走路のほうへ、かなり状態のよさそうなブラック・イーグルがタキシングしてきた。飛行機はディロンからさほど離れていないところで停止し、白いオーバーオールを着た男が降りる。ルパートとケイトが建物から出てきてこちらに歩いてきた。ケイトは黒いジャンプスーツにレイバンのサングラス、ルパートはボマー・ジャケットにスラックスという恰好だ。二人は白いオーバーオールの男と言葉を交わしてから飛行機に乗りこんだ。飛行機は滑走路の端へ進んで向きを変え、離陸した。

ディロンは柵《さく》の端のほうへ移動して、白いオーバーオールの男に陽気に声をかけた。「あのイーグルはいいね。すばらしい。最近ではコレクターズ・アイテムだ」

「ロッホ・ドゥ女伯爵のものだ。自分で操縦するんだが、腕がいいんだよね」

「今日はどこへお出かけかな」ディロンは煙草を勧めながら訊《き》いた。

男は煙草をくわえた。「フランスへ日帰り旅行することもあるが、今日はワイト島だそうだ。けど、その前にお屋敷へ寄るそうだよ。ダーンシー・プレイスにね。敷地の中に滑走路があるんだ」

「それは合法的なのかい？」

「この州の半分を所有してる人ならね」男は笑った。「何か飲むんなら中にカフェがあるよ」

「ありがとう。でも、もう行くよ」

ディロンはスズキにまたがって走り去った。ロンドンに戻る道々、いろいろ思案をめぐらした。

次にバイクを駐めたのは、ウォッピングの埠頭《ふとう》にあるパブ〈ダーク・マン〉の外だった。ハリー・ソルター、ビリー、バクスター、ホールの四人がシェパード・パイを食べていた。ビリー以外の三人はビールを飲んでいる。

ハリー・ソルターが顔をあげて眉《まゆ》をひそめた。「うん？　誰だ？」ディロンがヘルメットを脱ぐと、「なんだ、ディロンか」と言って笑った。「バイク映画にでも出るのか？」

「いや、ちょっと田舎へツーリングをしてきた。ラシッドの故郷へね。ダーンシー村へ行ってきたんだ」

ハリーは笑みを消した。「トラブルか？」

「そういっていいだろうな」

「それじゃ一杯《や》飲るといい」ビリーにうなずきかけると、ビリーはカウンターの中に入って、ボランジェのハーフ・ボトルとグラス一個を持って戻ってきた。

ディロンは栓を抜いてグラスに注いだ。「どう思う、ビリー？　屋敷から六マイル離れたところに飛行クラブがあって、ケイトはそこからブラック・イーグルで飛んでいったんだ。おれたちがハザールへ飛んだときに、カーヴァーが操縦したのと同じような飛行機だ」

「あの女が自分で操縦したのか？」

「おれも初めて知ったよ――飛行機を操縦できるというのはね」

「日々、新しいことを学べるってわけだ」ハリーが言った。「だが、そんなことを教えにきたわけじゃあるまい？」

「まあね」ディロンはすべてを話した。クインのこと、娘のヘレンのこと、アラン・グラントのこと。

話し終えると、しばらく沈黙が流れた。ビリーが言った。「くそ野郎め」

「そんなんじゃ言い足りんな」と、ハリー。「一目見た瞬間にヤバいやつだと思ったからな。で、どうするんだ？」

「あと何日かしたらクインが戻ってくるから、そのとき考えるよ」

「そのペンとテープを燃やしちまうなんて頭がどうかしてるな」ハリーが言う。「ダーンシーの野郎をぶちこめたろうに」

「でも、どれだけぶちこんどける？」ビリーが訊く。「やっぱり上院議員のいうとおりだよ。法律にできる以上のことをやりたいんだ。きっと上院議員のほうが法律より力を持ってるよ」

「するとおまえさんは、議員先生が戻ってきたら戦争を手伝うつもりなんだな？」と、ハリー。

「まあ、そんなところだ」ディロンは答えた。

「少将はどういってる？」

「認めるわけにはいかないとね」

ビリーが言った。「そりゃどういうことだよ？　ケイト・ラシッドはおれたちに死刑の宣告をした。そうだろ？　その〝おれたち〟の中にはファーガスンも入ってるんだ。みんなで一緒にやるべきだと思うぜ」

「おれもそう思う」ハリーが手を差し出した。「おれたちも数に入れてくれ、ディロン。ファーガスンが何いおうとかまうもんか」

ロンドンを発《た》つ前、ダニエル・クインはボストンの〈クイン・インダストリーズ〉に電話をかけ、ヴェトナムで親友となったトム・ジャクスンと話した。ヘレンの死を知らされたジャクスンは大変なショックを受けた。もっともクインは核心の部分は話さなかった。話しても無意味だと思ったからだ。

「わたしにできることはありませんか？」ジャクスンは訊いた。

「ああ、ヘレンの遺灰を持って帰るから、ウォルシュ神父に連絡しておいてほしい。葬儀は明日やりたいんだ。内々でごくひっそりと」

「わかりました」

「マスコミに知られるのはできるだけ先に延ばしたい。連中は薬物が関係していることで騒ぎたがるからな」

「そうですね」

「だから、親類にも声はかけないでおこうと思う。きみには出てもらいたいが、正直にいうと、それはいろいろ頼みたいことがあるからだ」

「なんでもいってください」

「まずはホワイトハウスのブレイク・ジョンスンに電話をして、この一件のことを話してほしい。大統領にも話してくれていいと伝えてくれ。ブレイクへの連絡はきみに任せるからな」

明敏な弁護士トム・ジャクスンは何かあると感じ取った。「ダニエル、もっと何か事情があるんじゃないですか？」

「それについてはいつか話すよ」

　翌日の午後、クインは、一族の霊廟《れいびょう》があるレイヴェリー墓地の教会で会衆席に坐《すわ》っていた。ウォルシュ神父はクイン家との付き合いが長く、ヘレンに洗礼を施したのも彼だった。ウォルシュ神父は若いドイル神父に助けられて司式をした。墓地の職員二人が黒い服で教会の後方に控えていた。

　ウォルシュ神父は、自身も辛《つら》い気持ちに苛《さいな》まれながら最善を尽くしていた。クインはロンドンでの火葬の儀式をもう一度繰り返しているような気分で、あの〝わたしは復活であり、命である〟という祈りの文句を聞いていた。

　そんなのは嘘だ、とクインは思った。復活などない。死があるだけだ。

　背後でドアが開き、音を立てて閉まった。足音が近づいてきて、肩に手が置かれたので、顔をあげると、ブレイク・ジョンスンだった。ジョンスンはなんとか笑みを浮かべると、通路をへだてた席に腰をおろした。

　参列者は立ちあがって主の祈りを唱えた。ウォルシュ神父が遺灰を収めた凝った装飾の壺《つぼ》に聖水を振りかける。録音されたオルガン演奏の音が絞られた。若い神父が遺灰壺を持ちあげてうなずきかけてきたので、クインは前に出てそれを受け取った。

　一同は列を作った。二人の職員が先頭に立ち、次に二人の神父、その次が遺灰壺を捧《ささ》げ持ったクイン、それからトム・ジャクスン、しんがりがブレイク・ジョンスンだった。外に出ると、やはり葬儀の日らしく雨が降っていた。二人の職員がジョンスンとジャクスンに傘を渡した。一人がクインに、もう一人が二人の神父に差しかけた。

小さな行列は墓地の中を進んだ。ここはたいそう古い墓地だった。松と糸杉の木立、羽のはえた天使像にゴシック風の装飾。墓石に刻まれた文字には来世を信じる強固な信念がこめられていた。

二人の職員は玄関に柱廊のある大きな霊廟の前で足をとめた。青銅のドアの両側には天使像が立っている。職員の一人が鍵《かぎ》を出してドアを開けた。

クインは二人の神父にはさまれて中に入った。「もしかまわなければ、わたし一人でやりたいのですが」

内部には凝った装飾の棺《ひつぎ》がいくつか収められていた。クインの両親と妻のほか、何人かの近親者が眠る棺だ。一つの壁龕《へきがん》の下に花が飾られている。壁龕にはヘレンの遺灰壺がぴったり収まった。ぴたりと収まることはジャクスンから聞いて知っていた。壁龕の下の花崗岩《かこうがん》にはヘレンの名前が刻まれ、そこに金箔《きんぱく》が埋められることになっている。

クインは静かに立っていた。祈りの姿勢で頭を垂れることはなかった。彼の心はもう祈りを超えていたからだ。「さようなら、ヘレン」別れの言葉を低く呟《つぶや》いてから外に出た。

職員の一人がドアを閉めて鍵をかけた。ウォルシュ神父がクインのそばへ来た。「ダニエル、外の世界に心を閉ざしてはいかん。神に心を閉ざしてはいかんぞ。どんなことにも目的があるのだからね」

「どうか赦《ゆる》してください。今朝はそれを信じる気になれません。ともかく今日はありがとうございました。娘はあなたのことが大好きでした。これで失礼します」クインは歩きだし、ジョンスンとジャクスンもあとに続いた。

教会の駐車場まで来ると、クインは足をとめた。「申し訳ない、ブレイク。今日は本当に気がふさぐ。だが、来てくれてありがとう」

「大統領も来たいとおっしゃったんだが、たいへんな騒ぎになるからね。きみが困るだろうと遠慮したんだ」

「気遣いに感謝するよ」

「ロンドンに戻るんだって？」

「ああ、できるだけ早く」

「大統領が会いたがっているが」

「なぜ？」

「ファーガスン少将から電話があって、大統領は心配しているんだ。われわれみんなが心配している。こういうことをいうのはなんだが、きみはまだ大統領令状に拘束されている。ノーとはいえないんだ」

トム・ジャクスンが口をはさんだ。「大統領令状？　そういうのはフィクションだと思っていましたよ」

「そうじゃないんだ」と、ジョンスン。

クインはジョンスンに応《こた》えた。「わかった。家に帰って、荷造りをしてくるから、空港で会おう。トムをきみの車に乗せてやってくれ」

ジャクスンが訊《き》いた。「いったいどういうことです？」

クインはジョンスンに言った。「ファーガスンから話はすっかり聞いたんだな？」

「ああ」

「よし。車の中でトムに話してやってくれ。それじゃ、空港で」

クインは車の助手席に乗りこみ、運転手に自宅までと告げて、走り去った。

ブレイク・ジョンスンは大統領のガルフストリーム機でボストンに来ていた。クインは自分の自家用ジェットの操縦士たちに、ガルフストリーム機のあとを追ってワシントンへ飛ぶように言い、着いたらロンドンに出発する準備をしておくよう命じた。

空港に見送りにきたトム・ジャクスンがクインに言った。「ダニエル、そのくそ野郎を殺したいならわたしにやらせてください。あなたはだめだ。あなたが手を下すだけの値打ちがあるやつじゃない」

「これはわたしの問題だ、トム。心配しないでくれ。ところで、きみは法務部長を馘《くび》になるからそのつもりで」

ジャクスンは衝撃を受けた。「ダニエル、わたしが何をしたというんです？」

「手がける仕事をすべて見事にこなしてくれた。バート・ハンリーから電話があったんだ。心臓がかなり悪くて医者から引退を勧告されたそうだ。ということで、きみが社長だ。この人事はすぐに発効する。わたしはいちおう会長職に留《とど》まるが、きみが一人で全部やれるだろう」クインはジャクスンを抱擁した。「あとは頼んだぞ。わたしにはやることがある」暗い笑みを浮かべた。「またボ・ディン村に戻るんだ」

「だめですよ、ダニエル」ジャクスンは叫んだが、クインはもう保安検査場を通り抜けようとしていた。

しばらくのち、ブレイク・ジョンスンが機内で言った。「ジャクスンはきみのことを大事に思ってるんだな」

「あれはすばらしい男だ。彼のためなら、わたしはなんでもやる。だが、これからやることはわたし一人でやる。これはもう決めたんだ」クインはシートを倒して目を閉じた。

クランシー・スミスがドアを開けて、クインとジョンスンは大統領執務室に入った。キャザレット大統領はワイシャツ姿で、読書眼鏡をかけ、次から次へと手紙に署名をしていた。顔をあげて立ちあがり、デスクの向こうから出てきた。

「ダニエル。よく来てくれたな」

「大統領、挨拶《あいさつ》は抜きにしてさっそく本題に入りましょう。わたしにどんなご用です?」

「とにかく坐ろう」一同が椅子に坐ると、大統領は話しはじめた。「ファーガスン少将から電話があって、少将とブレイクとわたしで電話会議をした。ルパート・ダーンシーのしでかしたことを聞いて、本当にショックだ」

「ダーンシーはわたしを狙っていました。娘を死なせるつもりはなかったんです。デモの最中に薬物を摂取させて、警察に逮捕されればいいと考えた。そうなればわたし個人の深刻なスキャンダルになり、ひいては大統領の政治的な失点になるからです」

「ところがその目論見《もくろみ》はひどい結果になった」と、ジョンスン。

「きみが証拠物を廃棄した理由についてはファーガスンから聞いた」大統領が言った。「正直いって、わたしは当惑している。

「しかし軽い刑ですんでしまいます。ダーンシーに法廷で裁きを受けさせることができたのに」

ないが、娘が死んだことに責任がある。それじゃ不充分なんです。わたしの娘を殺したわけじゃシーに代償を支払わせたいんです」

「だが、きちんと法の手続きにのっとってやるべきだ、ダニエル。われわれは法の許す範囲内で行動すべきだ」

「それじゃラシッド帝国には痛くも痒《かゆ》くもない。一つ答えてください――法が機能しないとしたらどうです？　それでもわたしには正義はないからだ。われわれはみな法に縛られるんだ。法はわれわれ
「それはない。法の外に正義はないからだ。われわれはみな法に縛られるんだ。法はわれわれの生活の枠組みだ。法がなければわれわれは何ものでもない」

「悪党どもはそれをあてにしてるんですよ。わたしはもううんざりです、大統領。多くの人が同じことをいうと思います。悪党どもが好き放題やるのにうんざりだと」

「それでも、わたしのいっていることは真実だよ」

「それなら、この問題に関しては、意見が違うということで意見が一致するわけだ」

腰をあげたクインに、大統領は言った。「きみがそのまま突き進むなら、ダニエル、わたしにはきみを守れない。それはわかっているだろうね？」

「それはそういうことになるでしょう」

「それならいうが、きみはもうロンドンでわたしの命令を受けた公人として行動することはできない。大使館からは一切の助力を得られないと思ってくれたまえ」

「するともう大統領令状にも拘束されないと？」

「そういうことになるな」

「じゃ、もう行っていいですか？　ロンドンへ飛ぶ飛行機が待っているので」

「最後にもう一つ。ファーガスン少将もわたしと同じ考えだ。彼も、彼の部下たちも、きみの行動に関わることはできない。つまりショーン・ディロンの助力もあてにできないということだ」

「ミスタ・ディロンの考えは違うようですよ。そしてわたしの見るところ、彼は独立不羈《ふき》の精神を持っているようだ」

「それは残念な発言だ。さようなら、上院議員」

ジョンスンはクインを部屋の外へ送り出した。「自分が何をしようとしているかわかっていればいいんだが」

「はっきりわかっているよ」

クインが歩み去ると、ジョンスンは大統領執務室に戻った。キャザレット大統領はまたデスクについていた。「わたしは間違っていると思うかね？」

「いいえ。ただ、彼の言い分にも、一つだけ正しい点があります。法を遵守して正攻法で攻めたのでは、ケイト・ラシッドと彼女の会社を倒せないということです。まさにディロンのような人間にならなければ解決できない事例でしょうね」

「しかし、ダニエル・クインはディロンじゃない。道を踏みはずしたことのない男だ」

「でも、ひょっとしたら覚えるのが早いかもしれませんよ、大統領」

その夜遅く、ロンドンで、ルパート・ダーンシーはダニエル・クインの家の前に駐《と》めた〈ブリティッシュ・テレコム〉のバンから電話を受けた。バンで家を監視しているのはニュートンとクックという〈ラシッド投資会社〉の保安課の社員で、二人とも元SAS隊員である。

「戻ってきました」クックが言った。

「いつ到着した？」

「一時間前です。すぐに電話しましたが、お出にならなかったもので」

ダーンシーは応えた。「ジョギングにいってたんだ」

「それでですね。例の運転手が制服姿でメルセデスのそばに立ってます。どうやらクインは出かけるようです」

「三分でそっちに行く」ダーンシーは叩《たた》きつけるように受話器を置き、携帯電話をとって、十数秒後には外に出た。ケイトのポルシェに乗りこみ、ガレージを出る。パーク・プレイスに折れようとしたとき、メルセデスが曲がってきて、ルークのうしろに坐《すわ》っているクインの顔がこちらのライトに照らされてちらりと見えた。ルパートはあとを追いながら、ニュートンとクックに電話をかけた。

「いまやつを見つけて尾行している。きみたちはそこにいろ」

夜も遅いので交通量は少ない。クインは煙草に火をつけてシートに背中を預けた。昔から夜の都会が好きだった。とくに深夜の都会が。雨に洗われた無人の街路は寂寥《せきりょう》の気に満ちていた。おれは何をしてるんだ、とクインは自問した。その思いがたちまち彼を圧倒しはじめた。

メルセデスはテムズ川に向かっていった。ロンドン塔、セント・キャサリンズ埠頭《ふとう》。ウォッピング・ハイ通りを進んで、セント・メアリー修道院の向かいで停止した。この前ここへ来たのは一年前、大統領のロンドン訪問に同行したときだった。建物は陰鬱《いんうつ》な灰色の石造りで、歳月をへて磨《す》り減った大きなオーク材のドアが開いていた。高い塀の向こうには鐘楼と礼拝堂の屋根が見えた。

「すぐ戻る」クインはルークにそう言い置いて車を降り、通りを渡った。

看板には〝セント・メアリー修道院、〈慈悲の小さき姉妹会〉、修道院長シスター・サラ・パーマー〟とあった。

「二十四時間営業か」クインはそう呟《つぶや》いて中に入った。小ぢんまりとした玄関ホールでは深夜勤の係員がデスクについて、紅茶を飲みながら《イヴニング・スタンダード》紙を読んでいる。その係員が顔をあげて挨拶した。

「こんばんは」

壁にはこんな張り紙があった。〝礼拝堂ではどなたでもお祈りできます〟

「修道院長はおられるかな」

「少し前に礼拝堂へ行かれたようですよ」

「ありがとう」

クインは礼拝堂の入り口まで行き、開いたドアから中に入った。

ルパートはメルセデスから少し離れたところに車を駐めた。たったいまクインが通りを渡り、建物の看板を見あげてから、意を決したように中へ入っていくのを見た。

玄関ホールに入ると、単純な手を使った。「連れはどこへ行きました？」

「礼拝堂です。修道院長にお会いになるといって」

「ありがとう」

ルパートは礼拝堂の開いたドアに近づいた。声が聞こえてくる。覗《のぞ》くと、中はかなり暗く、祭壇に蠟燭《ろうそく》がともっているだけだった。中に入り、柱の陰に身を隠すと、会話が手にとるように聞こえた。

礼拝堂に入ったクインは立ちどまり、正面の聖母マリアの絵と火をともした蠟燭を見やった。聖母は闇の中に浮かびあがっているように見えた。シスター・サラ・パーマーは膝《ひざ》をついて床をブラシでこすっていた。普通なら新米の修道女にすべて任せる作業だが、シスター・サラは修道院長でありながら、謙虚な心を保つためにこれを行なうのだった。堂内の空気は冷たく湿っていて、いかにも礼拝堂らしい臭いがしていた。

「蠟燭に、香に、聖水」クインは低く言った。「こうなるとわたしも十字を切りたくなる」

シスター・サラは手をとめて顔をあげ、穏やかに応《こた》えた。「まあ、ダニエル。驚きました。どこからいらしたの？」

「コソヴォから」

「向こうはひどいことになっているの？」

「通りに死体がごろごろだ」

シスター・サラはブラシをバケツに入れ、雑巾《ぞうきん》で床を拭《ふ》きはじめた。「ボ・ディン村と同じくらい？」

「趣は違うが、ひどさの程度は同じだね」

シスター・サラは雑巾を絞る。「何があったの、ダニエル？」

「ヘレンが死んだ」

シスター・サラは膝をついたままクインを見あげた。「ああ、神様」彼女が立ちあがると同時に、クインが会衆席に腰をおろした。シスター・サラは最前列の席に坐り、上体をひねってクインのほうを向いた。「いったいどうして？」

クインは身体をびくりとさせたが、すぐにすべてを話した。

シスターは言った。「神様はあなたに重荷を負わせたのね、ダニエル。起きたことは怖ろしいことだけれど、そのことで自分を破滅させたりしないで」

「どうすれば破滅せずにすむ？」

「祈りを避難所にするの。両手を伸ばして神様に助けを求める……」

「復讐《ふくしゅう》など考えないで？」クインは首を振った。「だが、それしか考えられないんだ。苦しみというやつは変なものだよ。ほかの人間を苦しめることで和らぐことがあるんだ。それ以外のどんな慰めも充分じゃない。ルパート・ダーンシーに不利な証拠を燃やすことで、わたしはあの男の苦しみを、受けるべき罰を、もっと大きなものにしたんだ」

「そういう考えがあなたを破滅させるのよ」

「それが代償なら、わたしは喜んで支払う」クインは立ちあがり、シスターも腰をあげた。

「なぜここへ来たの、ダニエル？　あなたがしようとしていることを、わたしが認めるはずないのに」

「それはそうなんだが、きみには是非ともじかに事情を説明して、これからわたしがすることを理解してもらいたかった」

「で、何を期待しているの？　祝福？」

「それも悪くない」

シスター・サラの声は怒りのようなものを含んで硬くなっていた。一瞬、ボ・ディン村で出会ったあの若い修道女に戻ったようだった。

次に口から出た言葉は、彼女のこれまでの生涯で一番厳しいものかもしれなかった。「〝キリスト者の魂よ、この世から旅立ちなさい。あなたを造った全能の父なる神の名において〟（死期の迫った人のための祈り）」

「ああ、それはぴったりの言葉だ」クインはふっと微笑んだ。「さようなら。神の恵みがありますように、シスター・サラ」クインは背を返して礼拝堂を出ていった。

絶望に満たされたシスター・サラは、ひざまずき、祈りはじめた。近くで何かが動く気配がある。目を開けてそちらに半ば身体を向けると、男が一人そばにしゃがんでいた。ブロンドの髪のハンサムな顔立ち。それは悪魔の顔だと、シスター・サラはすぐに悟った。

「大丈夫だ、シスター。何もしないから。ぼくはあの男のあとをつけてきた。そしてもちろん、表の看板にあなたの名前を見た。あなたが誰だか知っている。ボ・ディン村の勇気ある若い修道女だ」

「あなたは誰なのですか？」

「いろんな面を持つ人間だ。その一つは、素行の悪いカトリック。心配いらない。あなたに危害は加えないよ。神がお赦《ゆる》しにならないだろう」

「あなたは頭がどうかしているのね」

「そうかもしれない。ぼくは彼の娘さんの死に責任のある男でもある」

「ルパート・ダーンシー」とシスター・サラは囁《ささや》いた。

「そのとおり」ルパートは立ちあがった。「さっきあなたが彼に与えた祝福、あれはよかった。死にゆく者への祈り。あれほどぴったりなものはない」笑みを浮かべた。「彼に電話するのを忘れないように。ぼくが来たことを知らせるんだ」

足音が遠ざかっていくと、シスター・サラは膝立ちの姿勢から立って、また会衆席に坐った。かつて感じたことのないような恐怖がその身を包んでいた。

パーク・プレイスで、ニュートンとクックが監視していると、メルセデスが戻ってきた。クインとルークが降り、クインが言った。「明日の朝は車はいらないよ、ルーク。七時にハイド・パークへ走りにいくから、朝食は九時にしたいとメアリーに伝えておいてくれ」

通りの向かいでニュートンとクックはその会話を聞いていた。クックがルパートに電話をかけ、いまのことを伝えた。

ルパートは言った。「ご苦労だった。もう引きあげていい。明日の朝はジョギングの恰好《かっこう》をしてくるんだ。クインが家を出たら、公園まであとをつける」

「それからどうします？」

「やるべきことをやれ」

ルパートはケイトに最新の展開を知らせなかった。シスター・サラ・パーマーのことはあまりにも個人的なことで、ケイトに心情を理解してもらえるはずもなかった。ジャック・ダニエルズをグラスに注ぎ、椅子に坐《すわ》って夕刊紙を読んだ。しばらくすると電話が鳴ったので受話器をとった。

「クインだ。いまシスター・サラ・パーマーから電話をもらった。神に誓っていうが、あの女性に危害を加えたら……」

「ばかなことを、上院議員。あのすばらしい女性に危害など加えるはずがない。じゃ、お休み。よくお眠りなさい」ルパートは電話を切った。

クインは受話器を置いた。なぜかダーンシーの言葉は信じられる気がしていた。ひとしきり考えたあとで、衝動的に、ステイブル・ミューズのディロンに電話をかけた。

「クインだ」と名乗って事情を説明した。「修道院長に危害を加えないというのは信じられるんだ。なぜとは説明できないがね」

「わかりました。ただ重要なのは、やつがそのセント・メアリー修道院まで尾行してきたという点です。たぶんあなたの家からでしょう。つまり見張り役がいるということだ。表の通りに変わったことはないですか?」

「ちょっと待ってくれ」クインは窓辺へ行って外を見た。「〈ブリティッシュ・テレコム〉のバンが駐《と》まっている」

「〈テレコム〉が聞いてあきれますね」

「そうか。ありがとう」

「ボストンではどうでした?」

「予想外のことは何もなかった。がっかりしたのはワシントンでだよ」クインは大統領との対話のことを話した。「ファーガスンも大統領に賛成のようだ」

「そのことは何か考えましょう。おれは独立独歩だ。いつだってそうだった。明日の朝、会って話すことにしましょう」

「明日は七時三十分ごろ、ハイド・パークを走る。九時に朝食をとりにきてくれないか」

「うかがいますよ」ディロンは電話を切った。


ディロンは翌朝早く目が醒《さ》めた。時計を見ると、クインと一緒に走ろうと思えばまだ間に合う時刻だ。トラックスーツに着替えて、一階に降りる。ヘルメットをかぶり、ガレージからスズキを出して、出発した。

パーク・プレイスに向かう途中、クインが話していた〈テレコム〉のバンのことを思い出し、どういう対処がベストか考えてみた。匿名で警察に通報するという、単純で直接的な手段がいいだろう。

グロヴナー・スクェアからサウス・オードリー通りに折れて、パーク・プレイスへ向かう。クインが家から出てきて通りを駆けだした。その直後、ニュートンとクックがトラックスーツ姿でバンを降りてあとを追いはじめた。ディロンは毒づいた。パーク・プレイスに曲がり、クイン宅の門内へバイクを乗り入れ、スタンドを立てた。サドルバッグの右側に手を入れ、底の秘密のポケットからワルサーを取り出す。それをトラックスーツの右のポケットに滑りこませ、三人を追って全速力で走りだした。

クインは地下道を通ってパーク・レインを横断した。反対側の階段を駆けのぼり、ハイド・パークに入った。ニュートンとクックがついていく。だが、ディロンもそう遠くないところまで迫っていた。

靄《もや》がただよい、小雨の降る朝だった。六人の近衛《このえ》騎兵がゆるい駆け足で馬を走らせ、そのうしろに一人だけ遅れている騎兵がいた。クインは芝生を横切って林のほうへ向かっていった。林の中のほうが靄が濃く、人気もない。

ふいに背後で足音がした。振り返ると、ニュートンが肩から体当たりしてきた。クインはよろけて地面に片膝《ひざ》をつく。そこへクックが胸を蹴《け》りつけてきた。クインは体をかわして横に転がり、また起きあがったが、クックがふたたび攻撃してきた。昔の勘が戻ってくる。クックのパンチを受け止め、組み合って腰投げをくわせた。ニュートンが背後から襲いかかり、片腕で喉《のど》を絞めてきた。クインは腰を落としながら思いきり前へ背をかがめ、相手を投げ飛ばした。

三人とも立ちあがり、二対一で向き合った。「よし、これで終わりだ」クックが言った。

そのとき、銃声が一発、湿った空気の中で平板な音で響いた。ワルサーを構えたディロンだった。「そうは思わないな」さらに距離を詰める。「誰に命令された？　ダーンシーか？」

「うるせえ」クックが言った。

ディロンはクックの股間《こかん》を蹴って倒し、さっと身体の向きを変えてニュートンの胸ぐらをつかむと、ワルサーの銃口を左の耳たぶにつけた。

「選択肢は二つだ。一つ、耳を吹き飛ばされる。二つ、誰に命令されたかしゃべる」

ニュートンは泡をくった。「わかった、わかった、ダーンシーだ」

「ほら簡単だったろう？　じゃ仲間を介抱して、ディロンに邪魔されたと報告しにいくといい」ディロンは含み笑った。「ま、おれはルパートに失敗を報告する立場には立ちたくないがね」それから、クインにうなずきかけて、「引きあげよう」と言い、一緒に駆けだした。

ニュートンとクックがルパートに嘆かわしい報告をしているころ、キャヴェンディッシュ・スクェアでは、クインとディロンがファーガスン少将と対決していた。バーンスタインも少将に呼び出されて少し前に到着し、修道院と公園での出来事を知らされた。

話し終えたディロンはにやりと笑った。「これで状況ははっきりしたよ。いよいよ血戦だ」

「そうかもしれんが」と、ファーガスン。「まだ何も証明できておらん。ダーンシーはその二人組との関係を否定するはずだ」

「それはどうでもいい」クインが言った。「これは法の執行じゃないんだ、チャールズ。われわれが知っていることについて、何をするかという問題だ」

「大統領と話したのだが」と、ファーガスン。「この問題では、きみは自分一人だけの立場で動いているそうだな」

「いや、一人じゃない。おれがいる」ディロンが割りこんだ。

「となると、もうわしの部下ではいられんぞ」ファーガスンは静かに言った。「よく考えてみることだ」

「もう考えたさ」ディロンはクインのほうを向いた。「行こう、上院議員」

二人が去ったあとで、バーンスタインが訊《き》いた。「本当にこれでいいという確信はあるのですか、少将？」

「確信があるのは、ディロンが例によって情け容赦のない行動をとることだけだ」

「で、そのほうが都合がいいと？」

ファーガスンはにやりと笑った。「非常によい」

13

あとでケイト・ラシッドと昼食をとりながら、ルパートはその日の朝の出来事を不快感とともに話した。

ケイトは首を振った。「これはなんなの？　三度失敗なんて。クインが不死身なのか、それともわたしたちが真剣に手法を考え直さなくちゃいけないのか」ルパートをきっと睨《にら》んでから、口もとをゆるめた。「でも、とりあえずはどうでもいいわ。クインの件は余興にすぎないから。それよりメインイベントが始まろうとしてるのよ」

「どういう意味だい？」

「バリー・キーナンから連絡があったの。コラム・マッギーが会見をセットしてくれたわ」

「どこで会うんだ？」

「ドラムクリーで。あさって土曜日の午後にベルファストへ飛んで、ヨーロッパ・ホテルに泊まる。それから日曜日の朝、車でドラムクリーへ行く。うまくいけばその日の夕方、オルダーグローヴ空港を発《た》って帰ってこれるわ」

「やっと何をするつもりか教えてもらえるというわけかい？」

「そういうことよ、ダーリン」


同じとき、ディロンとクインはリージェンシー・スクェアのチャイムを鳴らしていた。ドアがカチリと開錠される。中に入ると、ローパーはいつものように仕事をしていた。

「連絡しようと思ってたんです」ローパーはディロンに言った。「ラシッドとダーンシーは土曜日の午後、ベルファストに飛ぶようです。滞在先はヨーロッパ・ホテル、日曜日の夕方こちらに戻る」

「これは重要なことだと思うかね？」クインがディロンに訊く。

「どうですかね。ただの社用かもしれない。ただこの前ケイト・ラシッドと一緒にアイルランドに飛んだときは、ＩＲＡの跳ね上がり分子を雇うためだった。先回りしてベルファストへ飛んでどこへ行くか見てやるかな。よかったらベルファストの市内見物にご案内しますよ」

「お話が一区切りしたところで、ちょっといいですか？」と、ローパー。

「なんだい？」

「たまたまケイトの行き先を知ってるんです。単純な発想のようですが、彼らは向こうで会社の車を使うだろうと予想して、データベースを調べてみました。彼らが使うのはヘネシーという男が運転するヴォルヴォです。いつもそれを足にしています」

「きみは小賢《こざか》しいくそ野郎だ」

「いや、優秀なくそ野郎ですよ。去年、あなたとケイトはエイダン・ベルに会いにいった……それで思い出すのはドラムクリーという村です」

「おいおい、まさか……」

「ところが、そうなんです。ヘネシーは日曜日の朝九時三十分にヨーロッパ・ホテルへケイトとルパートを迎えにいって、ドラムクリーのパブ〈ロイヤル・ジョージ〉まで送り届ける。IRAの根城に〈王家《ロイヤル》の〉は変ですけどね」

「おれもダウン州出身だからわかるが、あそこの住民は歴史の記憶を大事にする連中でね（八〇一年、ジョージ三世治下でアイルランドはイギリスとの連合王国の一部になった）。ほかには？」

「もちろんあります。覚えてるでしょうが、ドラムクリーはエイダン・ベルが本拠地にしていた村で、あなたはあそこでエイダンと二人の部下、トニー・ブロスナンとジャック・オハラを殺した」

「正確にいうと、おれがエイダンとジャックを殺して、ビリー・ソルターがブロスナンを殺したんだ」

「じゃ、そのように訂正を。とにかく、アルスター警察とリズバーンにあるイギリス陸軍本部のシステムにアクセスしてみました。ドラムクリーの現況を調べてみるために」

黙っていたクインが口を開いた。「そんなことができるのか？」

「わたしにはなんでもできます」ローパーはにやりと笑った。「相手がホワイトハウスでもね」

「まあ、それはいい」と、ディロン。「で、ドラムクリーはどんな様子だ？」

「ああ、それはですね。リズバーンのデータによれば、仕切ってるのはバリー・キーナンという男です。知ってますか？」

「大昔に知ってたよ。エイダン・ベルの甥《おい》だ」

「部下が二人います。ショーン・ケイシーとフランク・ケリー。三人ともも暫定派は抜けて、〈真のIRA〉のメンバーです」

「バリーは爆弾闘争の第一人者だった。爆弾を扱う技術がずば抜けてる」ディロンはうなずいた。「女伯爵はまた始める気だ」

「何をだね？」クインが訊く。

「キーナンに得意技を披露させる——何かを吹き飛ばさせるんだ。その何かはありふれたものじゃない。もしそうならIRAの超一流の爆弾魔を起用するはずがないからね」

「何が標的かはどうすれば突き止められる？」

「女伯爵が前回の方法を踏襲する気なら、〈ロイヤル・ジョージ〉の小部屋でキーナンに会うはずだ。奥の客間みたいな部屋でね。バーでは話をしないはずだよ」ディロンはローパーに言った。「盗聴器が欲しいな。できれば録音できるやつ。その小部屋のどこかに仕掛けるんだ」

「仕掛ける時間はあるかね？」とクイン。

「女伯爵たちはきっと十一時ごろパブに着く。それより早いとは思えない。だからこっちが七時三十分に出発すれば、九時には着ける。パブでは朝食を出す。アイルランド風のありあわせの炒《いた》め物だ。それを食べながら、一人が隙を見て仕掛けにいくんだ」ディロンはローパーのほうを向いた。「だが、使える盗聴器は手に入るかな」

「普通のやつじゃだめですね。長時間話すかもしれません。でも、ちょうどいいものを持ってますよ。二時間録音できます」ローパーは小さな装置を持ちあげた。銀色で、掌《てのひら》くらいの大きさだ。

「どの時点から二時間だ？」と、ディロン。

「こっちのボタンを押してから」ローパーは赤いボタンのついた黒いプラスチックの箱を取り出した。「リモコンです。女伯爵がパブへ入ったらボタンを押す」

「じゃ、うまくいきそうだな」

「あとで装置を回収できればの話だが」クインが言う。

「それはなんとかなると期待しよう」

ディロンはそう応《こた》えて盗聴録音機とリモコンをポケットに入れた。ローパーが言う。「一つ気になるんですが、ディロン。あなたの顔はＩＲＡに知られている。ドラムクリーでも当然そうでしょう。前にも行ったことがありますからね」

「ああ、でもイギリス軍だっておれの顔を知ってたが、三十年間おれを捕まえられなかった」

ディロンはクインに顔を向けた。「おれは栄光ある大義に身を投じる前、役者をやってたんだ」そこで笑った。「一度、ベルファストのフォールズ・ロードを女ホームレスの恰好《かっこう》で歩いたことがあるが、誰も怪しまなかった。変装はお手のものだ」

「ガルフストリームで出かけますか？」ローパーが訊く。

「いや、おれが自分で操縦する」

ローパーは不審そうにディロンを見た。

「あとで説明するよ。さあ、行こう、上院議員」

メルセデスに乗りこむと、ディロンは言った。「ケント州のブランカスターに飛行クラブがある。そこにいいビーチクラフトがあるよ」

「それで問題はないのかな」と、クイン。

「ないさ。おれはいまでも政府の機関員だ」

「ファーガスンが今回の作戦を不承知でも？」

「それは心配いらない。あのじいさんはくだらないゲームをやってるんだ。あとで関与を否定できるように。おれたちに結果を出してもらいたがってるよ」

「それは間違いないのかね？」

「間違いない。さてと、ビーチクラフトの予約をするか」

ビーチクラフトを借りるのにはなんの問題もなかったが、利用できるのはディロンが期待していたよりも遅い、土曜日の正午過ぎだった。二人はカフェに寄って食事をし、そのあとクインはディロンをステイブル・ミューズにある家まで送っていった。ディロンはキッチンでブッシュミルズをグラスに注いで、テーブルについた。いよいよ事態は動きだしたようだ。ケイトが何を企《たくら》んでいるかはまだわからないが、待機期間は終わったらしい。ディロンはいい気分だった。が、一つ気になることがある。なんといっても、これから出かけるのはアイルランドだ。状況が手に負えなくなったとき、クインは必要な行動がとれるだろうか。ためらわず引き金を引けるだろうか？　これまでのところ、上院議員はよくやっているが、ごろつき二人をぶちのめすのと人を殺すのでは話が違う。ディロンはため息をついた。誰か掩護《えんご》要員が欲しい。となると候補は一人だけだ。

翌日、ディロンは車でパーク・プレイスへ行き、玄関に出てきたクインに言った。「これから友達に会いにいくから、一緒に来ないか。見聞を広められるよ」

ウォッピング地区へ出かけ、〈ダーク・マン〉の外に車を駐《と》めた。カウンターの中ではドーラがグラスを磨いていた。ハリーとビリーは姿が見えない。

「船にいるわ」ドーラが言った。

ディロンが先に立って埠頭《ふとう》を歩きだしたとき、雨が降りはじめた。「ハリーは手広く事業をやってて、川の遊覧船もその一つなんだが、小さめの船を改装して自分用に持ってる。リンダ・ジョーンズ号といって、ハリーの宝物でね。もうすぐ見えてくるよ」

テムズ河岸もこのあたりは心寂《うら》しく、不思議に人を魅する風情があった。朽ちかけた船が数隻、半ば沈んだ平底船が一隻。リンダ・ジョーンズ号はそれらの列の端にあり、道板が渡されている。バクスターとホールは船首でニス塗りをし、ハリーとビリーは船尾の庇《ひさし》の下でテーブルについていた。ハリーは新聞、ビリーは本を読んでいる。

「哲学の本か、ビリー？」

二人は顔をあげた。ハリーが言う。「おや、猫が何かを引いてきたな」

「ハリー、ビリー、友達を紹介するよ。ダニエル・クイン上院議員だ」

ハリーは眉《まゆ》をひそめ、腰をあげてクインと握手をした。「あんたのことは聞いてるよ、上院議員。まあ坐《すわ》って」ディロンのほうを向く。「ただ遊びにきたわけじゃないだろう、ディロン。どうしたんだ？」

「それはいま話すよ、ハリー。その前に――ビリー、キャビンに張った新しいパネルを見せてくれよ」

ハリーとクインを残して、ビリーとディロンはキャビンに入り、ドアを閉めた。ビリーが振り返った。「なんだい？」

「ケイト・ラシッドがベルファストへ行く。それでおれと上院議員であとをつけるつもりだ。上院議員が娘さんの復讐《ふくしゅう》をしたがってるんでね。ただ、一つ問題がある。彼はヴェトナム戦争の英雄だが、それはもうだいぶ昔の話だ。それと、出かける先では、おれは顔を知られてる。だから掩護要員が欲しいんだ」

「ああ、いいよ。どうせ退屈してたところだ。あんたと一緒だと、一分に一度笑えるからな。さっそくハリーに知らせてこようぜ」

話をすると、ハリーはすぐに応えた。「おれも行ったほうがいいんじゃないかな」

「いや、いいよ」と、ディロン。「運がよければ、ドラムクリーに入ってから出るまで一、二時間だ」

「それであの女の考えを探ろうってわけか」

「きっと特別なことなんだ」

「しかし、あの女に見られたらゲームは終わりだぞ、ディロン。そういや、上院議員も会ってるんだな」

「ビリーもね。だからビリーと上院議員は女伯爵と顔を合わせないようにしなくちゃいけない。でも、おれはべつだ。見てろ」

ディロンはキャビンに入ってドアを閉めた。ふたたびドアが開き、首を片側に軽く傾け、左腕をこわばらせ、両肩をがっくり落とした男がすり足で出てきた。顔はきゅっとゆがんでいる。全身のかもし出す雰囲気ががらりと変わっていた。

ハリーが坐ったまま身を引いた。「信じられん」

ディロンは身体をしゃんとさせてそっけなく言った。「そう、演劇界は貴重な人材を失ったよ。それはともかく、知っておいてほしいのは、今度の旅をファーガスンは許可してないってことだ。これはおれの独断専行。だからビリー、きみが何をするにせよ、おれ個人のためにやることになる」

「じゃ、道具はどうするんだ？　ベルファストへ武器は持っていけないだろう」と、ハリー。

「向こうにはまだ知り合いがいる。電話一本で調達できるよ」

「甥《おい》っ子を無事にここへ戻してくれよ。こんなことはいいたかないが、あんたと出会って以来、こいつはこの手の仕事《ヤマ》に味をしめちまった」

それを聞いて、四回刑務所に入ったことがあり、人を殺した経験もあるロンドンのギャングにして哲学書を愛読する男ビリー・ソルターは、冷たい笑みを浮かべた。

「ハイデガーの言葉を知ってるだろう。〝本当の意味で生きるには、決然として死と向き合うことが必要である〟」

「おまえ、頭がどうかしてるぞ」ハリーが言う。

「ま、土曜の夜には、ウォッピングの〈フランミンゴ・クラブ〉へ行くより、ベルファストへ行ったほうが、おれに必要なものが見つかりそうだとでもいっておくかな」

二十四時間後、ハリーが〈ブランカスター飛行クラブ〉までビリーを送ってきた。ジャガーを運転したのはジョー・バクスターだった。ビリーは黒革のボマー・ジャケットを着ている。バクスターがビリーの荷物を運んだ。ビリーは手すりに寄りかかって飛行機を眺め、独りごちた。

「どれに乗るのかな」

近くで小柄な男が手すりに寄りかかっていた。足もとにバッグを置き、ビリーと同じく黒革のボマージャケットを着て、鳥打ち帽をかぶり、サングラスをかけている。鳥打ち帽の下に覗《のぞ》いている髪は黒く、口髭《くちひげ》も黒い。

男はイギリス上流階級のアクセントで言った。「あれがきみの乗る飛行機だよ。ビーチクラフトだ。すばらしい飛行機だね。赤とクリーム色の配色が美しい」

「なるほどきれいな飛行機だな」ハリーが言った。

「気に入ってくれて嬉《うれ》しいよ」男は振り返り、やってきたダニエル・クインに声をかけた。「おはよう、上院議員。用意ができているなら、出かけようか」

ハリーが言った。「この目で見てなけりゃ信じないところだよ」

変装したディロンがバッグを取りあげた。「よし諸君、それでは出発だ」フェンスの切れ目のゲートから中に入り、先に立ってビーチクラフト機まで歩く。

ベルファスト郊外のオルダーグローヴ空港までの飛行は平穏無事だった。税関と保安検査場を通過すると、ディロンを先頭に長期駐車場に向かった。

「四ドアのショーグン(三菱パジェロの欧州での名前)、色は濃い緑だ」ディロンはほかの二人に車の特徴とナンバーを教えた。「この五階のどこかにあるはずなんだ」

見つけたのはビリーだった。ディロンが車体後部の底から磁石付きのキー・ボックスをとり、キーを出して後部ドアを開けた。床の揚げ蓋《ぶた》を開けると、中はいろいろな道具やがらくたを入れるスペースだ。そこにブリキの箱があり、蓋を開けるとワルサーPPKが三挺《ちょう》入っていた。それぞれにカーズウェル消音器と予備の弾倉が添えてある。また蓋に〝イギリス陸軍医療部隊〟と書かれた救急キットも入っていた。

ディロンは拳銃《けんじゅう》を一挺とり、ほかの二人に言った。「きみたちもどうぞ」

ビリーは掌《てのひら》で重みを楽しむ。「いい気分だね、上院議員」

クインは手にしたワルサーをじっと見つめた。「変な気分だ、ビリー。変な気分だよ」

「どこに泊まるんだい？」走りだした車の中でビリーが訊《き》いた。

「もちろんヨーロッパ・ホテルじゃない。少し離れたところにタウンリーといういいホテルがある。もしよかったら街を案内するよ。ただし上院議員、あんたはざっくばらんで正直なアメリカ人観光客ということで頼む。それからビリー、フォールズ・ロードを歩くときは口を閉じてろよ。イングランド人はあまり好かれてないからな」

「きみはカトリック地区に詳しいのかね？」と、クイン。

「とくに下水道にはね。遠い遠い昔、イギリス軍落下傘部隊と鬼ごっこをして遊んだんだ」

「ああ、また十八番が出たな」ビリーは言った。


ディロンはフォールズ・ロードに車を走らせた。裏通りの小さなレストランで食事をし、バーを二つはしごしてから、ツアーを始めた。

「これが有名なフォールズ・ロードか。ごく普通に見えるがね。どこの都市《まち》にもありそうな通りだ」

「ところが昔はずいぶん血が流れた」ディロンは言った。「IRA暫定派とイギリス軍が派手にやりあったんだ」しばらく黙ってからつけ加えた。「まあ、きつい毎日だったよ」

「きみはどうして暫定派に入ったんだ？」クインが訊いた。

ディロンは片手で煙草に火をつけただけで、何も答えない。ビリーが言った。「まあ、その話はいいよ、上院議員」

「しかし、なぜなんだ？」

ビリーはクインのほうへ身体を乗り出した。「ロンドンで役者をやってたら、ある日電話がかかってきて、お父さんが亡くなりましたといわれたんだ。イギリス軍とIRAの銃撃戦に巻きこまれたとね。それでどうしたか。故郷に帰って、父親を埋葬して、偉大なる大義に身を投じた。十九歳の若造はそういうことをするもんだ」

沈黙が流れたあとクインが言った。「気の毒に」だが、そこから話が進む前に、ディロンの暗号携帯電話が鳴った。

「誰だい？」

「ファーガスンだ。ベルファストへ行ったとローパーから聞いたが、おそらくおまえさんが話せといったのだろうな。いまどこにいる？」

「フォールズ・ロードだ」

「おまえさんらしいな。ともかく、女伯爵の目論見《もくろみ》がわかったらすぐ知らせてくれ」

「あれ、これはおれの単独行動だと思ってたよ。おれはもうあんたの部下じゃない。そういわれたような気がしたぜ」

「とぼけるな、ディロン。事情はわかっておるだろう」

「おれがもうあんたのために働きたくないといったら？」

「ばかなことをいうな。ほかに行き場所もないくせに」ファーガスンは電話を切った。

「誰だ？　ファーガスンか？」ビリーが訊く。

「またおれを抱えてくださるそうだ」

「食えないじじいだ」

「いまごろ気づいたのか、ビリー。さてと、これから本物のアイリッシュ・バーに案内するから復帰祝いに付き合ってくれ。あとは早めにおねんねだ」

　ドラムクリーはダウン州の典型的な海辺の村である。小さな港、灰色の石造りの家、漁船――それでほぼ全部だ。ディロンは車を〈ロイヤル・ジョージ〉の外に駐《と》めた。十八世紀の建物はきれいに改装され、看板のジョージ三世の肖像は最近塗り直されていた。

「腹がへったな」ディロンはそう言って車を降り、あとの二人も続いた。ディロンは肩越しに振り返ってクインに言った。「忘れないでくれ。あんたはアメリカ人観光客だ」

　店に入るとドアに取りつけられた鐘が鳴った。三人の若い男が窓際の席でたっぷりの朝食をとっていた。一人はリーファー・コート、あとの二人はアノラックを着ている。カウンターの中には誰もいない。

　ディロンはアメリカ南部の訛《なま》りで陽気に声をかけた。「やあ、あんたらが食べてるものは美《う》味《ま》そうだな。ここはどうやって注文すりゃいいんだ?」

　三人は話をやめた。赤い髪を短く刈りこんだいかつい顔の男が、小ばかにした顔でディロンたちを見た。

「あんたら観光客かい?」

「そうだよ」ディロンはクインを手で示す。「ここにいる友達の祖父《じい》さんはベルファスト生まれでね。ずっと昔、アメリカに渡ったんだ」

「じゃあ、この国を見るのは楽しいだろうな」赤毛の男は言った。「そのカウンターの鐘を鳴らしてみな」

　ディロンがそうすると、まもなくパブの店主が現われた。パトリック・マーフィという男で、ディロンはこの前来たときに顔を見ているが、マーフィのほうはすぐにはディロンがわからなかった。三人の客を見て驚いた様子だ。

「いらっしゃい」

「やあ、飲み物を頼むよ。たっぷり注いだブッシュミルズと、一パイントのギネス、それにオレンジ・ジュースだ」

顎《あご》の線に沿って鬚《ひげ》を生やした男が笑いだした。「いまの聞いたか？　オレンジ・ジュースだとよ」

ディロンはビリーの腕を手で押さえて三人を無視した。マーフィが飲み物をカウンターに置いた。「ほかに何か？」

「朝飯をもらおうかな」ディロンは答えた。「トイレはどこだい？」

「廊下に出たらわかります」

ディロンはちゃんと場所を知っていた。トイレは問題の小部屋の隣だ。だが、もちろん知らないことになっている。ディロンはカウンターからテーブルへ飲み物を運んできた。

「じゃ、トイレに行くが、きみたちは？」

「わたしはいい」と、クイン。

ディロンは廊下に出て、男性用トイレの前で足をとめた。厨房《ちゅうぼう》で音がしている。隣の小部屋のドアを開けて中に入った。暖炉で火が燃え、そのそばにコーヒー・テーブルを囲む形で椅子が並べてある。室内がきちんと整い、家具の磨き粉の匂いを立てているところから、店主が念入りに掃除をして片づけたのがわかった。暖炉のそばの窓敷居には本が並べてある。ディロンは本のうしろに盗聴録音機を隠して部屋を出た。

朝食の味はよく、ディロンは芝居を続けた。「いやあ、こいつは美味い」

「まったくだね」とクインは応じる。「ここへ寄ってよかったよ」

マーフィが紅茶の大きなポットとミルク、それにカップを三つ持ってきた。ディロンは言った。「これはすばらしい。ところで、この辺には何か見るものはあるかな？　丘の上の古い城か何か」

「とくになんにもないですがね」と、マーフィ。「ここから半マイルほど行くと、ドラムクリー・ハウスというのがありますよ。〈ナショナル・トラスト〉の史跡に指定されてましてね。十時から開きます。まあ、そういうのがお好きな人には面白いでしょうな」

「そうか、ありがとう。ここは昼もやってるのかな」

「ええ」

「じゃ、ちょっと見物をしてからまた来よう」

窓際でまたひそひそ話していた三人が腰をあげた。顎鬚の男がカウンターで代金を払い、あとの二人を追って店を出た。

クインが言った。「愛想の悪い連中だったな」

「当然さ。このあたりじゃよそ者を警戒する。だからアメリカ人観光客のふりが大事なんだ。さあ、勘定をすませて観光ごっこをやろう」

三人は見るものもない村を見てまわった。いったんショーグンに戻って双眼鏡を出し、桟橋の端まで行って、交代で外海に船を探す。それから丘にあがって城まで行った。景色はいいが何もないところだった。だが、しばらくすると、眼下の道路に待ちかねたヴォルヴォが現われ、村に入ってパブの前で停止した。

「来たぞ。予定どおりの到着だ」ディロンは言った。ヘネシーがドアを開けて、ケイト・ラシッドが降り、ルパートがあとに続いた。

「で、どうする？」ビリーが訊く。

「まあ待て。まだキーナンの姿が見えない」だが、まもなくフォードの木製ボディのステーションワゴンが脇道から出てきて、ヴォルヴォのうしろに停まった。ディロンは双眼鏡を覗《のぞ》いた。

「よし、バリー・キーナンと、ショーン・ケイシー、フランク・ケリーのお出ましだ」

三人がパブに入ると、ビリーが訊いた。「さあ、どうする？」

「まだしばらくいるだろうから、ここでじっと待ってるのもばかげてる。一時間ほどドライブして、ドラムクリー・ハウスとやらも覗いてみよう。それからまたここへ戻ってくるんだ」

バリー・キーナンは学者然とした男だ。中背の身体をツイードのスーツに包み、黒い髪には白いものが混じっている。だが、彼は大勢の人間の死に責任のある男である。ケイシーとケリーは典型的なIRAの兵卒で、さっきまで建設現場か農場にいたといった感じだ。

ケイトとルパートはすでにマーフィに小部屋へ案内されており、そこへ三人が入っていった。表ではディロンたちがショーグンのほうへ歩いてくる。ディロンがリモコンのボタンを押すと、小さな赤いライトがともった。

「いよいよ始まるぞ」ディロンはにやりと笑い、運転席のドアを開けた。「さあ行こう」

「お会いできて光栄だ」キーナンはケイトに言った。「なんとお呼びすればいいのかな」

「女伯爵と呼んでちょうだい」

「では女伯爵、そちらの人は？」

「親類のルパート・ダーンシーよ」

「なるほど。それじゃ、さっそく本題に入ろうか。わたしに何をさせたいのかな」

「コラムからはどう聞いてるの？」

「爆弾の専門家が必要で、仕事の場所はハザール。あとは報酬が莫大《ばくだい》ということしか彼は知らなかったね」

「彼のいうとおりよ」ケイトは持参したブリーフケースをコーヒー・テーブルの上で押し出した。「二万ポンド。これはこちらの誠意のしるし」

キーナンがブリーフケースを開けると、札束が現われた。「こいつはすげえ」と感嘆の声をあげたのはショーン・ケイシーで、キーナンは感情を表わすことなくケースを閉じた。

「報酬百万ポンドのうちの前金よ」

ケリーとケイシーは目をむいて顔を見合わせた。キーナンが言う。「それだけの報酬で何をしろと？」

「橋を爆破してほしいの」

「ハザールで？」

「いいえ、〈虚無の地域〉で。ハザールの北に広がる砂漠よ。領有権に争いがある地域だから、かりに捕まっても法の裁きを受けることはない。だからある種の活動が……比較的簡単にできるわけ」

「その地域のことは知ってる。去年、あなたとあなたのお兄さんが、わたしの伯父《おじ》のエイダン・ベルを雇って何人かの人間を爆殺させようとした。ところが失敗して、連れていった二人の男は殺された。殺した人間も知っている。ショーン・ディロンとあのファーガスンのくそじじいだ」

ケリーが言った。「裏切り者のショーンめ、イギリス側に寝返りやがって」

「ところで、ここしばらくエイダン伯父から連絡がないんだが、どうしてるか知ってるかね？」とキーナン。

「彼は死んだわ、ミスタ・キーナン。ディロンに撃ち殺されたのよ」

「けど、それならそういう話を聞くはずだが」と、ケリー。

「ファーガスンが事後処理班に処理させたの。記録に残さず火葬にして。連中がよくやってることよ」

キーナンは冷静だったが、皮膚が頬骨の上でぴんと張りつめ、目が暗い炎を燃やしていた。

「ほかにもいい知らせはあるかな」

「ディロンのことで？」ケイトはうなずいた。「あの男はわたしの兄を三人とも殺したわ」

長い沈黙が流れた。「で、この一件にもからんでくるかね？」

「そういう話は聞いてないけど。それが何か関係あるのかしら？」

キーナンは首を振った。「あの男とはあとで決着をつけるよ。その橋の爆破が終わったらね。

話を詳しく聞かせてくれ」

ケイトはブリーフケースを開けて、蓋《ふた》の裏側のポケットからファイルを取り出した。「全部これに載ってるわ。橋の写真、具体的な指示、何もかも」

「それはあとで見る。まず話してくれ」

「バクの橋は深さ五百フィートの谷にかかっていて、長さは四百ヤード。第二次世界大戦中に軍事目的で造られたけど、結局は使われなかった。橋には鉄道の線路が一本通っている。列車はインド製でとても古いの。いまでも蒸気機関車で引っぱってるわ」

「ほかには？」

「線路に沿ってパイプラインが走ってる。南アラビアの油田から海岸部まで原油を輸送するためのものよ。輸送パイプはうちの会社が所有している。それをアメリカとロシアの企業に貸しているけど、ようするにわたしのパイプなの。橋と一緒にそれが爆破されたら、世界の原油市場は大混乱に陥るわ。世界の原油生産量の三分の一が失われるわけだから。専門家に調査させたけど、ほかの油田でその分を取り戻すのに二年かかるそうよ」

「なぜ自分の会社の輸送パイプを爆破するのかね？」

「いったでしょ。世界を大混乱に陥れたいのよ。いい、ミスタ・キーナン、わたしには嫌というほどお金があるの。わたしにないのは母と三人の兄。それはディロンやファーガスンのせいでもあるけど、とくにわたしが一番の責任者だと思っているのは、アメリカ大統領なのよ。わたしは彼に復讐《ふくしゅう》したい。暗殺がむりなら、アメリカを未曾有《みぞう》の大恐慌に陥れてやる。キャザレット政権はつぶれて、歴史はあの男を史上最低の大統領と記録する。それはキャザレットのような男にとっては、死より悲惨なことのはずよ。これはきっとうまくいく。どう、やってくれる？」

キーナンはひゅうと口笛を吹いた。「あなたの機嫌を損ねるのはまずいようだな。わかった、やろう」

ケリーが口をはさむ。「いいのか、バリー？ こいつはどえらい仕事だぜ」

「われわれはいつからどえらい仕事を怖がるようになったのかな？ われわれも暫定派のように婆さんどもの集まりで、和平を望んでるのか？」

「これは急いでほしいの。明日の朝九時に、ダブリン空港へ来られる？ うちの飛行機でまっすぐハザールまで送り届けるわ」

「なんと、それはまた急な話だな」

「迅速な仕事がわたしのモットーなの。オマーンのアル・ムカリにあるうちの貨物基地から、もうすぐ列車が〈虚無の地域〉に向かって出発するけど、バク橋はその途中にあるわ。列車にはアメリカの油田で試掘に使う高性能爆薬が四十トン積んである」

「それは派手な爆発になるな」と、キーナン。「列車が橋を渡るときに、セムテックスで点火してやればいいわけだ。列車はいつ出発する？」

「今日から三日後、つまり七日よ。ハザールの町での準備期間は二日間。準備ができたらヘリでアル・ムカリまで連れていくから、そこで列車に乗りこむ。出発は朝の四時。バクに着くまで四時間あるから、必要な作業をしてちょうだい。ほかには機関士と機関助士が機関車に乗って、一番うしろの車輛《しゃりょう》には警備員が一人乗る。バクでの仕事が終わったら、ヘリで迎えにいくから」

「いいだろう。ファイルを読んで必要なもののリストを作っておくよ」キーナンは二人の部下に顔を向けた。「じゃ、明日の朝、ダブリン空港だ」

ケイトとキーナンは腰をあげた。「わたしたちは今日の午後にオルダーグローヴ空港を発《た》って、給油をすませたらすぐハザールへ飛ぶの。だから向こうで待ってるわ。わたしの暗号携帯電話の番号はファイルに書いてあるから」

「じつに胸が躍る会見だったよ、女伯爵。それじゃ、明日」

パブの外で、キーナンと二人の部下はヴォルヴォが走り去るのを見送った。ケイシーが言った。「あの女、いい身体してんな。一発やりてえぜ」

「おまえの欠点はなんだか知ってるか、ショーン？」キーナンは言った。「立派なレディに会ってもそれとわからないことだ」左の膝《ひざ》を蹴《け》った。「さあ、仕事の話をしよう」

14

車が二台とも走り去ると、ディロンたちはパブに戻った。「それじゃ、一杯飲んでいこう」ディロンは言った。

四人の老人が、隅の席でギネスを飲みながら談笑していた。朝いた若い男たちのうち、赤毛の男だけが窓際の席に坐《すわ》り、やはりギネスを飲みながら新聞を読んでいる。

マーフィはカウンターの中にいた。「なんにしましょう？」

「さっきと同じだ」ディロンは答えた。「すぐ戻ってくる」

廊下に出て、小部屋のドアを開けて中に入ると、数秒でふたたび出てきた。店に戻ってほかの二人と同じテーブルにつくと、まもなく飲み物が運ばれてきた。

「お食事はなさいますか？」

「いや、いい」と、ディロン。「ベルファストに戻ることにした」

赤毛の男がギネスを飲み干して出ていった。クインが訊く。「録音機は回収したか？」

「ああ、大丈夫だ」

「よし、それじゃ車の中で聞こう」

「運がよければ聞けるかな」と、ディロン。

ビリーが訊《き》いた。「どういう意味だい？」

「いつでも銃を抜けるようにしておいてくれという意味さ。あんたもだ、上院議員。さあ、飲むものを飲んで出かけよう」

ディロンはマーフィに代金を払った。「どうもごちそうさま。またいつか来るよ」

ショーグンの運転席についたディロンに、ビリーが訊いた。「なんで一騒動あると思うんだ？」

「朝の三人組のことで悪い予感がするんだ。思い過ごしかもしれないが、前にもいったとおり、ここは危ない土地だからな」

ビリーは助手席、クインは後部座席に坐っていた。「で、どうする？」と、クイン。

「停められたら、おれは両手をハンドルにかけたままにして向こうを安心させる。あんたとビリーは上着の下で銃を握ってくれ。そして車をはさんでやつらがいるのと反対側に降りるんだ」

後方から黒いフォードが現われた。運転しているのは赤毛の男だ。

「なぜおれの考えはいつも正しいんだ？」ディロンは言った。

そのとき、農道から赤いトヨタが飛び出してきて、前方をふさいだ。ディロンはわざとすぐ手前まで近づいて急ブレーキをかけた。トヨタから顎鬚《あごひげ》の男が降りてくる。助手席に乗っているリーファー・コートの男が三八口径スミス・アンド・ウェッスンを出した。

「何か用かな？」ディロンは訊いた。

「ああ、ポケットを引っくり返して財布を出してもらおうか。ここは〈真のＩＲＡ〉の郷《くに》だ、おっさん。おれたちは熱心な活動家だ。日頃から資金集めに心を砕いてるんだよ」

「しかし、ただの強盗のように聞こえるがね」と、ディロン。

「そのとおりさ。車から降りろ」

赤毛の男がフォードから降りて、ポケットから古いウェブリーの回転式拳銃《けんじゅう》を出した。「早く降りるんだ」

ビリーとクインが外に出た。片手を上着の内側に入れている。「両手を出せ」顎鬚の男が怒鳴った。

「いまだ」ディロンが叫び、ズボンの背中側に挿したワルサーを抜いて、顎鬚の男の耳たぶに銃口をつけて発砲した。

ビリーもさっと腕を伸ばし、リーファー・コートの男の左手を撃ち抜いた。男は叫び声をあげてスミス・アンド・ウェッスンを落とす。赤毛の男は衝撃を受け、クインの突きつけるワルサーに動きを封じられた。うしろにさがりながら銃をおろす。クインはなぜか身体が固まったようになり、手が震えた。赤毛の男がそれを好機と見て、さっと銃をあげて撃つと、弾はクインの右肩に命中した。クインがよろめく。ビリーが身体をひねってワルサーを突き出し、赤毛の男の右の腿《もも》を撃つと、男はうしろ向きに倒れた。

ディロンは運転席から降りて車をまわりこみ、クインを抱きかかえた。地面に落ちているワルサーを拾いあげ、自分のポケットに入れる。「運転してくれ、ビリー。おれは上院議員の手当てをする」

ショーグンの後部ドアを開けて、クインを乗せ、救急キットをとってクインの脇へ置いた。クインは右肩を押さえている。

ディロンは顎鬚の男のそばにしゃがんだ。男はハンカチで耳を押さえて、激痛に顔をゆがめていた。

「あんたらは医者に診てもらったほうがいいようだな」ディロンは依然としてアメリカ南部人のふりを続けた。「アルスター警察を呼んでもいいが、あんたらはあまり嬉《うれ》しくないだろう」

ディロンはショーグンの後部座席に乗りこんだ。「出してくれ、ビリー。どんどん走るんだ」

クインの上着を脱がせ、シャツのボタンをはずして右肩を出し、傷を調べる。「どんな感じだ？」クインが訊いた。

「弾はまだ中だ。貫通してない。心配いらないよ、この救急キットには弾傷の手当てに必要なものも入ってるからな」

「必要なものは医者だろう」ビリーが言う。

「いや、北アイルランドからすぐ出ていくことだ」

ディロンは箱から外科用メスを出し、シャツの袖《そで》を切り取った。傷口からの出血は意外に少ない。抗生物質のアンプルを出して注射し、次にモルヒネのアンプルも注射する。それから野戦用のドレッシング・パッドをあて、包帯でしっかりと固定した。

袖を切られたシャツをすっかり脱がせ、座席のうしろからクインのスーツケースをとる。ホテルをチェックアウトしていたのは幸いだった。スーツケースからチェックのフランネルのシャツを出して着るのを手伝った。

クインがシャツを着終えると、スリングを出して右腕を吊《つ》ってやり、上着を着せた。肩の穴はほとんど目につかないし、飛行機に乗るときはレインコートを羽織ればいい。

ディロンはクインを座席の隅へそっと移動させた。「これでどうだい、上院議員？」

「きみたちをがっかりさせてしまったな」クインは言った。「自分でも信じられないが、引き金を引けなかった。わけがわからない——このわたしがだ」

「前にもいったように、ヴェトナムはもう遠い昔だ。気にしないことだよ」

ディロンは暗号携帯電話を出してファーガスンに連絡を入れた。「ちょっと残念なご報告だ」

「話してみたまえ」ディロンが事実だけを報告すると、ファーガスンは言った。「わしに何をしてほしいのかね？」

「オルダーグローヴからすぐ出発できるよう手をまわしてくれ。あと一時間くらいで空港に着く。飛行機はブランカスターから飛んだビーチクラフトをおれの名前で届けてある。ブランカスターまで二時間くらいだから、三時間以内に向こうに車を送りこんでおいてほしい。上院議員をローズディーンへ連れていくから。あと、ヘンリー・ベラミーに電話しておいてくれるとありがたいな」

「手配ができたら電話する」

クインが訊いた。「ローズディーンとはなんだね？」

「おれたちがいつも使う特別の診療所だ」

「ヘンリー・ベラミーというのは？」

「ガイズ病院の外科医さ。ロンドン一の外科医だという向きも多い」

クインは目を閉じ、またすぐに開いた。「録音テープはどうする？」

「ああ、そうだった。聞いてみよう」

装置のスイッチを入れると声が明瞭《めいりょう》に流れ出た。〝お会いできて光栄だ。なんとお呼びすればいいのかな〟

盗聴テープを聞き終えると、クインは言った。「あの女はいかれてるな」

「まったくどうかしちまってるんだぜ、これは」と、ビリー。

ディロンはうなずいた。「彼女は以前からそんな感じだったよ」暗号携帯電話が鳴った。ファーガスンからだった。「すぐ出発できるようにしておいた。ブランカスターでは救急車を待機させておく。ヘンリー・ベラミーにも連絡しておいた。上院議員は飛行機に乗って大丈夫だろうな？」

「大丈夫なはずだよ。ベルファストのロイヤル・ヴィクトリア病院へ連れていったらアルスター警察に連絡が行く。それはまずいんじゃないか？　おれはまずいと思うし、ドラムクリーの道端に残してきたごろつき三人組も同じ意見じゃないかな」

「わかった。大丈夫だと信じるとしよう。それで、ケイト・ラシッドがバリー・キーナンと会ったそうだが、どうして会うとわかった？」

「ローパーの熟練の技のおかげさ。細かい話であんたを退屈させる気はないがね。ようするにおれはケイトがドラムクリーの〈ロイヤル・ジョージ〉へ行くことを知った。ローパーによれば会う相手は〈真のIRA〉のキーナンだ。キーナンはどういう人物として有名か？　テロ業界屈指の爆弾製造人としてだ。となるとケイトがまた前と同じような悪さを企《たくら》んでいると見るのが論理的だ」

「実際、そうなのか？」

「そうらしい。〈ロイヤル・ジョージ〉の奥の部屋に盗聴録音機を仕掛けて、あとで回収したんだ。会話は全部録音されてる。そろそろ切るよ。もうオルダーグローヴだ」

「ケイトの標的だけ教えてくれ」

「〈虚無の地域〉のバク橋だ。深い谷間にかかってる。そこを古い蒸気機関車が走る線路と石油のパイプラインが敷設されてるんだ。キーナンはその橋を爆破することになった」

　ファーガスンは衝撃を受けた声で言った。「とんでもないことだ。世界の石油市場が大混乱に陥る」

「それが狙いだと思うよ、チャールズ」

フライトは順調だった。クインはモルヒネのおかげでほとんど眠っており、無事にブランカスターに着いた。ディロンとビリーも救急車に同乗し、ローズディーン診療所へ行った。待合室でベラミー教授が紅茶を飲みながら、看護師の制服を着た愛想のいい中年女性と一緒に待っていた。ディロンはすでに口髭《くちひげ》とサングラスをとっている。

看護師はディロンの頬にキスをして、アルスター訛《なま》りで言った。「髪の毛をみっともない色にして。また楽しい遊びをしてきたのね」

「そういうことだ、マーサ」二人の看護助手が車輪付きの寝台を押してきた。「よろしくお願いしますよ、教授」ディロンはベラミーに言った。「何しろ議会名誉勲章をもらった人ですからね。四時間ほど前に、右の肩に弾傷を受けてます」

「どういう応急手当てをしたかね？」との問いにディロンが答えると、ベラミーはうなずいた。「手術室へ連れていって準備をしてくれないか、看護師長。きみときみの友達はあとでまた様子を見にきたまえ」ベラミーはにやりと笑った。「頼むから、ディロン、その毛染め剤をシャンプーで落としてくれ」

ディロンとビリーはタクシーに乗り、ステイブル・ミューズに向かった。ビリーが言った。

「じゃ、あの女の企みを阻止するんだな？」

「そういうことになる」

「つまり、おれたちは、だろ？」

「それもイエスだ。きみにやる気があればだが」

「あるさ。わかってるだろ、ディロン。でもハリーにはぎりぎりまでいわないでおくよ。心配するだけだから。で、それはいつになる？」

「女伯爵はキーナンたちに、明日の朝ダブリンへ行くようにいった。そして爆破は三日後だ」

ビリーはうなずいた。「よし。おれはやるよ」

タクシーはステイブル・ミューズに着き、ディロンはバッグを持って降りた。「それと、ビリー」声を忍ばせて言う。「今日、銃で人を撃ったこともハリーにはいわないほうがいいぞ。きみのいうとおり、心配するだけだ」

「どうせわかるけどね」ビリーは憂鬱《ゆううつ》そうに言って、タクシーで走り去った。

数分後、ディロンがシャワーを浴びて髪をごしごしすると、黒い染料が流れ落ちた。髪が完全なブロンドに戻ると、シャワー室を出て身体を拭《ふ》いた。

黒いコーデュロイのズボンと黒いアルマーニの上着を着て、その上に古いフライト・ジャケットを羽織る。それから鏡の前で髪をとかし、身だしなみを点検した。

「悪くないよ」と低く呟《つぶや》く。そこへ暗号携帯電話が鳴った。

ファーガスンが言った。「いまどこだ？」

「ステイブル・ミューズ。これからそっちへ行く」

「ローパーのところへ行け。そこで会おう。バク橋とやらのことを調べるよう頼んだのだ。盗聴録音機を忘れんようにな」

ディロンはその装置をポケットに入れ、コテージを出ると、通りのはずれでタクシーを拾った。

ローパーはコンピューターに向かっていた。ファーガスンはまだ来ていないようだ。ローパーはキーを叩《たた》き、大量のデータをダウンロードしていたが、手をとめて振り返り、ディロンを見た。

「なんだか潑剌《はつらつ》としてますね。熱血的な行動が身体に合ってるんでしょうね。撃ち合いのことは少将から聞きました。上院議員の具合はどうです？」

「いまローズディーンでベラミー教授に治療してもらってるよ。右肩に弾が入ってる。古風な三八口径ウェブリーで撃たれたんだ」

「ウェブリー？　よっぽど武器がないと見えますね。上院議員はなぜ不覚を？」

「連中と向き合ったときに身体が凍りついてしまった。相手を撃てばよかったんだが、引き金が引けなかった。かわりにビリーが撃ったんだ」

「ちょっと落ちこんでるでしょうね」

「まあね。そう難しい状況じゃなかったから余計にね。相手は三人だが、たいした連中じゃなかった。ビリーが二人片づけて、おれが一人引き受けた。アマチュアだ。殺さないで地面に転がしてきたよ」

「じゃ、成功だったんですね」

ディロンは盗聴録音機を取り出した。「きみのおかげだ。キーナンとケイトの会話が全部とれた」

「それは早く聞きたい。ファーガスンから標的を教えられて、ハザールと〈虚無の地域〉で〈ラシッド投資会社〉が展開しているプロジェクトのことを調べてみました」

そのときチャイムが鳴ったので、ローパーは開錠スイッチを押した。まもなくファーガスンとバーンスタインが入ってきた。「ああ、もう来ていたか」

「やあ」ディロンはバーンスタインに笑いかけ、頬にキスをした。「きみに神の祝福あれ、ハンナ」

「また戦争にいってきたのね、ショーン」

「ちゃんとした目的があってね」ディロンは盗聴録音機を掲げる。「聞きたいかい、少将？」

「もちろんだ」ファーガスンは椅子に腰かけ、ディロンはスイッチを入れた。

聞いたあとでファーガスンが言った。「思ったより深刻な事態だな。いったいこれにどう対応する？」

「彼女に電話してみたらどうだい」ディロンは陽気に言った。「〝やあ、女伯爵、きみとＩＲＡの悪名高い爆弾魔のおしゃべりをテープで聞いたよ。きみの目論見《もくろみ》は知っておるぞ〟」

「でも、彼女の目論見ってなんなんです？」と、ローパー。「自分の会社が所有してる橋を爆薬で吹き飛ばす？　どこの国も法的に介入できない場所で？　ところで彼女は、鉄道の線路とインド製の古い蒸気機関車も所有してるんです。線路は〈虚無の地域〉からオマーンの沿岸部までずっと。石油のパイプラインも彼女のものです」

ファーガスンはバーンスタインを見た。「それを爆破すると、法的にはどうなるかね、警視？」

「たいして問題になりませんね。かりに〈虚無の地域〉での出来事に法が適用されるとしても」

「そういえば、少将」ディロンは言った。「やっぱり電話はできないようだよ。女伯爵はいまハザールに向かってる。キーナンたちは明日向こうに着く。爆破の実行日は七日。いまからじゃSASや海兵隊を送りこむのはむりだな」

「では、解決法は？」

「ちょっと待ってくれ」ディロンはローパーのほうを向いた。「ダウンロードした橋とその周辺の地図を見せてくれないか」

「いま画面に出します」

ディロンは画面を見て、バク橋の南十五マイルの地点を指さした。「五番タンク。なんだこれは？　ここに小さなマークがついてるが」

「走ってるのは蒸気機関車ですからね。大量の水が必要なんです。だから途中で給水をする。この地図で見ると、ここはかなり急な上り勾配《こうばい》ですね」

「そこだ」ディロンはうなずいた。「列車に乗りこむのに打ってつけの地点だ」

「誰が乗りこむのかね？」と、ファーガスン。

「おれさ。解決法はそれしかない。五番タンクの地点で列車に乗りこんで、キーナンと二人の部下を始末する」

「一人でか？　それはばかげておる」

「いや、ビリーがもう手をあげてくれてるよ。もちろん、あんたにも一働きしてもらう。レイシーとパリーに飛行機をハザールまで飛ばすよう命令してくれ」

「でも、ディロン」と、ローパー。「五番タンクまではどうやって行くんです？　あのあたり一帯はラシッド族の縄張りですよ。山羊《やぎ》飼いとか、隊商とか、大勢いるはずです」

「ビリーとおれは朝早く、まだ薄暗いうちにパラシュートで降下する。前にもやったことがあるんだ」

「ショーン、ほんとにそれで大丈夫？」と、バーンスタイン。

「ほかの手を考えてる暇はないと思うよ。そこで頼みたいんだが、レイシーとパリーのほか、ファーリー・フィールドの補給部に事情を話して、必要な装備をそろえさせてほしい」

バーンスタインはファーガスンのほうを向く。「少将？」

ファーガスンは深呼吸を一つした。「手配したまえ、警視」

「すばらしい」と、ディロン。「それともう一つ。トニー・ヴィリアーズに連絡してくれ。彼からの情報もぜひ欲しい。じゃ、おれは帰って荷造りする」ローパーににやりと笑いかけた。

「用があるときは電話するよ」

ファーガスンが言った。「わしの車で送っていこう」二人は部屋を出、バーンスタインもあとに続いた。

ウォッピング地区の〈ダーク・マン〉で、ビリーがボックス席に坐《すわ》っていると、携帯電話が鳴った。ディロンからだった。「聞いてくれ」話が終わると、「どうだ、いくか？」

「しゃべってる暇はないよ、ディロン。荷物を詰めなきゃ。ファーリーで会おうぜ」

ハリーが言った。「ファーリー？　荷物？　いったい何事だ？」

ビリーは打ち明けた。

ハザールでは、ヴィリアーズが五台のランド・ローヴァーで移動する十九人の隊員とともに野営をしていた。場所はエル・ハジズのオアシスで、ボビー・ホークが殺されたところである。境界はほんの一マイル先で、ヴィリアーズはどうあっても夜陰に乗じてそこを越えて、ファドへ行くつもりでいた。隊長補佐として有能だとわかったアフメドが、一緒に行くと言っている。目的はファドに貯蔵されている武器弾薬をセムテックスで吹き飛ばすことだ。

暗号携帯電話が鳴った。ファーガスンからだ。「少将、なんのご用です？」

「聞いてくれ」ファーガスンはそう前置きして一連の事実を話した。

「それで、わたしに何をしろと？」

「何か情報があれば教えてほしい。しかし、きみは驚いておらんようだな」

「ケイト・ラシッドが何を考えようともう驚きませんよ。情報ですが、五番タンクのところへパラシュートで降りるというディロンの案は筋が通ってますね。彼とビリーは前にも同じようなことをやっているし。ただ、キーナンたちを始末して陰謀を阻止したとして、あとにまだ問題が残ってますよ」

「どういう問題かね？」

「どうやって無事にここを脱出するか。ここはあなた方に敵対的な土地です。ケイトを頭《かしら》にいただくラシッド族の土地ですからね。彼女はたぶんキーナンたちを迎えにヘリでここへ来るはずです」

「何か名案はあるかな？」

「わたしもディロンやビリーと一緒に行くべきでしょうね。お電話をいただいてちょうどよかったですよ」

「なぜだね？」

「今夜、隊長補佐と二人でファドへ行ってやろうと思ってたところなんです。武器弾薬を爆破しにね。でも、橋の件があるのならむりでしょう。すぐケイトに連絡が行きますからね」

「そうだな」

「女伯爵の動きを探ってみますよ。もう一つ問題があるとすれば、ディロンとソルターはこの前のことで面《めん》が割れてますから、ケイトのところへ報告が行くかもしれないことです。まあ、彼女はもう砂漠の奥へ入ってるかもしれませんが。何かわかったら知らせます」

「女伯爵がまだ砂漠に出かけていなかったら？」

「いま、こちらの飛行場にはイギリス空軍の駐屯地があります。だから空軍のマークがついた飛行機で来てください。乗組員は空軍の制服でお願いします。ディロンとビリーはわたしが迎えにいきます。アラブの衣とターバンを用意しておきますよ。それを着れば斥候隊員に見えるでしょう。あなたも来るんですか？」

「それは考えていなかった」

「あなた用の大きな衣も用意しておきますよ。じゃ、またあとで、少将」

ディロンはファーリー・フィールド基地に着いた。駐機場を移動中のガルフストリーム機にイギリス空軍のマークがついているのに気づく。エンジンが停止し、ドアが開かれ、ステップがおろされた。降りてきた制服姿の空軍曹長は、パウンドといって、ディロンのよく知っている男だった。

「ミスタ・ディロン。また外国へ行かれるそうですね」

「かなり暑いところへね」次に降りてきたレイシーも制服姿だった。「ぱりっとしてるじゃないか」ディロンは声をかけた。「空軍十字章の略綬《りゃくじゅ》をつけたところは初めて見たよ」

「今回のハザール行きは公式任務の体裁をとると少将からいわれました。あなたとビリーはこっそり旅をすることになります。向こうでヴィリアーズ大佐が斥候隊の扮装《ふんそう》をさせてくれるそうです」

「ミスタ・ディロン」声がしたので振り返ると、管理区域の入り口近くに補給部の将校が立っていた。「装備の用意ができています」

ディロンがあとからついていくと、作業台の上に各種の装備が並べてあった。消音器付きのAK47が二挺《ちょう》、カーズウェル消音器付きのブローニングが二挺、チタニウム製の防弾チョッキが二つ。そしてもちろん、パラシュートが二人分だ。

「ほかに必要なものはありますか？」補給部の将校が訊《き》く。

「いや、これだけあれば第三次世界大戦を始められるだろう」

補給部の将校が声をあげた。「曹長、手伝ってくれ」

パウンドがやってきて、将校と二人で空軍の大型バッグ二つに装備を入れ、飛行機に運んでいった。ディロンは煙草に火をつけて飛行機のステップのほうへ歩きだした。ダイムラーがやってきて、ファーガスンが降り立った。運転手がスーツバッグを手に降りてくる。

「それを飛行機に積んできてくれ」ファーガスンは運転手に言った。

「どうしたんだい？」ディロンが訊く。

「わしも行く。議論はなしだ」

「ベドウィンの衣が似合いそうだな」

そのとき、ハリー・ソルターのジャガーが近づいてきた。運転しているのはバクスターだ。ハリーとビリーが降り、バクスターはトランクを開けて二つのバッグを出した。

ハリーが言った。「いいか、ディロン。ビリーが行くならおれも行くぞ」

ディロンはファーガスンを見てにやりと笑った。「議論はなし、か？」

「ああ、乗るといい。さっさと出かけよう」

一同はステップをのぼって客室に落ち着いた。レイシーとパリーはもう操縦席についている。パウンドがドアを閉めてロックした。エンジンがかかってガルフストリーム機が動きだし、向きを変え、離陸した。ぐんぐん上昇して高度五万フィートで水平飛行に移った。

「トニーと話したよ」ファーガスンはヴィリアーズの言葉を伝えた。

「彼が加わってくれるのはありがたい」ディロンは煙草に火をつけた。「上院議員はどうしてる？」

「大丈夫だ。死ぬことはない。ただ、ベラミーはしばらく静養したほうがいいといっておる。ああ、それからホワイトハウスにも連絡した。大統領はアルゼンチンを訪問中だからブレイクと話した。クインの怪我と、ケイト・ラシッドの陰謀のことを聞いてショックを受けていた」

「で、なんといってた?」

「大統領に知らせておくと」

「ほんとにショックを受けたのかね」

「ディロンとビリーに思いきり暴れてもらいたいと、そういっておったよ」

ディロンはビリーに顔を向けた。「光栄だね。おれときみでまた暴れるわけだ」

「自由な世界を守るためにね」と、ビリー。「でも、なぜいつもおれたちなんだ?」

「あまりにもそれが得意だからさ。それが問題だ」ディロンはパウンド曹長を呼んだ。「ブッシュミルズを一杯くれ」

ハザール

15

〈ラシッド投資会社〉の飛行機がハザール郊外の飛行場に着陸したとき、滑走路の端にスコーピオン・ヘリコプターが待機していて、そばにベン・カーヴァーが立っていた。ケイト、ルパート、それに三人のアイルランド人がヘリコプターに乗りこみ、二人のポーターが荷物を積み換えた。数分後、スコーピオンは浮上し、一時間後の陽が暮れかかるころ、ファドの飛行場に降り立った。

例によってベドウィンの女や子供、それに数人の訓練生が何ごとかと駆け寄ってきた。コラム・マッギーがやってきて五人を出迎える。マッギーはバリー・キーナンと握手をした。

「久しぶりだな、バリー」

「ああ、まったくだ」

マッギーはケイシーとケリーにうなずきかけた。「やれやれ、おまえたち二人なのか。よっぽど人がいないと見えるな」

「うるせえ」ケイシーが言った。

マッギーはケイトのほうを向いた。「夕食の準備ができてますよ」

「先に行ってて。ベンと話があるから」

マッギーとキーナンの一行が歩み去ると、ケイトはベン・カーヴァーのほうを向いた。

「あなたは戻って。今夜はここに泊まるから。明日の夜、また来てちょうだい。あの三人のアイルランド人をアル・ムカリへ連れていってもらうんだけど、時間はどれくらいかかる？」

「一時間四十五分、ですかね」

「そう。それじゃ、夜ここへ来て、午前一時に出発してちょうだい。アル・ムカリの貨物基地で三人をおろして、またここへ戻ってくる。それから明け方くらいに、わたしと、ダーンシー少佐と、三人の部下をバク橋まで連れていくの。そこでキーナンと二人の部下を拾うから。バク橋まではどれくらい？」

「アル・ムカリへ行くのと同じくらいですね。方向は違いますが」

「わかった。それじゃ、六時三十分に出発しましょ」

「燃料はどこかで補給できますか？」

「ここにうんとあるわ」

カーヴァーは不安のあまり汗をびっしょりかいていた。ファドでの活動は見て見ぬふりをしてきたが、キーナンという男と二人の仲間のことを考えると落ち着かない。

「あの、わたしは何か関わるべきでないことに関わってるんでしょうか？」

「そうよ」ケイトは穏やかに答えた。「といっても、わたしのヘリを、わたしが頼んだときに操縦して、たっぷり報酬をもらってるだけだけど。それが気になるなら、ハザールでの空輸業の営業許可をべつの会社に移してもいいのよ」

ルパートが取り成す口調で言った。「女伯爵のいうことはもっともだと思わないか？」

「ええ、いいんです。ちょっと訊いてみただけで」

「それじゃもう帰って、ベン」ケイトはくるりと背を向けて、ルパートと並んでテントのほうへ歩きだした。

カーヴァーはハンカチで顔の汗を拭《ふ》いた。「こんなことをするには、おれはもう年だ」低く呟《つぶや》いてスコーピオンに乗りこみ、飛び立った。

ケイトとルパートが大きなテントに入ると、マッギーやキーナンはすでに並べられた夕食を前に、あぐらをかいて坐《すわ》っていた。今夜は六人だけで食事をとる。女たちがさらに果物、山羊《やぎ》肉のシチュー、ナツメヤシの実、種なしパンを運んできた。

ケイシーとケリーは胡散《うさん》臭げな目でシチューを見た。ケイシーが言う。「こりゃなんだ？」

「食べ物だ」キーナンが答えた。「黙っていただけ」

「でも、ナイフとフォークがないぜ」

「手を使うんだ」コラム・マッギーが教え、パンの一切れをシチューに浸した。

ケイトがマッギーに訊いた。「ミスタ・キーナンの注文したものは全部そろった？」

「ええ。セムテックス、遅延信管——これは時計式と鉛筆型の両方です。それから導爆線も。あとは列車に四十トンの高性能爆薬が積んでありますから、それで一巻の終わりですよ」

「すばらしいわ。どう思う、ルパート？」

「単純なところが何よりいいね」

ケイトはにっこり笑った。「そうよ。わたしはいつも単純明快が好きなの」

「一つ訊きたいんだが、女伯爵」と、キーナン。「爆破したあとはどうするんだ？　世間にどう説明する？」

「アラブのテロリストがバク橋を爆破したからって、わたしに責任があるとはいえないでしょ？」

「なるほど」キーナンはにやりと笑った。「なぜそこに思い至らなかったのかな」

ハザールをめざすガルフストリームの機内で、ファーガスンはヴィリアーズに暗号携帯電話で連絡した。「そこでハリーとわしも行くことになった。ということで、人数は四人だ。問題はないかな？」

「わたしはいいですよ。ところで、ケイト・ラシッドとダーンシーが、三人のアイルランド人を連れて到着しました。うちの隊員が一人、空港で見張ってたんです。すぐにスコーピオンに乗り換えて、ベン・カーヴァーの操縦で砂漠のほうへ飛んでいきました」

「行き先はシャブワか？」

「いや、ファドでしょう。キーナンに必要なものがそろいますから」

「わしらの宿はエクセルシアか？」

「あそこは勧めません。バーテンダーや支配人がケイトに飼われてますからね。町から十二マイルほど離れたところで野営をしましょう。ベドウィンの服を持って空軍の駐屯地へ迎えにいきます」

「なんだって？」電話を切ったファーガスンに、ディロンが訊《き》いた。

ファーガスンが説明すると、ハリーが言った。「それじゃおれたちは、ロンドン・パラディアム劇場で演《や》る『アリババと四十人の盗賊』みたいな恰好《かっこう》をするわけだ」

「きっと気に入るよ」と、ディロン。「あんたと少将は、斥候隊の連中と一緒にラクダの糞《ふん》の焚《た》き火にあたりながら、星空の下で眠るんだ」

「おまえさんは楽しむといい。おれは嫌々ながら辛抱するよ」

レイシーの操縦でガルフストリーム機は着陸し、イギリス空軍の駐屯地にある格納庫に入った。中ではヴィリアーズが、二台あるランド・ローヴァーの一台に寄りかかって煙草を吸っていた。一台は彼が、もう一台はアフメドが、運転してきたのだった。

「お久しぶり」ヴィリアーズは全員と握手をした。

「いい色に灼《や》けてるね、大佐」ビリーが軽口を叩《たた》いた。「ずっと休暇《やす》かい？」

「生意気な若造め」と、ヴィリアーズ。「衣とターバンはうしろに積んであります。サイズの合うやつを着てください。着替えたら出発します」

ベドウィンの扮装《ふんそう》ができると、ハリーが言った。「おれもあんたらと同じくらいみっともないのか？」

「あんたが一番みっともないよ、ハリー」ディロンが言う。

「それじゃ、少将とハリーはわたしの車へどうぞ」ヴィリアーズが言った。「ディロン、あんたたちはアフメドの車に乗ってくれ。さあ、出発だ」

野営地は水場のそばで、地表に大きく露出した岩が遮蔽《しゃへい》物になり、周囲に椰子《やし》の木が何本か生えていた。ごうごうと燃える焚き火のそばにテントを三つ張り、五台のランド・ローヴァーを駐《と》めてある。

一行は食事をした。料理は缶詰のスープ、ハインツの煮豆、新ジャガイモをごった煮にしたシチューで、パンはこの土地特有の種なしパンだった。

ビリーはパンのかけらで皿を拭いた。「美味《うま》かったよ。山羊の肉を食わされるかと思ってた」

「どうせきみは食えないだろう、ビリー」ヴィリアーズはアフメドに命じた。「ウィスキーを一瓶と錫《すず》のカップを人数分持ってきてくれ」それから、ディロンに言う。「悪いが、スコッチだ」

「なに、それでいいよ」

スコッチが来ると、ヴィリアーズは螺子蓋《ねじぶた》を開け、それぞれのカップにたっぷりと注いだ。ビリーは例によって辞退する。ヴィリアーズは酒をアフメドに返した。

「夜は冷えるからな。もし一杯飲《や》りたいのなら、おれのテントで飲るといい。ほかの隊員に見られないようにな」

「アラーも隊長も慈悲深い方です」

アフメドがテントのほうへ行くと、ヴィリアーズが言った。「それじゃ、もう一度おさらいしようか。爆弾の巨匠バリー・キーナン、およびその仲間ケリーとケイシーは、アル・ムカリまで送り届けられ、貨物列車に乗りこんで午前四時に出発する。列車は北に向かって、午前八時ごろに〈虚無の地域〉に入る。それまでにキーナンは爆破の準備を整えているはずだ」

「そうだな」と、ディロン。

「おれたちは五番タンクで待ち構える。あんたとビリーが列車に乗りこむわけだが、問題のバク橋までは十五マイルほどだ。作戦が成功して、列車も橋も無事でも、ケイト・ラシッドのスコーピオンが上空を飛びまわっているはずだ。キーナンたちを拾いあげるために」

「しかもハザールの飛行場へ戻るまで、至るところにラシッド族のベドウィンがいると」ディロンがつけ加える。

「そういうことだ。だからおれは斥候隊を率いてバク橋まで行く。だいたい四時間で着けるはずだが、保証はできない。何しろ砂漠の中で、道は相当ひどいからな」

「なるほど、わくわくしながら待つ楽しみがあるみたいだぞ、ビリー」ディロンはにやりと笑った。

翌日の午後、ロンドンではバーンスタインがローズディーン診療所に出向いた。ヘンリー・ベラミー教授が診察にいくと知らせてきたからだった。待合室でマーサと話していると、教授がやってきた。

「上院議員の具合はどうですか？」バーンスタインは訊いた。

「よくないね。熱があるし、自己嫌悪に陥っているし。詳しい事情は知らないし、知ろうとも思わないが、ひどく憂鬱《ゆううつ》そうだ」

「面会できますか？」

「ああ、もちろん。ただしあまり長くならないように」

クインは縦に置いた枕にもたれかかっていた。ローブを着ているので肩の包帯は見えない。

バーンスタインが椅子をベッドの脇へ置くと、つぶっていた目を開いた。

「警視。来てくれてありがとう」

「気分はどうです？」

「よくない」

「お気の毒に。わたしも三発撃たれたことがあるんです。あの痛みといったらないですが、じきに消えますよ」

「だが、わたしの気持ちのほうはだめだ。ディロンとビリーの期待に背いてしまった。あの男の前で身体が固まって、手が震えて、引き金を引けなかった。ビリーが撃ってくれなかったら、わたしは殺されていただろう」

「ビリーならやるでしょう。彼とディロンには少なくとも一つだけ共通点があります。殺人者の本性を持ってるんです」

「わたしにはそれがないと？」

「ええ。どれだけ立派な軍歴があってもです。これは恥ずかしいことじゃありませんよ、上院議員」

「あれからディロンに会っていないが、今日あたり来てくれるだろうか？」

「いえ、いまハザールにいます」

「くそ。わたしも行かなくちゃいけないのに。彼が向こうで何をしているのか話してくれないか？」

ファドでは、キーナンと二人の部下が、コラム・マッギーの用意した装備と物資を細かく点検していた。キーナンはいくつかの箱を開けさせて中身を調べることまでした。

「ここまでやんなきゃいけないのかい、バリー？」ケイシーが不平を鳴らす。

「忙しそうにしているだけでも意味がある。女伯爵に金を有意義に使ってると思わせるんだ。あの橋のデータをまた調べてみた。四十トンの高性能爆薬を積んでるのなら、セムテックスの大きな塊を一つ、導爆線で爆発させてやるだけでよさそうだ」

「昔ながらのやり方か」と、ケリー。

「昔ながらの単純なやり方だ」キーナンはにやりと笑った。「昔からわたしはそれが一番だと信じている」


夕方、ヴィリアーズが斥候隊の野営地にレイシーとパリーを連れてきた。一同は焚き火を囲む。

レイシーが言った。「調べてみましたが、五番タンクまでは三十分で行けます。出発は午前六時ですね。早めに着いて付近の様子を確かめたほうがいいですから。偵察隊を出すのもいいかもしれません」

「それでいいと思うよ」ディロンが賛成した。

「一ついっておくと」ヴィリアーズが言う。「おれたち斥候隊は三時半ごろ出発する。その前にあんたたちを空軍駐屯所まで送っていくから、六時までそっちで待機してもらうことになる」

ディロンはレイシーに顔を向けた。「じゃ、三時過ぎに」ファーガスンが言った。「うむ。飛行機にはディロンとビリーのほかに、あと二人乗るからな、少佐」

レイシーは笑みで応《こた》えた。「承知しました、少将」それからレイシーとパリーは、ヴィリアーズの運転するランド・ローヴァーで飛行場に戻った。

真夜中過ぎ、ファドではカーヴァーがスコーピオンを念入りに点検していた。二人のベドウィンに石油缶を運ばせて燃料タンクを満たした。キーナンと二人の部下は大型バッグにセムテックス、遅延信管、導爆線などを入れて注意深くヘリコプターに積み、それからコンクリート・ブロックで作った武器弾薬庫へ行った。

「さあ、どれがいい？」コラム・マッギーが訊《き》いた。

キーナンは自動小銃のラックを見た。「AK47を三挺《ちょう》だな。それと予備の弾倉を入れたバッグを一つ」

「拳銃《けんじゅう》は？」

「そうだな。ブローニングを三挺頼む」

マッギーは所望された銃を作業台に並べた。キーナンたちは武器を持ってスコーピオンのところへ戻った。ケイトとルパートが来ていて、カーヴァーと話している。カーヴァーは腕時計を見た。

「一時十分。そろそろ出発しましょう。天気はよさそうです。風もほとんどありません。楽に行けそうです」

ケイトがキーナンに言った。「それじゃ出発して。歴史を作るのよ」

「いや、遠慮しておくよ。歴史を作るのはアイルランドでさんざんやってきたからね。今回は金儲《かねもう》けをするよ。それじゃ、バクで」

カーヴァーはすでに操縦席についていた。キーナン、ケイシー、ケリーの三人が乗りこんでスライド・ドアを閉める。まもなくスコーピオンは空中に舞いあがった。

カーヴァーの予測どおり、飛行はスムーズだった。空には半月とダイヤモンドを散らしたような星が輝いていた。アル・ムカリはさほど大きな町ではなく、灯火はぽつぽつともっているだけだった。どちらかというと鄙《ひな》びた田舎町といった感じだ。貨物基地には建物が数棟あり、線路が網目状に走って、貨物車輛《しやりよう》が待機している。機関車は二台あり、うち一台には、無蓋《むがい》車も含めた長い貨物列車がつながれていた。

スコーピオンが降下を始めると、機関車から二人の男が飛び降りて空を見あげ、最後尾の車掌車からもう一人の男が降りてきた。スコーピオンは着陸し、キーナンがスライド・ドアを開けてケイシーと一緒に地上に降りた。中からケリーが大型バッグと自動小銃を二人に手渡す。

カーヴァーが叫んだ。「じゃ、もう行きますから。今度はバク橋で」スコーピオンはすぐに上昇して飛び去った。

三人のアラブ人はキーナンたちが近づいてくるのを待っていた。三人ともターバンを巻いているが、アラブの衣を着ているのは一人だけだ。ほかの二人は油で汚れた白いオーバーオールを着ている。

「お出迎えだな」キーナンは断定の口調で言った。

アラブの衣を着た男が応じた。「そうです。わたしは車掌のユスフです」顎鬚《あごひげ》を生やした年輩の男を指さす。「これが機関士のアリ」

ユスフの英語は完璧《かんぺき》だった。キーナンは体格のいい若いほうの男を顎で示した。「こっちは？」

「機関助士のハリムです。英語は話せません」

「三人ともラシッド族なんだろうな」

ユスフの顔に誇りが表われた。「そうです。ラシッド族の者です」

「すると女伯爵は？」

「われわれの尊い指導者です。アラーは誉むべきかな」

「それなら指示は受けてるわけだな？」

「はい」

「よし」キーナンは機関車のほうへ歩いた。蒸気の低い音が聞こえ、独特の臭いがする。キーナンは機関室の中を覗《のぞ》いた。「わたしの祖父《じい》さんも機関士だった。五歳のときに乗せてもらったことがあるがね。罐《かま》で火がごうごう燃えてて、出発準備を整えていたな」

「この臭さは同じだな」ケリーが言う。

「おまえには詩心がない」キーナンはケリーにそう言ってからユスフのほうを向いた。「車掌車へ案内してくれ」

ユスフが先に立って車掌車の後部まで行き、鉄のステップをのぼって手すりのついたデッキにあがった。ドアを開けて中に入る。天井から灯油ランプが二つさがり、デスクと革張りのベンチが置かれていた。小さなレンジ台があって薬罐《やかん》がかけてあり、下にガスボンベが覗いている。奥の壁には洗面台が取りつけられ、その脇のドアには〝便所〟というプレート。その隣にもう一つドアがある。ケイシーとケリーは爆薬や信管を入れたバッグを床におろした。

「何か食うものはあるかい？」ケイシーが訊く。

「ナツメヤシが」車掌が答える。

「うへ」と、ケイシー。

ユスフが言った。「戸棚に紅茶があります。イギリスの紅茶です」

キーナンがこちらに向き直ったとき、ケリーがバッグからウィスキーのハーフ・ボトルを出した。「それをもらおう」とキーナンが言うと、ケリーは蓋《ふた》をとって瓶を渡した。キーナンはぐいぐい飲んでケリーに返す。それからユスフに訊いた。「出発は四時だな？」

「そうです」

キーナンは腕時計を見た。「あと四十五分。それじゃ貨車を点検しようか。爆薬を見せてもらおう」

無蓋の貨車には石油輸送パイプが積んであった。爆薬を積んであるのは列車の中ほどの密閉された二輌の車輛だった。ユスフがドアを開けると、箱が積まれているのが見えた。車輛の両端に梯子《はしご》があって屋根にあがれる。屋根の跳ね上げ戸からも車輛の中に入ることができた。

キーナンは言った。「よし。走ってる最中でも中に入れるわけだな」それからユスフに訊いた。「バク橋に着いたらきみらはどうするんだ？　つまり、終わったあとだが」

「丘の上に仲間がいます。だから無事に戻れます」

「それなら大丈夫だな。じゃ、車掌車に戻ってお茶をいただくとするか」

午前六時、ガルフストリーム機はイギリス空軍駐屯地の格納庫を出た。機内のディロンとビリーはすでに黒いジャンプスーツとチタニウム製の防弾チョッキ姿で、パラシュートと武器はドアのそばの床に置いてある。パリーがドアを閉めてコックピットに戻った。

通路をはさんだ反対側の座席にはハリーとファーガスンが坐《すわ》っている。飛行機は滑走路の端で向きを変え、離陸許可を待った。空は白みはじめているが、月はまだくっきりと形を浮かせていた。

ハリーは緊張しきっていた。「まったくどうかしてる。こんなものからよく飛び降りるよ。自殺するようなもんだ」

「二年前にコーンウォールで飛び降りただろう」ビリーが言った。「あれが最初だった。でも、おれはまだ生きている。心配しすぎだよ」

六時三十分、ファドの飛行場では、ケイトとルパート、アブを含めた三人のベドウィンがスコーピオンに乗りこんだ。三人のベドウィンはAKで武装している。操縦席のカーヴァーがうしろを振り向いた。「天気が変わって、向かい風が少し吹きはじめてます。予定よりちょっとだけ遅れるかもしれません」

「いいからさっさと飛ばせ」ルパートがそう応《こた》えて、ケイトのほうを向いた。「いよいよだね。きみはなんといったっけ？　歴史を作るのよ、か？」

ケイトは黒いジャンプスーツの上に、バーヌースというベドウィンの頭巾《ずきん》付きの衣を着ている。「わたしはそのつもりなの、ダーリン。煙草をちょうだい」

ルパートが二本くわえて火をつけ、一本をケイトに渡したとき、ヘリコプターは上昇を始めた。

同じとき、ガルフストリーム機は目標地点に近づいた。高度を五千フィートから千フィートまでさげる。パリーがコックピットから出てきた。ヘッドホンが軽くゆがんでいるのは、左耳を出しているせいだ。

「あと四分です」

ディロンとビリーはパラシュートを背負い、AKを胸の前に吊《つ》るした。ディロンは暗視双眼鏡を首からさげている。二人はドアの手前で待った。飛行機の速度が落ちる。「ドアを開けろ」というレイシーの指令が、パリーのヘッドホンに来た。

パリーはドアを開けて折りたたみ式のステップをおろした。ごうっと風が吹きこんでくる。飛行機はいま失速寸前に速度を落としていた。

「高度千フィート、いまだ！」パリーが叫んだ。

まずディロンがステップに足をおろして飛び降りた。ビリーがすぐあとに続く。パリーが懸命にドアを閉めようとするのを、ファーガスンが手伝った。飛行機は速度をあげて針路を変え、ハザールに向かった。機内はまた静かになった。

ファーガスンが席に戻ると、ハリーが言った。「神よ、二人を助けたまえ」

半月の光と、東の空の明るみのおかげで、眼下には砂丘がはっきり見え、線路も見分けられた。線路の両側には太いパイプラインが走っている。風が強くなり、ディロンは身体が流されるのを感じた。ビリーはすぐ近くの、少しだけ高いところにいる。

ディロンは暗視双眼鏡で線路の右側をずっと見ていった。が、何もない。次に左側をたどっていくと、一マイルほど先に五番タンクと思われるものがあった。ブロック小屋とタンクからなる施設だ。

地面がぐんぐん近づいてくる。まもなく二つの大きな砂丘のあいだの柔らかな砂の上に落ちて転がった。パラシュートをはずして砂に埋めはじめた。名前を呼ばれて、そちらを向くと、ビリーが砂丘の中腹にいた。

ディロンは急いでパラシュートを埋めた。ビリーも同じことをしてから砂の斜面を降りてきた。ディロンは煙草を吸いながら待った。

「簡単だったな」ビリーがそばへ来て言った。「けど、タンクは見えなかった」

「おれには見えた。暗視双眼鏡のおかげだ。線路沿いを一マイルほど行ったところだ」ディロンは腕時計を見る。「六時四十五分。出発しよう」二人は線路の脇を歩きはじめた。

五番タンクにたどり着いたときには、さらに明るくなっていた。たっぷり三十分かかってしまったのは、柔らかい砂の上を歩くのに骨が折れたからだ。しかも風がだんだん強くなり、砂が舞いあがる。

近くで見ると、ブロック小屋はシンダー・ブロックを積んだ粗末なものだった。窓が二つあるが、窓枠はない。砂が吹きつけている木のドアは開くのに苦労した。小屋の中にはポンプがあったが、長い歳月を経て錆《さ》びついていた。

「これはもう長いこと使われてないな」ビリーが言った。「水はどうしてるんだろう。ひょっとしたら見込み違いじゃないか、ディロン？　ここではもう給水しないのかもしれないぞ」

二人は外に出て、四本の錆びた鉄の脚で支えられたタンクを見あげた。タンクの底からキャンバス製のホースが出て、鉄梯子の脇にぶらさがっている。ホースの先についている真鍮《しんちゅう》製らしい口金を、ディロンは調べた。

「間違いなく湿ってる。水が少しだけ染みこんでるんだ。ちょっと見てくる」

ディロンは梯子をのぼってタンクのてっぺんを見ると点検用のハッチがあった。蝶番《ちょうつがい》を軋《きし》らせて中を覗くと、水がほぼ一杯に入っている。ディロンは梯子を降りた。

「満タンだ。井戸が涸《か》れるか何かして、ポンプはもう使ってないようだが、ときどき列車にタンク車を連結して、ここのタンクに水を入れるんだろう」

「じゃ、給水所なわけだな。ありがたい。で、どうする？」

「まずはトニー・ヴィリアーズに連絡をとってみよう」

そのヴィリアーズは、縦一列に連ねた五台のランド・ローヴァーの先頭車に乗って、砂漠を突き進んでいた。いま一行は小さな砂嵐に見舞われていた。さほどの猛威はふるっていないが、手で顔を覆わなければならず、厄介であるには違いない。下手をすると、ブッシュ・シャツの左の胸ポケットに入れた暗号携帯電話の呼び出し音を聞き逃したかもしれなかった。

「ディロンだ。緊急の用じゃない。ビリーとおれはいま五番タンクに着いた。そっちはどうだ？」

「八時半までにはバク橋の向こう側へ着けそうだが、保証はできないな。いまちょっとした砂嵐に出くわしててね」

「ああ、こっちも風が強くなってきた。とにかくベストを尽くしてくれ。列車が来たらまた連絡する」

「狩りの成果を期待してるぞ」

次にディロンはファーガスンに電話をかけたが、応答がなかった。最前から二人はブロック小屋の中に避難している。

「列車が来たらどうする？」ビリーが訊《き》いた。「ここにいるのか？」

「それはだめだな。誰かが覗《のぞ》きにくるかもしれない」ディロンは外に出て、タンクの背後を眺めた。急な傾斜があり、あちこちにある大小の岩が砂を浴びている。「あの岩のどれかの陰に隠れよう。列車が動きだしたら、おれたちは斜面を降りてくるわけだが、このタンクと小屋が目隠しになるだろう」

「急いで駆け降りなきゃいけないだろうな。列車にはどうやって乗りこむ？」

「一番うしろの車掌車からだ」

「車掌車がなかったら？」

「必ずあるんだよ」ディロンは腕時計を見る。

「八時十五分前。いよいよだ」

遠い囁《ささや》きのような音が聞こえてきた。それから汽笛が長く尾を引いた。

「そら来た。行くぞ、ビリー」二人は斜面を駆けのぼり、岩陰にしゃがんだ。

車掌車のトイレの隣のドアを開けると、金属製のデッキに出る。その向こうに連結されているのは石油の輸送パイプを積んだ無蓋《むがい》車だ。全部で四輛《りょう》ある無蓋車は木製の渡り板で渡れるようになっている。その次が爆薬を積んだ二輛の有蓋車で、各車輛の前後に梯子《はしご》がついていて屋根にあがれる。その先は給水タンク車、石炭車、そして機関車となる。重要な点は、車掌車から機関車まで移動できることと、有蓋車の屋根の両端に小さな跳ね上げ戸がついていて中に入れることだ。

これはキーナンには好都合だった。アル・ムカリを出たあと、キーナンとケイシーとケリーは跳ね上げ戸から有蓋車に入り、二つの車輛の爆薬を導爆線でつないだ。それから前のほうの有蓋車にセムテックスを仕掛け、積んである爆薬にも鉛筆型信管を刺した。

作業にはさほど時間がかからなかった。結局、鉛筆型信管を使うことにしたが、遅延時間は十分間で、セムテックスにもすでに刺してある。列車を橋の途中で停止させて、信管を折れば、十分後に爆発だ。

この一時間ほど、キーナンは何年かぶりで上機嫌になっていた。ケイシーとケリーはウィスキーを飲もうと車掌車に戻ったが、キーナンはアリとハリムのいる機関車へ行った。

アリに頼んで機関車の操縦もさせてもらった。古い動力機関の律動、顔を打つ風、蒸気の臭い。キーナンは最高の気分だった。五番タンクの手前の上り坂に差しかかると、汽笛を鳴らした。五番タンクで停止することはユスフから聞いていた。アリに腕を軽く叩《たた》かれて交代する。列車は速度を落とし、前方に五番タンクが見えてきた。

斜面の中腹にある岩の陰にしゃがんで、ディロンとビリーは待っていた。ディロンの暗号携帯電話が鳴った。

ディロンは電話に出た。「誰だ？」

「ファーガスンだ。どうなっておる？」

「いま五番タンクにいる。ちょうど列車が勾配《こうばい》をのぼってきたところだよ。だからもう切るぞ」

列車は蒸気を噴き出しながら停止した。機関士と機関助士らしいアラブ人が降り、次いでキーナンたちが降りてきた。

「いたな、大将」ディロンは低く呟《つぶや》いた。「あれがキーナンだ、ビリー。それからあれがケリーで、あれがケイシー」ケリーとケイシーはAKを肩にかけて前方へやってきた。あとからアラブ人が一人遅れてついてくる。

キーナンたちの話し声はほとんど聞こえない。ディロンとビリーが見ていると、アラブ人の一人がキャンバス製のホースを機関車の注水孔に取りつけ、反対側の端をタンクからぶらさがっているホースにつないだ。レバーを動かしはじめる。手動式のポンプらしい。ディロンはヴィリアーズに電話をしようかとも考えたが、列車に乗りこんでからにしようと決めた。ケリーとケイシーが何かのことで笑った。

「いま片づけちまう手もあるぜ」ビリーが囁く。「そうしないか？」

「いや、キーナンがどうセッティングしたかわからない。時限式の起爆装置を仕掛けて、もう準備万端整ってるだろう。爆薬はたぶんあの有蓋貨車の中だろうが、連中に案内させたほうが確実だ」

「なるほど」

アラブ人が二つのホースをはずし、キーナンは機関車に戻った。ケリーは前の有蓋車の屋根にあがってしゃがむ。ケイシーは後方の有蓋車で同じことをした。二人のアラブ人も機関車に乗り、もう一人は列車の最後尾へ歩いていく。

「あれは車掌車だな」

男は車掌車に乗りこんでドアを閉めた。汽笛が鳴り、機関車ががくんと動いて、おびただしい蒸気を噴き出した。

「行くぞ」ディロンは先に飛び出し、ブロック小屋を目隠しにしながら斜面を駆け降りた。

列車はガチャン、ガチャンとやかましい音を立てて動きはじめた。ブロック小屋の前を走り過ぎたとき、二人は線路に走り出てあとを追い、車掌車の手すりをつかみ、デッキにあがった。さらに何度か汽笛が鳴る。ディロンとビリーはAKを構えてドアの両側に立った。

ディロンは暗号携帯電話でヴィリアーズを呼び出す。相手はすぐに出た。「おまえか、ディロン」

「そのとおり。列車は給水を終えた。ビリーとおれは車掌車のうしろのデッキにいる。これから突入するから、あんたも早く来てくれ。それとファーガスンへの連絡を頼む」

電話を切り、ポケットに戻して、ビリーににっと笑いかける。「おれのほうが年上だ。先駆けの栄誉は譲ってやる」

「なんだそりゃ」

ディロンが真鍮のノブをまわしてドアを開くと、ビリーがAKを構えて飛びこんだ。デスクの車掌は、黒ずくめの悪魔が二人躍りこんできたというように、ぎょっとした。立ちあがりかける車掌を、ビリーが椅子に押し戻し、顎《あご》の下にAKの銃口をあてた。

「その男はためらわずに殺すぞ」ディロンはアラビア語で言った。「それに銃は消音器付きだ。誰にも聞こえない」

車掌はすくみあがった。「よしてください、お願いです」

「英語を話せるんだな？」

「はい」

「じゃ、英語で話せ。相棒はアラビア語がわからない。質問にはきはき答えろ。爆薬はどこに積んである？」

「列車の真ん中の有蓋車二輌です」

「三人のアイルランド人だが、アル・ムカリを出たあと何をした？」

「知りません」

「嘘だ。殺せ、ビリー」

ビリーはうしろにさがって車掌に狙いをつけた。車掌は叫んだ。「ほ、ほんとです！」

「いや、嘘だな。おまえはラシッド族の人間だろう。機関士と機関助士も。女伯爵が自慢げにそういってたからな。だからおまえはこの列車がバク橋で停まって、アイルランド人に爆破されるのを知ってるはずだ。そうだろう？」

「はい、知ってます」

「なら本当のことをいえ。アル・ムカリを出発してから、三人のアイルランド人は何をした？」

車掌は必死だった。「爆薬を積んだ車輛で何かやってました。それしか知りません。わたしはここにいろといわれたんです。何をしたかは見てません」

どうやら本当らしい。ディロンは煙草に火をつけてそれを車掌に渡した。「その車輛までは簡単に行けるのか？」

「ええ。このドアを開けたら、渡り板がありますから、無蓋車を伝っていけます」

「ずっと機関車まで行けるわけだな？」

「そうです」

ディロンは威嚇の度を強めた。「まだ話してないことはないか？　もうそれで終わりか？」

「わたしの長男の命にかけて誓います」車掌はそう言いながらも懸命に思い出した。「三人は一時間か一時間半ほど有蓋車で何かやってました。そのあと、二人はここへ戻ってきてウィスキーを飲みましたが、リーダーは機関車へ行きました。運転をしてるんです」

「運転をしてる？」

「そうです。給水してるときに、機関士のアリがいってましたが、まるで子供みたいにはしゃいでるとか。汽車が好きらしいです」

「本人が機関士にそう話したのか？」

「いえ、その人はアラビア語ができないし、アリは英語ができません。ただ、はしゃぎ方からそう思ったと」

ビリーが割りこんだ。「そんなことになんの意味があるんだ、ディロン？」

「キーナンがいま忙しいということに大きな意味がある。これはいいことだ」ディロンは車掌の腕をつかんで車輛《しゃりょう》の後方へ押しやった。いま列車は上り勾配を走り、速度はおそらく時速二十五マイルほどだ。「おれは約束を守る」車掌に言った。「本当のことを話せば命は助けてやるとおれはいった」後部のドアを開いた。

「でも、でも……」

「でもも何もない。飛び降りればたぶん助かる。ここにいたら間違いなく死ぬぞ」

車掌は鉄のステップに降りて、線路の片側へ飛び降りた。そちら側のパイプラインは砂に厚く覆われていた。車掌は何度か転がり、すぐに列車が大きく曲がったために見えなくなった。

「次はどうする？」ビリーが訊《き》く。

「ケイシーかケリーを捕まえる。どっちでもいい。だからキーナンが忙しいのはいいことなんだ。行こう」

ディロンはドアを開き、その向こうの無蓋《むがい》車を見やった。有蓋車の屋根にいるケリーとケイシーが見える。ケリーが前の車輛で、ケイシーがうしろだ。列車はガタンガタンという音を高め、砂を吹き飛ばし、蒸気の雲を噴き出す。

「どうするんだ？」ビリーが鋭く問う。

「おれは無蓋車に乗り移る。有蓋車の手前の車輛に来たら、ケイシーの頭を撃て。屋根から撃ち落とすんだ。ケリーは前を見てるから気づかないはずだ」

「そのあとは？」

「おれがケリーをおびき寄せる。やつがこっちの期待どおりに動くかどうかは賭《か》けだがな」

「わかった。あんたがボスだ」

ディロンは渡り板を歩きだした。列車は激しく揺れる。やがて有蓋車の後部にたどり着くと、屋根へあがるための梯子《はしご》をのぼった。振り返って、ビリーに手を振る。ケイシーは煙草に火をつけようとしていた。あぐらをかいて坐《すわ》り、ＡＫは膝《ひざ》に横たえている。ビリーは慎重に頭を狙い撃ちした。消音器で抑えられた銃声は列車の轟音《ごうおん》にかき消された。ケイシーは引っくり返り、軽い傾斜のついた屋根を滑って銃もろとも落ちた。

ディロンはさっと振り返って線路脇の死体を見た。列車がまたカーブを曲がるのを待ってから、さらに梯子をのぼり、屋根の縁から覗《のぞ》いた。前の車輛の屋根に坐ったケリーは、ケイシーが消えたことに気づいていない。

ビリーは姿を見られないよう車掌車に戻った。ディロンは梯子を一段降りて、声をかけた。

「ケリー、助けてくれ」それから梯子の一番下まで降り、ＡＫを構えて待つ。

声は列車の騒音でくぐもり、聞き取りにくかったが、それでもケリーはきょろきょろ周囲を見た。ビリーはドアを細めに開けて、いつでも撃てる用意をしておく。ケリーは立ちあがり、

AKを肩にかけて、屋根を歩いてきた。それから手前の有蓋車の屋根に飛び移る。しばらくふらつきながら立っていたあと、またこちらに進んできた。

「ケイシー、どこにいるんだ？」ケリーは車輛の後尾へやってきた。

「もうくたばったよ。だが、おまえは昔の友達ショーン・ディロンとご対面だ」ディロンはAKでケリーを狙っていた。「さあ、降りてこい。さもないとおまえもくたばることになる。おれの弾が当たらなくても、おれの仲間の弾が当たるからな」その言葉と同時に、ビリーが車掌車から出た。

「くそっ、ディロン、おまえか！　そんなばかな」

「降りてこいといったはずだぞ」

ケリーは言われたとおりにした。ディロンは相手からAKを受け取り、線路の脇へ捨てた。それから車輛後部のドアを開ける。ビリーもそばへ来た。

「入れ」ディロンはケリーの身体を押した。三人とも車輛の中に入ると、ビリーに言った。

「そのスライド・ドアを開けてくれ」

ビリーが車体側面のスライド・ドアを引き開けると、車内に陽光があふれた。「よし、キーナンが何をしたか教えろ」ディロンは命じた。

「そんなことしたら殺される」ケリーの咄嗟《とっさ》の返事はばかげたものだった。

ビリーは脅し役を演じることにした。「時間のむだだ、ディロン。放り出しちまおうぜ」

「でも、それじゃ首の骨が折れるからな」となだめ役のディロンが言う。「何しろ時速四十マイルだ」

「それがどうした」

ビリーはAKの銃口をケリーの腹に突き立て、開いたドアのほうへ押しやった。ケリーが折れた。

「わかった、ディロン。教える」

「よし、早くしろ」

ケリーは爆薬の箱のほうを向いた。「バリーはあれに鉛筆型の化学式信管をセットした。で、ここの爆薬と隣の車輛の爆薬を導爆線でつないだんだ」

「隣の車輛には何がある？」

「セムテックスだ。遅延時間十分の鉛筆型信管をセットしてある」

「そうか。じゃ、その導爆線を信管から抜け」ケリーは言われたとおりにした。「よし。簡単だったろう。今度は隣の車輛へ行って、セムテックスの処理だ」

同じとき、キーナンはたまたまうしろを振り返り、二人の部下の姿が見えないことに驚いた。橋はもうかなり近く、一マイルほど先に見えている。列車が走っていた隘路《あいろ》がしだいに開けて見通しがよくなっていた。不安にかられたキーナンは、通路を歩いて石炭車、給水タンク車とたどり、第一の有蓋車まで来た。屋根の跳ね上げ戸が開いている。車輛内の熱を逃がすためにわざと開けておいたのだ。熱を持つとセムテックスが不安定になるからだ。話し声が聞こえたので、キーナンは中を覗いてみた。

側面のスライド・ドアが開かれて、ケリーがセムテックスから鉛筆型信管を抜き取っていた。

ほかに男が二人立っている。ケリーが開いたドアのほうを向き、信管を外に捨てた。キーナンは怒りにかられて、ポケットからブローニングを取り出した。

「このばか野郎！」キーナンの放った二発の銃弾が背中に命中し、ケリーは車輛の外へ落ちた。

一人の男が発砲してきたので、キーナンはうしろに身を引いた。「どんどん撃て、ビリー！」という声がした。

列車は激しく揺れ、キーナンは足もとがふらついた。男の一人が梯子をのぼってきて頭を覗かせたので、そちらへ数発撃ったが当たらない。もう一度狙いを定めようとしたとき、キーナンは愕然《がくぜん》とした。

「くそ、ディロン、おまえか！」

「あんたに神の恵みがありますように、バリー」ディロンはそう言ってAKを連射した。キーナンはうしろに飛んで屋根から落ち、車輪の下敷きになった。まもなくビリーも梯子をのぼってきた。

「やったな、ディロン」

「おれたちはまた世界を救ったわけだ」ディロンは暗号携帯電話を出してヴィリアーズに連絡を入れた。「任務完了だ、トニー。キーナンと二人の仲間は死んで、爆薬は無力化された。もうすぐ橋に差しかかる。あんたはいまどこだ？」

「橋の反対側、二マイルの地点だ。そのまま走りつづけたほうがいい。すぐ停まるのはまずいかもしれない。いまラシッドのスコーピオンが頭の上を飛んでいった」

「そうか。警告ありがとう。あんたを見つけたら列車を停めるよ」

ビリーが訊いた。「次はどうする?」

「トニーがラシッドのヘリを見たそうだ。だから、トニーがいるところまで突っ走る。おまえは機関室へ降りて機関士たちをホールドアップしろ。話はおれがする。さあ行け」

ビリーが言われたとおり機関室へ飛びこむと、アリとハリムは仰天した。ディロンはアラビア語で叫んだ。「ほかの者はみんな死んだ。死にたくなかったらこのまま走らせて、そのあとも指示に従え。逆らったらそこにいる男が撃つぞ」

アリはしゅんとなったが、ハリムは事情を呑《の》みこむと顔に怒りを表わした。ディロンは第一の有蓋車の屋根に戻った。暗号携帯電話を出してファーガスンにかける。ほとんど即座に応答があった。

「ファーガスンだ」

「ディロンだ。いま列車の屋根の上にいる。もうすぐ橋を渡るが、大爆発は起こらないから安心してくれ。ここの石油はちゃんと供給される。世界は経済崩壊の瀬戸際にあったことを永久に知らず、感謝することもないだろう」

「キーナンたちは?」

「死んだよ。空の上にあるIRAの保養所へ行ってしまった」

「例によっておまえさんには驚かされる」

「それはどうも、少将。ときどき自分でも驚くことがあるよ。じゃ、もう切るぞ。ラシッドのヘリの音が聞こえてきた」

列車は橋に近づいていく。その六百フィート上空にいるスコーピオンから、ルパートがランド・ローヴァーの車列を見つけた。ケイトが双眼鏡をとって目にあてた。

「トニー・ヴィリアーズと斥候隊ね。何をしてるのかしら?」

「それより気になるのは」と、ルパート。「なぜここで何かあるとわかったのかだな」

前方にバク橋が迫ってくる。その眺めは圧倒的だ。いま列車が橋を渡りはじめた。「どうなってるの? 停まる気配がないわ」

ルパートはケイトから双眼鏡を受け取って覗いた。また双眼鏡を返す。「それよりもっと興味深いのは、なぜきみの古い友達が特殊部隊の戦闘服姿であそこにいるかだ」

ケイトも双眼鏡を覗いた。「なんてことなの」囁《ささや》き声で言う「ディロンがあそこに。でも、どうして?」

列車の上を飛び過ぎるとき、ディロンが陽気に手を振ってきた。

「あの男」

列車はぐんぐん橋を渡り、ディロンは手を振りつづける。機関車が谷の反対側に達したとき、ケイトは言った。「アブ、撃ち殺して」

「時間のむだだよ、スウィーティ」と、ルパート。「この状態で狙撃《そげき》なんかできない」

だが、アブはドアを引き開け、身を乗り出して自動小銃を撃った。が、ヘリコプターが機体を傾けたせいで、銃を取り落としてしまった。アブはぱっとシートベルトをつかんで、まっ逆さまに落ちるのを防いだ。

機関室にいるビリーは銃声を聞いて空をあおいだ。その隙をついて、ハリムがビリーのＡＫ

をつかみ、銃口をぐいと上に向ける。ビリーはディロンに警告しようと一発撃ったが、ハリムはすさまじい腕力でビリーを機関車の外へ突き飛ばした。

ディロンはハリムの背中を撃ち、ハリムも線路の脇へ飛んだが、ビリーを救うには遅すぎた。ヘリコプターではルパートが双眼鏡でビリーを発見した。「若いほうのソルターだ」

ケイトはカーヴァーに向かって怒鳴った。「あの男のそばへ降りなさい。さあ早く」ルパートに向き直る。「あなたのワルサーを貸して」

「いや、ケイト、もういまにもヴィリアーズたちが来る。早くここを離れたほうがいい」

「ワルサーを貸しなさい！」

アブがルパートを睨《にら》みつけてAKを持ちあげた。ルパートはため息をついて拳銃《けんじゅう》を差し出す。

「わかったよ」スコーピオンは方向転換をしてその場所へ行き、下降を始めた。

ディロンは機関室に飛び降りて、アリの脇腹にAKの銃口を押しつけた。「列車を停めろ」アラビア語で命じる。「いますぐだ」

アリは言われたとおりにした。ディロンは地上に飛び降りて、もと来た方向に駆けだした。

頭がぼうっとなったビリーを、アブと二人のベドウィンが立たせた。ビリーの顔にひどい切り傷ができて、血が流れている。

「このくそ野郎」ケイトが罵倒《ばとう》した。「貧乏町の豚野郎。わたしにその準備ができたとき、あなたたちは死ぬといっておいたはずよ。あなたのそのときが来たようだわ。さあ、走りなさい」アブにアラビア語で言った。「この男を走らせて」

アブに背中を押されて、ビリーはよろよろ歩いた。ケイトはビリーを狙って何発も銃を撃った。ほとんどは防弾チョッキに食いこんだが、二発が右の腿《もも》に当たり、一発が首の左側を貫通した。

ディロンは片膝《ひざ》をついて銃を撃ち、ベドウィンの一人を倒した。ルパートがすばやくケイトをヘリコプターの機内へ引き入れる。あとを追おうとしたアブの後頭部を、ディロンの銃弾が撃ち抜いた。もう一人のベドウィンは砂丘をめざして逃げだした。

カーヴァーがスコーピオンを浮上させた。ディロンはビリーのもとへ駆け寄り、そばで両膝をついた。そのとき、ヴィリアーズと斥候隊が到着した。

ディロンたちはビリーをランド・ローヴァーの後部座席に寝かせた。ヴィリアーズが救急キットを運転席に置いて、傷を調べた。すでに脱がせてある防弾チョッキには四発の弾がめりこんでいた。

「どんな具合だ?」ディロンが訊《き》く。

「おれは医者じゃないが、弾傷はたくさん見てきた。一発、首を貫通してるが、動脈がやられてたら血がどくどく出るはずだ。だが、そんな出血はない。とりあえずパッドで応急手当てをしておけば大丈夫だ。一枚とってくれ」

ヴィリアーズはすばやくビリーの首に包帯を巻いた。ビリーは宙に目を据えて低く呻《うめ》いた。

「チタニウムというのはありがたいものだな」ディロンが言った。

「ああ、しかし右腿の上のほうにも二発当たってる」ヴィリアーズは救急キットからメスをとり、ズボンを切って二つの弾傷をあらわにした。出血は少ない。指で腿の裏のほうを探る。

「弾は中に残ってる。ダメージがどれくらいかはわからない。いまは包帯をしてモルヒネを注射するだけだ。キットの中に点滴装置がある。誰かビリーの身体を起こしてくれ」

「おれがやろう」と、ディロン。

ディロンはビリーが上体を起こすのを手伝った。ヴィリアーズは腿の傷にパッドをあてて包帯を巻くと、顔の切り傷に大きなガーゼをあてて絆創膏《ばんそうこう》でとめる。それから点滴バッグから出ているチューブの針を左腕に慎重に刺した。斥候隊員の一人が無表情に見ている。アフメドがやってきて合成樹脂の点滴バッグを受け取り、高く掲げた。

「砂漠の悪路を走って、ハザールの病院まで四時間。助かりそうか?」ディロンが訊く。

「わからないが、可能性を高めることはできる。ファーガスンに電話しよう」


ファーガスンはエクセルシア・ホテルの快適さを楽しんでいた。もうハザールにいることを隠す必要はなくなったからだ。

「いまどこにいるんです?」ヴィリアーズが訊いた。

「エクセルシアのバーで、ハリーと一緒に祝っておるところだ。さっきブレイク・ジョンスンと話したが、大喜びしていた」

「お祝いは延期してください。ビリーが重傷を負いました。ケイト・ラシッドにうしろから何発か撃たれたんです」

「なんということだ」

「できるだけ早くハザールの病院へ運びます。汽車は〈虚無の地域〉を北へ進むだけだから使えない。となると車で四時間かけて帰るしかありません」

「しかし、それで大丈夫なのか？」

「そっちからも救急車が来て途中で落ち合えば、生き延びる可能性は高まります。病院の外科部長はダズというインド人の先生です。わたしもずいぶん世話になりました。彼に連絡して救急車を手配してください。行き違いになることはありません。道は一本ですから」

「任せたまえ」

ヴィリアーズは言った。「よし出発だ。きみはビリーの隣に坐《すわ》ってくれ、ディロン。アフメドが運転して、おれは助手席に坐る。乗れなくなった若い者は自分たちでなんとかさせる」隊員たちのほうを向いてアラビア語で命じた。「出発するぞ。ハザールめざしてがんがん進むんだ」

スコーピオンの機内から、ケイトは携帯電話でブラック大尉を呼び出した。「どんなご用でしょう、女伯爵？」

「あと一時間ほどで飛行場に着くの。すぐイギリスに帰りたいから、手配をして」

「承知しました。別荘のハウスボーイからメッセージが届いています。女伯爵と連絡がついたら、ファーガスン少将とミスタ・ソルターがエクセルシア・ホテルに移ったことを伝えてほしいというものです」

「ありがとう」

電話を切り、いまの情報をルパートにも伝えた。「荷物を飛行機からおろさなくてよかったわ。すぐ出発できるから」

「逃げるのかい、ケイト？」

「ばかいわないで。なぜ逃げるっていうの？　バク橋は無事、列車も無事。乗っていた人間は全員死んだ。なんの証拠も残ってないわ」

「しかし面白いね。彼らがみんなここへ来ていたなんて。どうしてわかったんだろう？」

「ディロンが何かしたんでしょ。いつもそうよ。何をしたのか知らないけど、そんなことはどうでもいい。少なくとも一人には復讐《ふくしゅう》してやったから」

「でも、ディロンじゃなかった」

「いずれその日が来るわ、ダーリン。見ていなさい」


橋を出発して一時間半後、ヴィリアーズにダズ医師から電話がかかった。「やあ、トニー。少将から話は聞いた。怪我をした若者の状態を教えてくれ」ヴィリアーズは起きたことと自分のした手当てを手短に説明した。

「で、具合はどうかね？」

「意識を失ってますが、まだ生きてます。道路がひどくて、それが心配です」

「そうだろうね。わたしが自分で迎えにいくことにしたよ。それでだいぶ違ってくるかもしれない。もうそんなに時間はかからないはずだ」

ヴィリアーズがそのことを話すと、ディロンは言った。「それは助かる。何しろ顔に血の気がないんだ」

「大丈夫だと信じよう」と、ヴィリアーズ。「できることはそれだけだ」

またもや風が強くなり、あたり一面に砂が舞った。ディロンは守ってやるというように、ビリーの上に背をかがめた。だが、頭の中には絶望が忍びこんでいた。こいつはおれの弟のつもりでいたな、とディロンは思った。

「いいか、ケイト」ディロンは低く呟《つぶや》いた。「この男が死んだら、どこにも隠れられないと思え」

しばらくすると、前方の砂埃《すなぼこり》の中から救急車が姿を現わした。背の高い痩《や》せこけたインド人医師のダズが、ストレッチャーを持つ二人の救急隊員と一緒にやってきた。ダズは頭巾《ずきん》付きのバーヌースを着ている。救急隊員はビリーをストレッチャーに横たえて、すぐ救急車へ引き返した。

「すぐ出発しよう」医師が言った。「時間をむだにしたくない」

ヴィリアーズが言った。「きみが付き添うんだ、ディロン。またあとで会おう」

ディロンは医師のあとを追って駆け、救急車の後部に乗りこんだ。ふいに静かな秩序だった世界が戻ってきて、砂嵐の音が遠くなった。ディロンは腰をおろして、ダズと救急隊員がビリーの手当てをするのを見守った。

三時間後、ディロンとハリー・ソルターは病院の待合室で、エクセルシア・ホテルのバーから持ってきたハーフ・ボトルのウィスキーを飲んでいた。

「まったくいまいましい」ハリーが言った。ディロンはうなずいた。「おれがどれだけ申し訳なく思ってるか、あんたにはわからないだろうよ」

「いや、わかるさ。しかしおまえさんが悪いんじゃないよ、ディロン」ハリーは首を振った。

「あいつのことは実の息子のように可愛いんだ」ふいに紙コップをぐいと突き出した。「もう一杯くれ」手が少し震えていた。「その甥《おい》っ子が死にかけてる。あの雌犬がうしろから撃ちやがったせいで」

「こんな言葉があるだろう、ハリー。〝絶対的な権力は絶対的に腐敗する〟。権力のあるやつの中には、自分は何をしてもいいと思いこむやつがいるんだ。ケイト・ラシッドがその例だ。そんな人間は、自分の欲しいものが手に入らないとわかるとどうなるか。頭がいかれちまうんだ。もともといかれてるともいえるがな」

「あの女はいかれてるよ。もしこの手でなんとかできるなら……」ハリーがそこで言いさしたのは、ヴィリアーズとファーガスンが来たからだった。

「新しい知らせは？」ファーガスンが訊く。

ディロンは首を振った。「まだ何も」

「こっちはある。飛行場にいるレイシーに訊いてみたら、ケイト・ラシッドとダーンシーは、二時間以上前にロンドンに向かって出発したというのだ」

「フケたか」と、ディロン。

「そうもいえる」ファーガスンは続けた。「だが、べつの見方もできるだろう。結局、わしらにどんな証拠があるのだ？　バク橋爆破事件は起こらなかった。あの女はいまでもラシッド族の族長で、南アラビア随一の権力者だ」

「テープはどうだ――盗聴録音テープは？」

「あれは無意味だ。結局、何も起きなかったのだからな。検察に何が期待できる？　女性大富豪がとっぴな空想にふけったからといって起訴すると思うかね？　まあ何もすまいよ。かりに起訴しても、ロンドンの一流弁護士軍団が検察側の主張をズタズタにするだろう」

「じゃ、あの女はお咎《とが》めなしか？」と、ハリー。

そのとき、ダズ医師が手術着のままやってきた。ハリーはぱっと立ちあがった。「どんな具合です？」

「やれることは全部やった。幸い、首を貫通した弾は頸動脈《けいどうみゃく》をはずしていた。そうでなかったら、失血死していただろう。顔は十八針縫ったから立派な傷痕《きずあと》が残るが、それより問題なのは腿《もも》に入った二つの銃弾で、どうやら骨盤にひびが入ったようなんだ。ロンドンに戻ったら一流の整形外科医にかかる必要があるだろうな。わたしの意見では、ちゃんと回復すると思う」

「いまどこにいるんです？」ハリーが訊《き》く。「会えますか？」

「それはやめたほうがいい。いま集中治療室にいる。明日の朝のほうがいいだろう」

「いつロンドンに戻れますかな？」と、ファーガスン。

「まあ、四日後かな。とくに何もなければ」

「すばらしい」ファーガスンはハリーに訊いた。「おまえさんは付き添いたいだろうな？」

「そりゃもちろん」

「よかろう。わしらはロンドンに戻るが、連絡は取り合おう。四日後にガルフストリームを寄越すよ。それとヘンリー・ベラミーに相談しておく。ロンドン一の整形外科医は誰か、彼に訊けば間違いない」

「そりゃありがたい」と、ハリー。

「ということで、明日の朝早く出発するぞ、ディロン」ファーガスンは言った。「ハリーと一緒に残りたいのならそれでもいいが」

「いや、少将と一緒に帰ったほうがよさそうだ。ロンドンでやることがある」

「うむ。それでは、エクセルシアで夕食をとろうか。きみも来るかね、大佐？」

ヴィリアーズは答えた。「嬉《うれ》しいお誘いですが、やめておきましょう。わたしもやることがあるので」

翌朝、出発する前に、ファーガスンとディロンはビリーを見舞った。ハリーは付添人用の部屋で眠ったあと、もう起きて待合室にいた。

看護師長が面会できるかどうか確かめにいった。入れ替わりにトニー・ヴィリアーズが入ってきた。ターバンに熱帯服、ズボンにはブローニングを挿している。ひどく疲れた様子で、顔と制服が砂埃にまみれていた。

「どうした、トニー？」ファーガスンが驚きの声をあげた。「何をしてきたのだ？」

「大暴れです。もうビリーには会いましたか？」

「もうすぐ会えると思うのだが」

看護師長の許可が出ると、ハリーを先頭にして病室に入った。ビリーは重ねた枕にもたれ、両脚に保護ケージをかぶせられ、あちこちにチューブをつながれていた。かなり弱っているようだが、それでもなんとか笑みを浮かべる。ハリーが背をかがめて甥の額にキスをした。

「おい、よせよ」ビリーが言った。「どうかしたんじゃないか?」ディロンに目を向けた。

「おれたち、やつらを叩《たた》きつぶしてやったな? あの雌犬、おれを殺そうとしたが殺せなかった」

「〈ウィルキンソン・ソード〉社のチタニウム製防弾チョッキのおかげだ」

「ああ。なあ、ハリー、あそこの株を買ってみようぜ」

ディロンは言った。「彼女は逃げたよ、ビリー。ルパート・ダーンシーと一緒にロンドンへ」

「ざまあみやがれ」ビリーは痛みに身をすくめた。「もう放っとこうぜ、ディロン。あんな女、構ってやる値打ちはないや」

うしろに立っていた看護師長が言った。「ではみなさん、そろそろ」

ヴィリアーズが言った。「もうちょっと待ってください」そしてビリーに近づく。「きみにプレゼントがあるんだ」

「なんだい?」

「おれはゆうべレストランで食事をしそこねた。また砂漠へ行って、エル・ハジズで野営したからだ。で、ほかの隊員は置いて、境界を越えて〈虚無の地域〉へ入った。おれと隊長補佐のアフメドの二人だけでね。砂嵐がひどくて苦労したが、午前一時ごろ、フアドのテロリスト養成キャンプにたどり着いたんだ。おれたちはあちこちセムテックスを仕掛けて、遅延時間十分の信管でキャンプのほとんどを吹き飛ばしてやった。車や弾薬や爆薬をね」

「そりゃすごい」ビリーは言った。「あんたはすごすぎるよ。思いっきり笑いたいが、傷の縫い目が痛いや。女伯爵様はいろいろお考えになるだろうな」

後刻、ガルフストリーム機が高度五万フィートまで駆けのぼると、ディロンはパウンド曹長に紅茶を一杯頼んだ。しばらくのあいだは沈黙が流れていた。

やがてファーガスンが口を開いた。「いやまったく、おまえさんのいうとおりだった」

「なんのことだい？」

「いまから海兵隊やSASを送りこむのはむりだといっただろう。これはディロン流が必要なケースだった」

「ああ、それでうまくいった。ただし運もあったからな。次はどうなるかわからないよ」

「おまえさんは自分流を貫くといいさ、ショーン。ただ、一つ頼みがある」

「あんたにショーンと呼ばれるときは碌《ろく》なことがないんだね。なんだい頼みって？」

「もうこれで措《お》いてくれ。ビリーを見舞ったときのおまえさんを見ていたが、自警主義はごめんだ。実益がない」

「あんたのいうことは謎だね。おれみたいなアイルランドの単純な田舎者にはチンプンカンプンだ」ディロンはパウンドを呼んだ。「ブッシュミルズを一杯頼むよ、曹長。女悪魔に乾杯するんだ」

ロンドン　ダーンシー・プレイス

16

ガルフストリーム機は、ロンドンの時間で午後七時にファーリー・フィールド基地に着陸し、基地にはダイムラーが待っていた。ディロンとファーガスンはレイシーとパリーに別れの挨拶《あいさつ》をして車で走りだした。

ファーガスンが言った。「家まで送るか？」

「ああ。そのあとクイン上院議員のお見舞いにいくよ」

「では診療所で会おう。わしもハンナに会ってから行く」

ディロンは腕時計を見た。「わかった。それじゃ九時でどうだい？」

「それでいい」

ディロンが降り、ダイムラーは走り去った。ディロンは玄関の鍵《かぎ》を開けた。通りの少し離れたところに〈テレコム〉のバンが駐《と》めてあるのを見たので、暗視双眼鏡を持って二階の寝室にあがった。バンの窓に焦点を合わせると、ニュートンとクックの顔がはっきり見えた。

「やれやれ」ディロンは呟《つぶや》いた。「懲りるということを知らないのかね。きみは絶対に諦《あきら》めないんだな、ケイト」

ケイトは電話で報告を受け、ファドが襲撃されたことと、ハザールから飛行機が飛び立ったことを知った。ケイトはルパートに指示をした。ルパートはそれを聞いたあとで言った。

「本当にそれでいいのかい？　ほとぼりが冷めるのを待つのがいいんじゃないか？」

「その逆よ。わたしはビリー・ソルターを殺した。それをディロンは見ていた。だからあの男はいずれわたしを狙ってくる。だったら先手を打ちたいの。あの男が戻ってすぐなら不意をつけるわ」

「ディロンの不意をつく？」ルパートは笑った。「こいつはいい」

ケイトは腹を立てたが、ルパートは驚かなかった。橋の爆破が失敗したときから、彼女は変わった。以前の自制心と冷ややかな落ち着きが消え、激しい感情を見せるようになった。その目の異様なぎらつきを見ると、ルパートは居心地の悪い気分になった。

「あなたはわたしの味方なの、それとも違うの？」

「もちろんきみの味方だ。きみはあの男の死を願っている。ぼくは手伝うよ」

「そう、わたしはあの男の死を願ってるのよ。ただし自分の手で殺したいの。あの男は兄たちを殺した。わたしの大事なものをめちゃくちゃにした。そろそろ代償を支払ってもらうわ。今夜、ダーンシー・プレイスへ行きましょ。あなたとわたしの二人だけで。あなたが運転して。前もって屋敷に電話して、使用人に今夜は全員休みをとるようにいっておくわ。例のあなたが保安課の社員だといってる二人組、彼らは元ＳＡＳだったわね？」

「ああ」

「それなら拉致《らち》なんてお手の物のはずね」

「ハイド・パークでは手際がよくなかったがね」

ケイトはいきり立った。「じゃ、今度こそうまくやれ、さもないと破滅させるといっておいて。わかった？　どこであれ二度と働けないようにしてやるとね。わたしには権力があるのよ、ルパート、それはわかってるでしょ」

奇妙なことに、ケイトはまるで同意を要求しているかのようだった。ルパートは少したじろいで片手をあげた。「もちろんわかってるさ。二人に連絡するよ」

「それでいいのよ。さあ、お酒をちょうだい」


ディロンはシャワーを浴びて着替えた。黒いコーデュロイのズボン、同じく黒いシャツ、古いフライト・ジャケット、そしてジャンプブーツというでたちだ。右側のブーツの内側には刃渡り三インチの投げナイフを仕込んである。それを抜いて検《あらた》めた。刃は両側とも剃刀《かみそり》のように鋭い。それをそっともとへ戻す。

一階の廊下へ降りて、階段の下の壁を指で押すと、秘密の引き出しがすっと滑り出してきた。そこには何挺《ちょう》かの拳銃《けんじゅう》が入っている。ブローニングが一挺、ワルサーが二挺、足首用のホルスターに挿したコルト二五口径ショート・バレルが一挺。ディロンは消音器がついているほうのワルサーを選んだ。それを上着の左の腋《わき》の下に作ってある特別のポケットに収める。それからキッチンにあるドアからガレージに出て、ミニ・クーパーに乗りこんだ。リモコンでガレージの戸を開け、するりと滑り出した。

ガレージの戸は、一定時間開いていると、タイマーが働いて自動的に閉まる。ディロンは車を停めずにそのまま走りつづけた。後方で〈テレコム〉のバンがライトをつけるのが見えた。ディロンがいま慎重に行動しているのは、即座の対決を避けるためにすぎない。対決はいずれするつもりでいるのだ。彼自身が選んだときに。

ディロンがローズディーン診療所に着いたとき、ファーガスンとバーンスタインはすでに来ていて、待合室でマーサと話をしていた。

「上院議員はどんな様子かな」ディロンは訊《き》いた。

「あまりよくない」と、ファーガスン。「何かの感染症が併発したようだ」

「今朝お見舞いしたときは」バーンスタインが言う。「国に帰りたいといっていたわね」

「バク橋の一件は知ってるのか？」

「まだ話してない。わたしが少将から話を聞いたのも、こちらへの到着時刻を知らされたときで、あなたと少将が上院議員に会いにいくのはわかっていたから、任せたほうがいいと思って」

「よし、とにかく病室へいこう」ファーガスンが言った。

クインは身体を起こして、右腕を吊《つ》った状態で本を読んでいた。「やあお帰り」本を置いた。「向こうでは何が起きたのかな。いい知らせを聞かせてもらえるのだといいが」

「いい知らせと悪い知らせがある」ディロンは一部始終を話した。

話を聞き終えると、クインは言った。「ビリーは気の毒なことをしたな。しかし、きみたちはきっちり仕事をしたわけだ。ケイト・ラシッドは青ざめてるだろう」

「そうだろうね」と、ディロン。「でかい陰謀をぶっつぶしてやったんだから。あんたのほうはどうなんだ？　気分はどう？」

「身体のことかな、頭の中のことかな？」

「両方だ」ファーガスンが割りこむ。

「ベラミー教授は優秀な外科医だ。傷は治るだろう。そのことは心配してないよ。ただ、ここで寝ているといろいろ考えてしまってね。それで一つ結論が出たんだ。わたしにはもう荒っぽいことはむりだとね」

「〝復讐《ふくしゅう》するは我にあり〟はどうする？」

クインは首を振った。「それはずいぶん考えた。そして復讐などはヘレンのためにならないと悟った。むしろあの子の思い出を汚すことになるとね」

バーンスタインが穏やかな口調で訊いた。「では、ケイト・ラシッドとルパート・ダーンシーのことはどうします？」

「あの二人はいまに報いを受ける。いや、きみたちの話を聞くと、もう受けはじめてるようだ。あの二人はこれから坂を転げ落ちていく──自滅していくんだ。わたしがそうなりかけたようにね。復讐は強力な麻薬だ──命にかかわる麻薬だ」

「それを聞いて安心した」ファーガスンが言った。「いまはゆっくり休むといい」

「もう一ついっておきたいんだが。きみたちの誰であれ、わたしのためにあの二人をもっとどうかしてやろうと考えたりしたら、それはわたしには心苦しいことだ」

クインはディロンの目をまっすぐ覗《のぞ》きこんだ。ディロンは応《こた》えた。「おれがそんな親切な男に見えるかい？　もっとも、ケイト・ラシッドはうしろからビリーに七発も弾を撃ちこんだ。防弾チョッキがそのうちの四発を止めなかったら、あいつはいまごろ死体になってた」

「するときみ自身が復讐者になるつもりか？」

「いや、おれは執行を猶予されてる死刑囚だ。少将とハリー・ソルターもそうだがね。復讐より、一日じゅう防弾チョッキを着ているべきかどうかのほうが切実な問題なんだ。それじゃ、おやすみ、上院議員」

ディロンのあとから、ファーガスンとバーンスタインも部屋を出た。バーンスタインが言った。「ショーン、ばかなことはしないでしょうね？」

「おれがばかなことをするのを見たことがあるかい？　さあ、お二人さん、今夜はこれでさよならだ」

「明日の朝九時に、わしのオフィスへ来るように。それまでのあいだに妙なことをしてはならん。これは命令だぞ」ファーガスンはそう言い置いて、バーンスタインと一緒に歩きだした。

二人は玄関前の階段を降りてダイムラーのほうへ足を向けた。ファーガスンが言った。「ディロンはなぜそれをやる？　まるで死にたがっているようだ」

「いや、違いますね。実際は、死のうが生きようが、もうどっちでもいいんです」

「それなら、彼に神のご加護あれだ」

ディロンは階段の上から二人を見送った。〈テレコム〉のバンは通りの向かいにある。階段を降りてミニのほうへ足を運んだ。運転席につき、すぐに発進する。

バンはクックが運転し、ニュートンが助手席に坐《すわ》っていた。ニュートンは座席の下から銃身を詰めた散弾銃を取り出した。銃を折って装弾を確かめ、またガシャンと戻す。

「いつやる？」クックが訊いた。

「まあ、そのうち家に帰るからな。車を降りたところでやろう」ニュートンは散弾銃を軽く叩《たた》いた。「やつは凄腕《すごうで》かもしれんが、こいつを眉間《みけん》に突きつけりゃこっちのもんだ。これが大人のやり方さ」

ステイブル・ミューズの近く、つまり広場をはさんで反対側に、ディロンの行きつけのパブ〈ブラック・ホース〉があった。夜のこの時間帯には、駐車場に何台も車が駐《と》めてある。ディロンはそこへ乗り入れ、一番端のスペースに車を突っこんで、店に入った。酒は注文せず、窓辺に立って外を見ると、〈テレコム〉のバンがバックで駐車場に入ってきた。

ディロンはカウンターのある部屋から、客が大勢いる談話室へ入り、横手のドアから外に出た。身を低くして車の列の前を進み、バンの後部へ行く。ニュートンは煙草を吸っているので、窓は開けていた。クックが言った。「どっちかが店に入って、やつが何してるか見てきたほうがいいんじゃないか？」

「ばかいえ。それじゃ気づかれる。やつが何してるかって、一杯飲《や》ってるのさ」

「ところが、さにあらず」ディロンはワルサーを抜いて、銃口をニュートンのこめかみにあてた。「やつが何してるかというと、おまえの脳みそを吹き飛ばすべきかどうか考えてるんだ。ときにこれは消音器付きの銃だ。きみたち二人がここに坐りつづけていても、浮世の騒動を逃れて永き眠りについていると気づかれるまでにはかなりの時間が流れることだろう。いまのは詩というものだが、何しろおれはアイルランド人なのでね」

「どうしようってんだ？」ニュートンが刺々《とげとげ》しい声で訊く。

「まずはそれをいただく」ディロンは車内に手を入れて散弾銃をとり、車の屋根の上に置いた。

「おまえのもだ」と今度はクックに言う。「おまえも何か持ってるだろう」クックは一瞬ためらったが、すぐにスミス・アンド・ウェッスン三八口径を上着の内ポケットから出して銃把を差し出した。「不思議なことに、おれはよく人から銃をもらうんだ」ディロンは言った。

「もう行っていいか？」ニュートンが訊く。

「その前にダーンシーが何を目論《もくろ》んだか聞かせてもらおう。おれはどうなる予定だった？　頭に弾をぶちこまれてテムズ川に投げこまれるところだったのか？」

「いや、そんなことじゃない」

ディロンはドアを引き開けてワルサーの銃口をニュートンの膝頭《ひざがしら》にあてた。「さっきもいったとおり、これは消音器付きだから、膝の皿を撃ち抜いても誰にも聞こえない。おまえたちも知ってのとおり、おれは長年ＩＲＡのメンバーだった。だからおまえたちに松葉杖《まつばづえ》の生活をさせることなど屁《へ》とも思わない」

「いや、それはいい。いま話すから。ダーンシーは女伯爵の命令だといって、あんたを襲って、バンの荷台に放りこんで、ダーンシー・プレイスに連れてくるようにいった。そして怪我をさせずに連れてこいと念を押した」

「よし、しゃべるのは難しくなかったろう？」ディロンはドアを閉めてうしろにさがった。

「おまえたちが元ＳＡＳなら、この国が心配だ。べつの方面の仕事を探すべきだな」手前の前輪を撃つと、タイヤはすぐにしぼんだ。「一つ仕事を作ってやったよ。タイヤを交換するんだ。ダーンシーによろしく伝えてくれ。もうすぐ会いにいくとな」

ディロンは屋根から散弾銃と拳銃《けんじゅう》をとって、ミニ・クーパーのほうへ歩き、乗りこんで走り去った。ニュートンがバンから降りた。「よし、タイヤ交換だ」

「ダーンシーのことはどうする？」

「あんなやつはくそ食らえだ。ま、報告はするがな。訪ねてきたディロンの野郎をどうにかしてもらいたいね」

「おれたちはどうする？」

「ディロンがいっただろう。べつの方面の仕事を探すんだ」

ディロンはミニ・クーパーをコテージの外に駐め、中に入った。怒りはなく、ひどく冷静だった。これで措くなど論外だ。ファーガスンはそうしろと言ったが、かりにそれがビリーの希望であっても、もうむりだ。一つ確かなことがある。ケイト・ラシッドは、少なくとも自分に対しては、これで措くことなど絶対にしないだろう。

だが、とりあえずいまはくたびれ果てていた。この数日間の疲れがどっと出てきた。これではいけない。最高の状態でことに臨む必要がある。玄関で防犯システムのスイッチを入れ、寝室にあがって服を脱いだ。消音器付きのワルサーを枕頭《ちんとう》の小卓に置き、ベッドに入る。明かりはつけたままにしておいたが、それでもすぐに深い眠りに落ちていった。

しばらくして、はっと目を覚ました。時計を見ると、三時三十分。気分がよく、頭がすっきりして、頭脳も鋭敏になっている。ベッドを出て、黒いコーデュロイのズボンをはき、防弾チョッキを着け、その上にシャツを着て、最後にフライト・ジャケットを羽織った。最後の仕上げに昔から愛用している白いスカーフを首に巻いて、一階に降り、また秘密の引き出しを開けた。今度はコルト二五口径を出して点検する。軽量級の拳銃だが、ホロー・ポイント弾を装塡《そうてん》しているのであなどれない。

それを足首用のホルスターに戻し、ズボンの裾《すそ》をたくしあげて、左足のジャンプブーツのすぐ上にホルスターを着けた。左の腋《わき》の下にはすでにワルサーを収めている。引き出しからもう一挺《ちょう》ワルサーをとって、ズボンの背中側に挿した。

銀のシガレット・ケースを探して、箱に入った煙草を補充し、ジャケットの右のポケットに入れる。それから古いジッポ・ライターも持つ。こうした支度を落ち着いて、入念に行なった。まるで戦闘前の準備のように。

玄関ホールのドアのそばに鏡がかけてある。ディロンはシガレット・ケースから煙草を一本とってくわえ、火をつけて、自分自身に微笑みかけた。

「さあ、また出かけるぞ」そう言って、コテージを出た。

ダーンシー・プレイスの図書室では、ケイト・ラシッドが大きな暖炉のそばに坐っていた。かたわらの床にはカールという名の黒いドーベルマンが寝そべり、暖炉では薪《まき》が燃えている。ケイトは黒いジャンプスーツ姿で、装飾品が炎を照り返して輝いていた。彼女とルパートは、ベッドに入らず、ここに坐って待っていた。ドアが開き、ルパートが銀の盆にコーヒーを飲むための一式を載せて入ってきた。その盆をケイトのそばのテーブルに置く。

「彼は来ないと思うけどね、スウィーティ」

「でも、あなたの部下のニュートンは来るといってたわ」ケイトは二つのカップにコーヒーを注いだ。

「それは正確じゃない。ニュートンがいったのは、ディロンがもうすぐぼくに会いにいくといっていた、ということだよ。それがなぜ今夜ということになるんだ?」

「今夜なのよ。わたしは誰よりもよくディロンのことを知ってるからわかるの」ケイトは穏やかに言った。「彼は来るわ」

「何をしに? 朝食をとりにかい?」

ルパートはサイドボードへ入ってレミー・マルタンを手にとった。「きみも飲むかい?」

「わたしには必要ない。あなたには必要かもしれないわね」

「それはひどいな、スウィーティ」ルパートはグラスにコニャックをたっぷり注ぎ、テーブルに戻ってきて、それをコーヒーに入れた。「今夜はずいぶんたくさんダイヤモンドを着けてるね。どうしてだい?」

「彼をがっかりさせたくないから」ケイトは中途半端な微笑を浮かべて、目をきらきら光らせた。

やれやれ、本当に頭がどうかしてる。ルパートはそう思いながらコニャック入りのコーヒーを飲み干し、腕時計を見た。「そろそろ六時だ。ずいぶん時間がかかるじゃないか」

ルパートは立ってフランス窓を開けにいき、テラスとその手すりの向こうの木立を眺めやった。あたりはまだ暗いが、空が明るみはじめていて、雨が激しく降っていた。

「ひどい雨だ」ルパートは煙草に火をつけて炉辺に戻った。

ディロンは二時間ちょっと車を走らせたあと、村のはずれに着いた。ダーンシー・プレイスの大きな門の前を通り過ぎ、四分の一マイルほど先にある教会の駐車場へ車を乗り入れた。十数台駐めてある車は、おそらく狭い通りの両側に並ぶコテージの住人のものだろう。ディロンはミニのトランクから古いバーバリーのトレンチコートと鳥打ち帽を出して身につけ、雨の中を歩きだした。

とくにこれというプランはない。何かが動いていて、ただその流れに乗っているだけだった。またハイデガーの言葉を思い出す。〝本当の意味で生きるには、決然として死と向き合うことが必要である〟。結局、自分の人生はいつもこれが問題だったのか？　死を求めて異常なゲームをすることが？　この程度のことなら生半可な精神分析医にも指摘できるだろう。篠《しの》突く雨の中、門をくぐり、屋敷内の車道をたどりはじめた。闇が少し薄れてきたようだった。車道の途中で、百ヤードほど先の右側のブナの木立の向こうにあるものを見て驚いた。一瞬ためらったあとで、確かめにいった。それは〈ダーンシー飛行クラブ〉で見たケイト・ラシッドのブラック・イーグル機だった。

「これはこれは」ディロンは低く呟《つぶや》き、車道へ戻って、また屋敷に向かって歩きだした。図書室の明かりにはすぐ気づいた。車道をはずれて木立の中を進み、木の陰に身を隠しながら芝生の端まで来た。

ルパートがフランス窓を開け、しばらくたたずんでから、また室内に戻るのが見えた。ディロンはその姿が消えるのを待って、芝生を横切りはじめた。

図書室ではカールがくうんと鳴き、次いで深い唸《うな》り声をあげた。「さあ、見ておいで」ケイトがそう促すと、犬はフランス窓から出ていった。ケイトはルパートのほうを向いた。「やることはわかってるわね」

ルパートはワルサーを取り出して暖炉の片側へ足を運んだ。重いタペストリーをめくると、ドアが現われた。それを開けると中はトイレだ。ルパートは中に入った。ドアは細く開けたままにして、タペストリーを戻した。

ドーベルマンが吠《ほ》えながら芝生を走ってきたが、ディロンが奇妙な音色の口笛を吹くと、ぴたりと足をとめた。ディロンはもう一度口笛を吹く。この世の孤独をすべて集めたようなその音色に、ドーベルマンはくうんと鳴いて、横向きに何歩か歩いた。

「ほら、おまえは本当は子猫みたいな心を持ってるんだ。おれにこんな技があるなんて知らなかったろう。おまえのご主人様も知らないんだ。さあいい子だ。一緒に女伯爵のところへ行こう」ディロンが芝生の上を歩きはじめると、犬もついてきた。

図書室ではルパートが低い声で呼びかけた。タペストリー越しの声はくぐもっている。「カールはどうしたんだ？」

「わからない」ケイトが答える。

ディロンがフランス窓から入ってきた。ドーベルマンを脇に従えている。「きみに神の恵みがありますように。やれやれずぶ濡《ぬ》れだ」ディロンはトレンチコートと帽子を脱いだ。「こいつの名前はなんていうんだい？」

「カールよ」ケイトの声は落ち着いている。

「こいつを責めちゃいけないよ、ケイト。おれは犬の扱い方を知ってるんだ。子供のころからね。ここに飲み物はあるかな」

「サイドボードにあるわ。アイリッシュ・ウィスキーがあるかは保証できないけど」

「それはいい。何か見つくろうよ」ディロンはグラスにスコッチを注いだ。カールがやってきてサイドボードのそばに坐《すわ》る。

「すごいのね。ドーベルマンは世界一獰猛《どうもう》な番犬ということになってるのに」

「おれの人柄の魅力だろう。ルパート君はどこにいるんだ？」

「その辺にいるんじゃない」

「彼には乱暴者の部下がいるんだな。ニュートンとクック」肩をすくめる。「正真正銘の屑《くず》どもだ」

「その意見に賛成」

「イーグル機があるね」

「あれのことを知ってるの？」

「普段は六マイル離れた〈ダーンシー飛行クラブ〉に置いてあるが、ときどきこの屋敷の滑走路を使うこともある」

「ええ、昨日クラブの人にここへ移してもらったの」

「今度はどこへ行くんだ？　またワイト島かい？」

「あなたには知らないことってないの？ たとえば、ルパートの居場所なんかはどう？」

「そのときが来たら本人が教えてくれるさ」

タペストリーが持ちあがってルパートが現われた。拳銃《けんじゅう》を手にしている。「いまがそのときだ」

カールがディロンの脇へすっと来て、威嚇の唸りを喉《のど》で転がした。ルパートはワルサーで犬を狙う。ディロンは片手をあげた。「この犬を撃ったらおれはきみを殺すよ」

「犬はほっといて、ルパート」ケイトが言った。

ディロンはカールの頭を撫《な》でた。「よし、いい子だ」犬はディロンの脚に身体をすり寄せた。

「ご主人様のところへ行くといい」指さすと、ケイトのそばへ行って坐った。

「で、どうするんだ？」ディロンは訊《き》いた。

「何か特別なことをしましょ。撃ち合いなんて野暮よ。ビリー・ソルター向けだわ」ケイトはふっと笑った。

「ちょっと口をはさませてもらうが、ビリーは生きてるよ。気の毒に、ケイト。何もかもうまくいかないようだな」

ケイトの目に憤怒の色がひらめいた。が、ほんの一瞬だけだ。「じゃ、また撃ち直さなくちゃいけないのね」

坐っているソファのクッションの下へ手を挿し入れ、ドイツの古い拳銃ルガーを取り出した。

「これは第一次大戦のときからこの家にあるの。小さいころ、森の中でポールから撃ち方を教わったわ」

ディロンは両手を腰にあてていた。背中のワルサーを抜いてルパートを撃ち、次いでケイトを撃つこともできた。ケイトの銃に安全装置がかかっているのが見えるからだ。だが、そうはしなかった。世にも美しい女とこうして向き合っていると、うっとりした気分になった。女が心のバランスを完全に失くしているとわかっていてもだ。ディロンは悪い夢の中でと同じように、自分の役を演じつづけ、最後まで見届けるしかなかった。

「あなたには貸しがあるわ、ディロン。三人の兄を殺されたんだもの」

「おれは借りは必ず返す男だ」ディロンも少し腹が立ってきた。「そうだ、その銃は安全装置がかかってるぞ」ケイトはルガーを見て、安全装置をはずした。「これで借りは返せたかな?」

「ううん、だめ。ルパート?」

ケイトはあらためてルガーをディロンに向けた。ルパートは自分の銃をテーブルに置いて、引き出しを開け、マスキング・テープを出した。「向こうを向いてくれ」

ディロンは言われたとおりにした。ルパートは彼の手首を背中へまわしてテープで縛った。

「銃をとって」ケイトが指示した。

ルパートはディロンの左の腋《わき》の下から銃を抜き取った。「それでいいわ」ケイトは言った。

「もう一挺《ちょう》持ってたら面倒だよ。場所はわかる気がする」ルパートはディロンのジャケットの下に手を入れて背中のワルサーを見つけた。「ほうら、あった」

「このあとどうするんだ?」ディロンが訊く。

「飛行機に乗せてあげる」と、ケイト。「わたしの腕前を見せてあげるわ」

「それは面白そうだ」ディロンはうなずいた。「おれも操縦はうまいつもりだが、つねに学びつづけたいと思ってる。フランスへ昼食でもとりにいくのか?」

「ルパートとわたしは行くかもしれない。でも、あなたにはもっと短いフライトを考えてるのよ」

「ああ、そういうことか」

「ええ、そういうこと。じゃ、行きましょ」

ケイトはルガーをコーヒー・テーブルに置いた。ルパートがディロンの背中を突いた。「いわれたとおりにするんだ。できるだけ無痛でいくから」

三人は外に出た。ケイトはディロンのコートを肩に羽織り、帽子をかぶって、カールが出てこないようフランス窓を閉めた。それから二人のあとを追った。

すでに明るくなっていたが、空は灰色の雲が陰鬱《いんうつ》に垂れこめ、視界は悪かった。雨が激しく降る中、三人はブナの木立にはさまれた車道から草地に出て、ブラック・イーグル機に近づいていった。

「飛行日和とはいえないな」ディロンは言った。「本当に飛ぶ気かい?」

「ええ、もちろん」ケイトはポケットからキーを出した。ドアはエアステア・ドアで、開錠して手前に引きおろすとステップになる。ケイトがまずそれをのぼった。ルパートがディロンの背中を押した。

「乗るんだ」

ディロンは後ろ手に縛られているせいで足取りがぎこちなかった。機内に乗りこむと、ルパートはまた背中を押して通路を進ませ、最後尾の窓際の席に坐らせた。うしろには荷物置き場とトイレと救命ゴムボートがあった。

「いい子にしていろよ」

ルパートは引き返して、エアステア・ドアを片手で閉めながら、目はディロンから離さず、もう片方の手で銃を突きつけていた。ドアが閉まると同時に左側のエンジンが始動し、次いで右側も息を吹き返す。飛行機は前進を始め、しだいに速度をあげて離陸した。雨の中、機体は滑走路の端にあるブナの木立の十五フィートほど上を飛んだ。

高度はみるみる三千フィートに達した。灰色の雲が眼下に広がり、ところどころ真っ黒な箇所ではひときわ強く雨が降り、靄《もや》が濃く立ちこめていた。飛行機は沼沢地を横切り、海岸の砂浜を越え、海に出た。

ディロンは窓の外を眺めながら、右のジャンプブーツの内側からナイフを抜き取った。両手の指でナイフの柄をつまみ、向きを変える。剃刀《かみそり》のように鋭い刃はたちまちテープを切り裂いた。ナイフをブーツに戻し、テープを手首からはがして、じっと待つ。

操縦席のケイトが振り返って、「いまよ、ルパート」と声をかけ、高度をおよそ二千フィートまでさげて、速度を落とした。

ルパートはロッキング・バーをはずしてエアステア・ドアを開けた。風が勢いよく吹きこんでくる。ルパートはワルサーを左手に持ったまま、ディロンの身体を引きあげて、ドアのほうへ引っぱった。

ケイトがまたちらりと振り返って笑い声をあげる。「地獄で腐るといいわ、ディロン」

ディロンは言った。「くそ、冗談じゃない」よろけて床に膝《ひざ》をつく。

「ばかなことしないの。しっかりして。さあ立つのよ」

ディロンは立ちあがりざま、足首のホルスターからコルトを抜き、銃口をルパートのこめかみに押しつけて引き金を引いた。

骨の破片と血しぶきが飛び散った。ホロー・ポイント弾がきっちり仕事をしたのだ。ルパートはワルサーを取り落とし、開いたドアの脇へ背中を打ちあてる。ディロンはルパートの身体を押して虚空へ放り出し、エアステア・ドアを引いて閉じた。

コックピットを見ると、ケイトは自動操縦に切り替え、手を伸ばしてハンドバッグから小型の拳銃を取り出した。ディロンは飛びかかってケイトともみ合い、拳銃を奪って機体の後部へ投げた。ケイトは怒りでヒステリックになり、ディロンを引っかきにきた。ディロンは彼女の顔を平手で叩《たた》いた。

「やめろ！　落ち着け！　もう終わったんだ」ディロンは複座操縦席の右側に坐った。「さあ、飛行機を屋敷へ戻してくれ」

「嫌よ」

「わかった。おれがやる」

ディロンは自動操縦から手動操縦に切り替え、機体を左にバンクさせて、機首を二、三マイル先の海岸に向けた。

飛行機では珍しいが、ブラック・イーグル機はイグニッション・キーでエンジンを始動させる。ケイトはさっと手を伸ばしてキーをひねり、引き抜いた。エンジンが停止する。ケイトは脇の三角窓を開けて、キーを捨てた。

「どう、ディロン。一緒に地獄行きよ」

「ばかなことをして。でも、こういう飛行機もグライダー飛行でけっこう飛ぶもんだよ」

ケイトは靄の出ている外を眺めた。機体は下降していくが、海岸はまだ先だ。「もうだめよ。海に突っこむのよ。かりにうまく着水しても、軽飛行機は一分半くらいしか浮いていられないわ」

「そのとおりだが、救命ゴムボートがある。それにおれは着水の仕方を知ってる。きみはどうだ？」

「うるさい！」

高度が六百フィートまでさがったとき、ディロンは言った。「教えてあげるよ。車輪は出さないで、フラップは完全にさげる。風が弱くて波が小さいときは、風上に向かって降りる。風が強くて波が大きいときは、波頭と平行に降りるんだ」

海面が近づいてきた。波は小さい。ディロンは風上に向かって降りた。機体は何度か波を乗り越えて跳ねたが、やがて安定した。

「行くぞ」ディロンは座席を立って、ドアを開けた。次いで荷物置き場から救命ゴムボートをとってきて、海面に投げる。ボートは自動的にふくらみはじめた。

ディロンがもう一度声をかけようと振り向いたとき、ケイトが背をかがめ、ルパートのワルサーを拾いあげた。機体が前傾したために滑ってきていたのだ。

「一緒に地獄行きだといったはずよ」ケイトは叫んだ。

ディロンが身をかわした瞬間、ケイトがでたらめに発砲した。弾は右の袖口《そでぐち》をかすった。ディロンはドア口から身を投げ、気絶しそうなほど冷たい海に飛びこんだ。浮かびあがると、ゴムボートのロープに手を伸ばした。ロープをつかんで振り返ると、飛行機は機尾を持ちあげ、左翼を海面下に沈めていた。

ケイトはまだコックピットにいた。片手で三角窓をつかみ、こちらに向かって何か叫んでいた。やがて機尾が高く持ちあがり、ブラック・イーグル機はすうっと海中に滑りこんだ。

ディロンはゴムボートに取りつき、這《は》いあがった。オールが二本と救命備品の箱が二つあったが、箱には見向きもしなかった。オールをオール受けに取りつける。いま彼の中には、絶対に生き延びるという強固な意志以外にどんな感情もなかった。

雨と靄の向こうの遠い海岸をめざして漕《こ》ぎだした。海岸まではかなり距離があったが、ケイト・ラシッドが行ってしまった場所ほど遠くはなかった。

訳者あとがき

ダニエル・クレイグ主演の『007／カジノ・ロワイヤル』を観た。

いやあ、痛快、痛快。

冒頭のチェイス・シーンで、新ジェームズ・ボンドは、とにかく、走る、走る、走る、走る！　スルスルよじのぼる、ぶらさがる、跳ぶ（――というような表現をネットで検索したら、そんなふうに書いている人が結構いるので困ってしまったが、まあ、真似をしたわけではないので、予定どおり書かせていただこう）。

超人的アクションをこなすスーパー・ヒーローなら凄《すご》い肉体の持ち主のはず、という長年のあいだのツッコミどころをきれいに解決した作品だ。

もともと「おとなの紙芝居」として楽しまれてきたシリーズなのに、リアルなタッチを追求して違和感がないのも嬉《うれ》しい驚きだ。大使館で大爆発が起きると、紙切れが燃えながらヒラヒラ舞う。そう、書類がたくさんあるところが爆破されるとそんな情景になることを、今のわたしたちは知っている。

冷戦終了後、とくに九・一一以後、どうも007物語はそう荒唐無稽《こうとうむけい》とも言えないのではないかという状況が生まれてきた。サウジの大富豪が国家を超えたレベルでテロ組織を運営し、アメリカの中枢都市にビジュアル効果絶大な攻撃を加える、などというのは、まさにブロフェルド率いるスペクターの所業ではないか、と言いたくなる。シリアスな冷戦スパイ物が現実的土台を失ったかわりに、「おとなの紙芝居」的謀略活劇が妙にリアリティを帯びてきたということだろうか。

なぜこんなマクラをふったかと言えば、もちろん、ショーン・ディロン・シリーズが「ジャック・ヒギンズ版007」とも呼ばれてきたからだ。ヒギンズがこのシリーズで、いわば〝007ごっこ〟を楽しんできた面もあるのはご承知のとおり。

元IRA暫定派の闘士で、その後金で雇われる国際テロリストとなり、現在はイギリスの極秘対テロ機関で悪と戦うショーン・ディロンは、射撃の腕前が超一流で、愛用銃はボンドと同じワルサーPPK。小兵ながら格闘では大男にひけをとらず、飛行機の操縦、ダイビング、パラシュート降下と特技豊富なスーパー・ヒーローぶりは、まさにダブルオー・セブンだ（訳者の年齢だと、劇場窓口でつい「ゼロゼロ・セブン」と言ってしまうが、気をつけたいものだ）。

もう少し共通点をアットランダムに拾ってみよう。

初期の『サンダー・ポイントの雷鳴』などでは、「ディロン、ショーン・ディロン」とディロンが自己紹介するが、これは有名な「ボンド、ジェームズ・ボンド」の借用だろう。そしてこの『サンダー・ポイントの雷鳴』（Thunder Point）は、おそらく『サンダーボール作戦』（Thunderball）の本歌取りだ。タイトルが似ているだけでなく、やはり西インド諸島で海中アクションが展開されるのだ。

ディロンの上司であるファーガスン少将は、ボンドの上司であるMにあたるが、オフィスの机上に置かれた赤い電話は、007映画の一部の作品に登場する。ソ連の情報機関員の机上に載っていたこともある。映画では秘話回線かどうかはわからないが、ほかの色の電話と使い分けているようだ。

ファーガスンがMなら、ハンナ・バーンスタインはMの秘書ミス・マニーペニーだろうか。いや、マニーペニーは、ほとんどの作品ではオフィスにいるだけなのに対して、バーンスタインは危険な任務に参加もするので、違うといえば全然違うのだが、ディロンとのあいだに恋愛感情があるような無いような関係というのは似ている。

たとえば映画『007／ゴールドフィンガー』では、ボンドに好意を抱いているマニーペニーが、「わたしにもまだ希望があるのかしら？」と言い、ボンドが「マニーペニー、きみはぼくを信用しようとしないんだね」と応《こた》えて戯れるが、同じようなやりとりが『闇の天使』にある。こちらではディロンが、「へえ、心配してくれるのか。おれにもまだ希望はあるのかな？」と言い、バーンスタインに胸を拳《こぶし》で突かれて、「さっさと行きなさい」といなされてしまうのだが。

マニーペニーと言えば、ピアース・ブロスナンの『007』ではサマンサ・ボンドが演じたが、彼女は赤みがかったブロンドの髪をしている。となると気になってくるのは、ハンナ・バーンスタインが見事な赤毛である点だ。バーンスタインが初登場した『密約の地』は、原書刊行が一九九四年。サマンサ・ボンドが初登場した『007／ゴールデンアイ』は……惜しい、一九九五年の公開だ。しかし、親和力というものは時にこうした偶然の一致を生むものである、と、あえてここでは強弁しておきたい。

まだほかにもいくつかあるが、これくらいにしよう。本書『報復の鉄路』は、ショーン・ディロン・シリーズ第十作目で、前作『復讐の血族』の続編にあたる。

アラブ遊牧民の部族長とイギリスの名門貴族ダーンシー家の血を引く女性大富豪のケイト・ラシッドが、前作での因縁を受けて、いよいよディロンたちに復讐《ふくしゅう》を開始する。何しろケイトの所有する〈ラシッド投資会社〉は総資産が百億ドルで、可能性は無限にある。ケイトは南アラビアでの大規模な石油事業を使って、とてつもない規模の賭《か》けに出てくるのだ。

新ジェームズ・ボンドは肉体の躍動で興奮させるが、やはり鮮烈な感覚に裏打ちされてこその冒険小説だと、つくづく思う。

本書ではクライマックスで蒸気機関車が砂漠を爆走するが、これがまたいい。その中でも、とくに訳者が好きな部分がある。詳しく触れるわけにはいかないが、敵役の一人があることに夢中になってミスを犯す、その場面だ。このとき、この爆弾魔の心は、機関車の激しい律動とともに、懐かしい故郷アイルランドの田園地帯を駆けているのだ。

【ショーン・ディロン・シリーズ作品リスト】

Eye of the Storm（1992）『嵐の眼』（ハヤカワ文庫）

Thunder Point（1993）『サンダー・ポイントの雷鳴』（同）

On Dangerous Ground（1994）『密約の地』（同）

Angel of Death（1995）『闇の天使』（同）
Drink with the Devil（1996）『悪魔と手を組め』（同）
The President's Daughter（1997）『大統領の娘』（角川文庫）
The White House Connection（1999）『ホワイトハウス・コネクション』（同）
Day of Reckoning（2000）『審判の日』（同）
Edge of Danger（2001）『復讐の血族』（同）
Midnight Runner（2002）　本書
Bad Company（2003）
Dark Justice（2004）
Without Mercy（2005）

報復《ほうふく》の鉄路《てつろ》

ジャック・ヒギンズ

黒原敏行《くろはらとしゆき》＝訳

角川文庫 14618

平成十九年三月二十五日　初版発行

発行者—井上伸一郎
発行所—株式会社角川書店
東京都千代田区富士見二—十三—三
電話・編集（〇三）三二三八—八五五五
〒一〇二—八〇七八
発売元—株式会社角川グループパブリッシング
東京都千代田区富士見二—十三—三
電話・営業（〇三）三二三八—八五二一
〒一〇二—八一七七
http://www.kadokawa.co.jp
印刷所—暁印刷　製本所—BBC
装幀者—杉浦康平

Printed in Japan

定価はカバーに明記してあります。

ヒ 7-6　ISBN978-4-04-279506-3　C0197

角川文庫発刊に際して

角川源義

第二次世界大戦の敗北は、軍事力の敗北であった以上に、私たちの若い文化力の敗退であった。私たちの文化が戦争に対して如何に無力であり、単なるあだ花に過ぎなかったかを、私たちは身を以て体験し痛感した。西洋近代文化の摂取にとって、明治以後八十年の歳月は決して短かすぎたとは言えない。にもかかわらず、近代文化の伝統を確立し、自由な批判と柔軟な良識に富む文化層として自らを形成することに私たちは失敗して来た。そしてこれは、各層への文化の普及滲透を任務とする出版人の責任でもあった。

一九四五年以来、私たちは再び振出しに戻り、第一歩から踏み出すことを余儀なくされた。これは大きな不幸ではあるが、反面、これまでの混沌・未熟・歪曲の中にあった我が国の文化に秩序と確たる基礎を齎らすためには絶好の機会でもある。角川書店は、このような祖国の文化的危機にあたり、微力をも顧みず再建の礎石たるべき抱負と決意とをもって出発したが、ここに創立以来の念願を果すべく角川文庫を発刊する。これまで刊行されたあらゆる全集叢書文庫類の長所と短所とを検討し、古今東西の不朽の典籍を、良心的編集のもとに、廉価に、そして書架にふさわしい美本として、多くのひとびとに提供しようとする。しかし私たちは徒らに百科全書的な知識のジレッタントを作ることを目的とせず、あくまで祖国の文化に秩序と再建への道を示し、この文庫を角川書店の栄ある事業として、今後永久に継続発展せしめ、学芸と教養との殿堂として大成せんことを期したい。多くの読書子の愛情ある忠言と支持とによって、この希望と抱負とを完遂せしめられんことを願う。

一九四九年五月三日

角川文庫海外作品

双生の荒鷲
ジャック・ヒギンズ
黒原敏行＝訳
第二次大戦中、希代の天才飛行士と言われた男には、敵方に実の弟がいた……秘められた双子の兄弟の絆を描く、感涙の本格航空冒険小説。

大統領の娘
ジャック・ヒギンズ
黒原敏行＝訳
米合衆国大統領の隠し子が過激派テロリストに誘拐される。娘の命とひきかえに中東空爆を要求する敵に、元ＩＲＡ闘士ディロンが立ち向かう！

ホワイトハウス・コネクション
ジャック・ヒギンズ
黒原敏行＝訳
ホワイトハウスから過激派に情報が漏洩した。だが、容疑者たちはすでに次々と消された後だった。ディロンらの熾烈な追跡劇が幕を開ける――。

審判の日
ジャック・ヒギンズ
黒原敏行＝訳
米大統領の腹心ブレイクの元妻が殺された。極秘取材していたマフィアに深入りしすぎてしまったのだ。ブレイクとディロンの血の復讐が始まる!!

復讐の血族
ジャック・ヒギンズ
黒原敏行＝訳
アラブの血を引くイギリス貴族によるアメリカ大統領暗殺計画が発覚した。この強大な敵にディロンら一党は総力を挙げて立ち向かう。

カンビュセス王の秘宝(上)(下)
ポール・サスマン
篠原慎＝訳
忽然と消滅したといわれる古代ペルシア王カンビュセス二世の軍隊の謎が現代に蘇る。女性動物学者タラが遭遇する衝撃の真実とは――。

聖教会最古の秘宝(上)(下)
ポール・サスマン
黒原敏行＝訳
ジャーナリストのレイラは、特大スクープをほのめかす匿名の手紙を受け取った。そこには、暗号めいた古文書のコピーが同封されていた。

角川文庫海外作品

夢果つる街　トレヴェニアン　北村太郎＝訳

吹き溜まりの街、ザ・メイン。ここはラポワント警部補の街で、彼が街の〝法律〟なのだ。その彼にも潰えた夢があった――。警察小説の最高傑作。

バスク、真夏の死　トレヴェニアン　町田康子＝訳

バスピレネーの青年医師ジャン-マルクは、静養に来ていた娘カーチャと知りあった。そして美しい夏の終る頃、避けようのない悲劇の訪れが……。

ジャッカルの日　F・フォーサイス　篠原　慎＝訳

ジャッカル――プロの暗殺屋であること以外、本名も年齢も不明。標的はドゴール大統領。計画実行日〝ジャッカルの日〟は刻々と迫る！

オデッサ・ファイル　F・フォーサイス　篠原　慎＝訳

オデッサ――元ナチスSS隊員の救済を目的とする秘密地下組織――の存在を知った一記者がこの悪魔の組織に単身挑む！　戦慄の追跡行。

戦士たちの挽歌　F・フォーサイス　篠原　慎＝訳

ロンドンで足の悪い老人が襲われ死亡した。犯人は直ちに捕まり、誰もが有罪確実とみていたのだが……。結末の妙が存分に楽しめる全三編。

囮たちの掟　F・フォーサイス　篠原　慎＝訳

バンコク発ロンドン行きの機内で繰り広げられる麻薬組織とMI5の闘いを描く「囮たちの掟」他一編を収録。物語の真髄を極めた至高の短編集。

リモート・コントロール　アンディ・マクナブ　伏見威蕃＝訳

極秘任務でワシントンへ飛んだ英国秘密情報部のニックは、DEA捜査官ケヴィン一家の殺人事件に巻き込まれる。事件の背後にIRAの影が――。